ボックス！【下巻】

百田尚樹

太田出版

ボックス！ 【下巻】

第16章　国体

夏休みが明けて九月に入った二週目に国体が開かれた。開催地は山梨県だった。

今回は学校の援助に加えて大阪府からの助成金もあり、沢木監督と耀子の分の旅費と宿泊費が出た。もっともボクシング競技は五日間だったので、英語を受け持っている耀子が五日間も学校を休むわけにはいかず、三回戦が終わった時点で学校に戻る予定だった。沢木監督は鏑矢の世話ということもあって最終日まで残ることになっていた。

ボクシング競技は個人戦だったが、それでも国体は名目上は府県対抗なので、同じ県の選手が勝ち残っている限り、負けた選手も最終日まで残ることになっていた。大阪府の場合は、たとえ全選手が負けても表彰式まで全員が滞在する予定だった。行きの新幹線の中で、耀子は朝鮮高校の金監督と隣同士の座席になった。金監督は二十代後半の若い監督だった。

朝鮮高校はここ十年くらい、大阪では一番強い高校と言われていた。今年は玉造高校に負けたが、毎年、インターハイでも国体でも一番多くの代表選手を送り出していた。

「朝鮮高校って、昔からボクシングが強いんですか?」

「朝鮮高級学校がインターハイに出られるようになったのは、この十数年のことです。だから伝統と言っても新しいです」

「知りませんでした。それまではどうしてたんですか」

「全国に一一ある朝鮮高級学校同士で戦っていました。朝鮮高校は文部省から高等学校と認められず、長い間インターハイには出られなかったんです」

「そうだったんですか」

「高級学校という名前もそのためです。高等学校という名称を使えないからです。同様に小学校は初級学校、中学は中級学校と言います。でも、多くの同胞が頑張って、同じ高校生じゃないかということで、高体連に出場を認められて、一九九四年からインターハイに出られることになったのです。そして国体にも二〇〇六年から出場出来るようになりました」

「なぜ高等学校と認められないんですか?」

金監督は少し困った顔をした。

「朝鮮学校の教育で一番重きを置いているのは民族教育です。朝鮮民族の言語、歴史、文化をしっかり次世代に伝えていこうとしています。当然、使われる教科書も朝鮮語のものです。文部科学省の検定を通った教科書ではありません。また教師も同じく日本の教員資格を持たない人がいます。他にもいろいろありますが、そうした面で各種学校扱いになっていたのです」

「あ、そう言えば、聞いたことがあります。何でも主体思想と反日教育の授業もあるとか──。ごめんなさい、政治的な話をしてますか？」

「いいえ、いいですよ」

金監督は笑った。

「でも、反日教育なんてしていませんよ。朝日親善は大事なことですから。それにチュチェ思想の授業なんかはありません。実は大阪朝鮮高級学校の生徒の半分は韓国籍なんですよ」

耀子は驚いた。

「昔から大体半分近くが韓国籍の生徒でしたが、今は半分以上です。最近は日本国籍の子もいます。朝鮮高級学校はいわば在日コリアンの学校です」

「そうなんですか」

「日本国籍と言っても国際結婚で生まれた子供ですね。両親のどちらかが日本人の

場合、子供は二十歳までは日本国籍になります。二十歳を超えると、どちらかを選べるのですが、それまでは日本国籍です。そうしたお子さんをお持ちの親御さんが、子供には朝鮮の言語や歴史や文化は学んでほしいという考えで朝鮮高級学校に入れられます」

その時、朝鮮高校の生徒が金監督のところにやって来て、朝鮮語で何か言った。それに対して金監督が朝鮮語で答えた。生徒はまた何か朝鮮語で答えて、また席に戻って行った。

「今のは朝鮮語ですよね？」

「うちの学校では、基本的に朝鮮語を話します。でも、多くの子供たちがふだんの生活や家での会話は日本語ですよ。最近は二世も朝鮮語を話せませんから」

「じゃあ、生徒さんはバイリンガルなんですね。金監督も？」

「一応は」金監督は笑った。

「韓国籍の生徒さんが過半ということは、生徒は増えてるんですか？」

「いいえ、減ってます」

それは意外だった。

「やっぱり——時代の流れでしょうね。もう三世、四世の世代ですから」

「拉致問題も影響はありました？」

耀子は言ってしまってから、この質問はするべきではなかったかなと思った。し
かし金監督は言葉を選ぶように、「少なくはないと思います」とだけ言った。

耀子はそれ以上は政治的な話を避けた。

「朝鮮高校が、ボクシングが強い理由は何でしょう？」

「うちの子供たちは皆ハンデを背負っています、いろんな意味で。おわかりですね」

耀子はうなずいた。

「でも、ボクシングはそうしたハンデなしに戦えるスポーツです。同じ体重同士の
男が一対一で戦えます。互いに肉体だけが武器の戦いです」

耀子は聞いていて、恵美須高校の生徒たちとは全然心構えが違っていると思っ
た。背負っているものが全然違う。

「それともう一つ、うちの学校は生徒数も少なく運動部そのものが少ないのです
が、実は男子生徒の半分くらいがサッカー部とラグビー部に入っています。この二
つのクラブは何度も全国大会に出場している花形クラブです。特にサッカーは本国
では国技に近いスポーツですから、人気も非常に高いのです。だから初級学校から
男子生徒はほとんどサッカーをやります。中級学校のラグビーも大阪で一、二位を
争います。ですが――、サッカーやラグビーでレギュラーになれるのはわずかな生
徒です」

「サッカーとかラグビーで芽が出なかった子がボクシングを始めるのですか?」

「中級学校のサッカー部やラグビー部で一流だった子がボクシング部に入ってくるケースもありますから一概には言えませんが、サッカーやラグビーで一流になれなかった子がいるのはたしかですね。その子が運動能力で劣るというのではないですよ。どんなスポーツにも向き不向きがありますからね」

「はい」

「もう一つ――性格的に団体競技に向いていない子というのもいます。だから、そうした子たちはある意味、背水の陣みたいなとこはありますね。このスポーツで駄目だったら終わりだ、みたいな。うちの部の練習は相当きついですが、それでも付いて来るというのは、そういう精神的な強さというのもあります。もちろん最初から格闘技が好きでたまらなくて入ってくる子もいますが、そういう子は当然真剣に練習をしますからね」

耀子はうなずいた。

「ただ、ボクシングはおかしなスポーツで、他のスポーツで成功したからと言ってボクシングで成功するかと言えばそうではないんです」

「そうなんですか」

「運動神経が優れていて、フィジカル的に恵まれている少年は、どんなスポーツを

やっても一流アスリートになれます。でもボクシングで成功するには、闘争心と耐久力の二つがないと大成しません。これは、普通のスポーツの闘争心とは違います。もっと原始的な、何がなんでも相手を打ち倒してやるという文字通りの闘争心です。それと強打を打ち込まれても耐え抜く肉体と精神力です。パンチをもらって折れてしまうような心ではボクシングはやれません」

耀子は、ここでもまたボクシングの特殊性が語られていると思った。

「金先生の話を伺っていると、うちの子たちなんか全然駄目な気がしてきました」

金監督は笑った。「でも、鏑矢君がいるじゃないですか」

そう言って、前方の鏑矢たちが座っている席を目で示した。　座席に六人の選手が向かい合って座っている。

「あの子は強いです。インハイ予選と国体予選でうちの選手が二人もやられています。一人は去年のインハイ出場者です」

「すいません」

「謝る必要はありません。　鏑矢君はもっと練習すれば、すごく強くなりますよ」

その時、生徒たちが座っていた座席で怒鳴る声が聞こえた。見ると、選手同士が摑み合い一歩手前の状態になっていた。　耀子はぞっとした——鏑矢かもしれない。

その予想は当たっていた。　怒鳴りあう二人の選手が四人の選手に押さえられてい

　たが、うちの一人は鏑矢だった。

「やめんか！　車内でケンカする奴があるか！」

　玉造高校の苑田監督が怒鳴った。沢木監督と金監督も駆け付け、騒ぎを鎮めた。

「何があったんや？」

　押さえられていた一人の選手が朝鮮語で金監督に何か言った。

「何ですか？」耀子が金監督に聞いた。

「鏑矢君が、彼に、なんで朝鮮人が国体に出られるのかと言ったらしいです」

　耀子は呆れた。それから鏑矢に問いただした。「あなた、そんなこと言うたの？」

「何で出れるんやて聞いただけやんか」

　金監督は困ったような顔をした。

「同じ大阪代表やのに、なんでそんな気ぃ悪いこと言うんや」沢木が言った。

「俺は何も出るなて言うてへんで」

「出るな、言うたんと同じじゃろ」

「違うと思います」

　突然、稲村が口を開いた。全員、稲村を見た。

「鏑矢には悪気はなかったように思います。ただ、無神経な言い方ではありまし

た。朝鮮人のくせに、という余分な一言がありました」

耀子はわかるような気がした。おそらく鏑矢には非難の気持ちはなかったに違いない。無邪気に聞いただけなのだ。おそらく鏑矢には非難の気持ちがなっていなかったのだ。

「いい？　鏑矢君。民族の問題はデリケートな問題なのよ。朝鮮人のくせに、はよくないわ」

「ほな、アメリカ人のくせに言うてもあかんのか、日本人のくせにもあかんのか。先生のくせにもあかんのか。新幹線のくせにとか、犬のくせにとかもあかんのか」

「屁理屈をこねるな」

沢木が怒ったが、語尾に思わず笑いが入ってしまった。金監督も思わず笑った。

「こういう奴ですねん。悪気はないと思いますが、口の利き方を知らん奴で——」

「同じ大阪代表なんやから、仲良くしろよ」苑田監督が言った。「これから六日間同じ部屋で寝泊まりするんやから」

「鏑矢君、わかった？」耀子が言った。

「はいはい」

「はいは一度でええの」

「はあーい」

「みんなもわかったか」苑田監督が言った。

全員が、はいと言った。

監督たちが席に戻りかけた時、また鏑矢がしつこく「何で朝鮮人が国体に出られるんやって聞いただけやのに」と言う声が聞こえた。

金監督が鏑矢の席に近付いて言った。

「洪君は国籍は朝鮮だけど、日本で生まれて日本で育った。ぼくもそうだ。この国の法律を守って、この国で働いて、この国に税金も納めている。国民体育大会に出ることはおかしいかな？」

鏑矢は、うーんと言った。「ほな、日本国籍取ったらええやん」

「君がアメリカで生活していて、アメリカ人から日本国籍を捨てろって言われたら、どんな気分になる？」

「それはいやかな」

「それと同じだよ」

「せやけど、俺はアメリカの国体に出たいって言わへんと思うよ」

金監督は少し困った顔をした。

「鏑矢君」と耀子が言った。「日本と在日朝鮮人の関係は複雑なものがあるの。また今度ゆっくり説明してあげる」

「ええわ」と鏑矢は言った。「俺は別にどっちでもええもん。ただインターハイは高校生しか出られへん大会やから、国体は日本人しかあかんのかなと思ただけや」

沢木がやって来て、「複雑に考えるな」と言った。

「国民とかややこしいこと考えんと、日本におる十七歳以下のアマチュアナンバー1を決める大会やと思たらええやないか。だから社会人でもフリーターでも誰でも出れる大会や」

「ほな、この大会に勝ったら日本一やな。インターハイ優勝よりも上やな」

ようやく一件落着したようだが、耀子は先が思いやられると思った。本当にニトログリセリン入りのビンでも抱えているようなものだ。

席に戻ってしばらくは鏑矢たちのことが気になったが、選手たちはもう何事もなかったように話している。鏑矢も時々何か冗談を言っているようだ。緊張が解けると少し眠気が出てきた。うとうとしていると、突然話しかけられて目が覚めた。鏑矢だった。

「アンニョンハシムニカ」

鏑矢が嬉しそうに言った。その後、続けて何か朝鮮語で言った。

「何を言ってるの？」

鏑矢はまた何か朝鮮語で言って一人で大笑いすると、自分の席に戻って行った。

「彼、何を言ったんです？」耀子は隣の金監督に聞いた。

「口では言えないようなことです」

金監督は苦笑いした。「多分、うちの選手から教えてもらったんでしょう」

鏑矢のほうを見ると、彼はまた何か朝鮮語で言った。二人の朝鮮高校の選手も笑った。玉造高校の選手も笑っている。笑っていないのは稲村だけだった。

耀子は鏑矢と在来線の方を見て、口だけで、あほ、と言った。

新幹線と在来線を乗り継ぎ、山梨県の甲州市の旅館に着いたのは夕方近かった。旅館は塩山温泉郷の中にあった。旅館に着くと、「大阪府ボクシング代表様」と書かれた看板があった。その横には同宿の「熊本県ボクシング代表様」「広島県ボクシング代表様」「秋田県ボクシング代表様」の看板が並んでいた。

塩山温泉郷の旅館はどこもボクシング関係者で一杯だった。今回の国体のボクシング選手は高校生および一八歳までの少年の部が一四七人、一八歳以上の成年の部が一四五人、加えて監督やコーチその他の関係者を含めれば、優に四〇〇人を超える。それに選手の保護者たちもやって来る。ボクシングだけでこの人数だから、全競技種目を合わせると、山梨県にはものすごい数の人がこの期間にどっと集まることになる。県内の全市町村に様々な種目が振り分けられて、日々熱戦が繰り広げられるのだ。

山梨県にとって四十七年に一度のビッグイベントだ。体育館や競技場だけでなく、道路などがいくつも作られるのは当然かもしれない。おまけに教職員や公務員

にいい選手を採用するから、その人件費も馬鹿にならないだろう。もっとも選手や関係者が落としていくお金も少なくないだろう。ホテルや旅館業界にとっては半世紀に一度の稼ぎ時だ。

選手たちは旅館に着いた途端、はしゃいでいた。鏑矢もすっかり他の選手たちと打ち解けていた。新幹線での一件がいい方向に出たようだったが、油断は出来ない。何しろ爆弾みたいな男だから、いつどんな拍子にドカーンといくかわからない。

選手の中で浮かれていないのは稲村だけだった。二年生というのに三年生の選手よりも落ち着いて見える。そう言えば、新幹線の中でも一人静かに座っていた。自分をスパーリングで倒した鏑矢がそばにいても動じる気配はなかった。

この子は大人なんだと耀子は思った。もし先日のスパーで倒されたのが鏑矢だったら、車内で一悶着あったかもしれない。

「先生」と鏑矢が声をかけてきた。「一緒に温泉入ろ」

「ばか」

「あれ、先生、意外に小さいね」

鏑矢は耀子の頭のところに手のひらをかざす仕草をした。向き合うと、鏑矢の目の位置が前よりもかなり高くなっているのに気付いた。耀子はこの子はまだ伸び盛りの少年なのだとあらためて思った。

鏑矢は他の選手たちと、「風呂行こう」と言いながら浴場へ向かった。

「全然プレッシャーないみたいですね」金監督が言った。

「明日から試合なのに――」

「そんなもんですよ。ボクシングは強くても、みな子供ですから」

そうなのだと思った。みんなまだ十八歳以下の子供なのだ。

「多分、一番プレッシャーを感じているのは――稲村君ですよ」

それもわかるような気がした。

「優勝候補だからこそプレッシャーを感じるのでしょうね」

「稲村君はボクシングの怖さを知ってますからね」

同じセリフを沢木監督も言っていたのを思い出した。

旅館では、選手六人は一六畳の部屋に相部屋、苑田監督と沢木監督と金監督の三人も一二畳の部屋に相部屋だった。耀子だけが八畳の一人部屋を取ってもらって申し訳なかった。

夕食まで時間があったので、耀子は温泉に入った。浴場には誰もいなかった。もしかしたら女性客は自分だけかもしれないと思った。

温泉に入るのは久しぶりだった。長旅の疲れが取れるような気がした。

お腹の肉をつまんでみた。学生時代に比べて2キロほど増えている。ボクシングの選手たちは皆贅肉などまったくついていないのだろうなと思った。

鏑矢は勝てるだろうか——。今回は何となくいけそうな気がした。だってあの稲村からダウンを奪ったのだ。しかも12オンスのグローブでだ。試合用の10オンスのグローブならばったばったと倒すんじゃないだろうか。

あの子は多分強くなっている。背も伸びて、体も大きくなっている。そこまで考えて、ふと気になった。鏑矢の体重のことだ。背が伸びているのだから、当然体重も増えているはずだ。あの体でフェザー級は苦しいのではないか。もしかしたら減量で失敗するのではないだろうか。

でも今回は三人の監督が付いているし、鏑矢の体重は皆しっかり気を付けるだろう。それに選手たちは団体行動だし、その点も安心だ。

インターハイの時も前日に女の子の部屋なんかに遊びに行かなければ負けなかったのかもしれないのに——。来年のインターハイは自分が付いて行こうかなと思った。インターハイの最中、徹底して管理するのだ。食事も睡眠もしっかり見張って、コンディションも完璧にする。あの子は放任しては絶対に駄目だ。

今、鏑矢たちも温泉に入っているのだろうかと思った。多分、鏑矢のことだから、風呂場でもはしゃいでいることだろう。もしかしたら広い浴槽で泳いでいるの

かもしれない。鏑矢の泳いでいる姿を想像してつい口元が緩んだ。

耀子はさっきから鏑矢のことばかり考えていることに気が付いて苦笑した。何か母親みたいと思った。でも自分の学校の選手なんだから当然だと自分を納得させた。

浴室から出て部屋で休んでいると、沢木監督から「食事です」と電話があった。大広間に行くと、既に全員が浴衣（ゆかた）を着て座っていた。服を着ていたのは耀子だけだった。

苑田監督が「では、今日はお疲れさん」と乾杯の音頭を取った。大人たちはビール、選手たちはジュースで乾杯した。

「この食事終えたら、朝まで何も食べられへんから、よおく味わって食べろよ」

苑田監督の声に皆が笑った。

耀子が鏑矢の席を見ると、彼のお膳の料理は他の選手よりも少なかった。

「鏑矢君のご飯、少ないんじゃありません？」

耀子は隣の沢木に小声で言った。沢木は苦笑した。

「風呂場で体重測った時、５００グラムオーバーしてたんですよ。苑田監督の指示でいくつか料理を減らしました」

「旅館の体重計なんか当てになるんですか？」

「最新式の電子体重計です。おそらく国体のボクシングのために旅館が用意したん
でしょうな。もしかしたら県から補助が出てるのかもしれませんが」

「そうなんですか」

「あいつのことやから、旅館抜け出してコンビニにおにぎりか何か買いに行くかも
しれんけど、旅館からは出るなと固く命じてます。インターハイの時も、もう少し
私がしっかり管理すればよかったと思ってます」

見ると、鏑矢はつまらなさそうに箸を動かしている。その様子を見て耀子は少し
可哀相になった。

翌日、全員が六時半に起きた。

この日は検診と計量と組み合わせの抽選会だけで、試合はない。だが検診と計量
にパスしなければ試合出場は停止になる。

選手は朝食前に浴場に行き、体重計に乗った。全員がリミット内だった。心配し
ていた鏑矢も何とかリミットぎりぎりにおさまっていた。それでも選手のうち半分
くらいは、万が一を考えて朝食を抜いた。鏑矢も朝食抜き組だった。

旅館から体育館までの送迎バスには他県の選手も同乗していた。バスの中にはい
くつもの県の選手が乗り込んでいた。皆、緊張した顔をしている。鏑矢も眠たいの

かいつもの冗談は出なかった。

会場の体育館は大きくて新しかった。おそらく国体のために作られたのだろう。選手たちは体育館に着くと、計量と検診に向かった。血圧は140以上、体温は37・6度以上は失格、あと膝腱反射とクローヌス反射のどちらかに異常が出ても試合は出来ない。　膝腱（しつけん）反射とクローヌス反射は脳の異常を調べるものらしかった。成人と少年合わせて全選手二九二人の検診と計量はたっぷり二時間はかかった。

この日、検診で広島の少年の代表選手が体温37・8度で失格になった。聞くところによると、三日前から風邪をひいていたということだ。その少年は高校三年生で、初めての全国大会だから何としても出場させてほしいと泣いて役員に頼んだらしかったが、その願いはかなえられなかった。三年生ということはこの国体が最後の全国大会ということになる。耀子はそれを聞いて気の毒だなと思ったが、それがボクシングなのだろう。

検診と計量の間、耀子は手持ち無沙汰で、会場を見て回った。入口の向こう正面は壇になっていて、国旗とアマチュアボクシング連盟の旗が貼られ、その前にリングが二つ設置されていた。全国大会は二つのリングで同時に行われる。リングの上の高い天井にはいくつものライトが設置されていた。　リングの前にはパイプ椅子で観客席が作られていた。

　耀子は椅子の数をざっと数

えてみたが、四〇〇以上はありそうだった。二階のキャットウォークのところには早くもいろんな高校や大学の校旗や部旗が貼られていた。

インターハイは九階級だったが、国体は最軽量のモスキート級を除く八階級だった。

出場選手も各ブロックごとの代表だったから、インターハイの約半分の出場者だった。国体も大きな大会ではあったが、代表が県単位で選ばれるシステムゆえに強豪選手が出場出来ないケースもあることから、インターハイに比べて、幾分格が見劣りした。

各府県は八階級のうち任意の六階級に選手を出していて、そのため階級によって出場選手数に多少のばらつきがあった。一番多いクラスはフェザー級の二四人だった。一番少ないのは最重量のミドル級で八人しかいなかった。

「ミドル級というのは英語では『普通』という意味なのに、一番重くて、一番少ないんですね」

耀子はたまたま会場を歩いていた苑田監督に話しかけた。

「ボクシングの階級の名称はアメリカ仕様ですからな」と苑田監督は言った。「日本人も大きくなりましたが、余分な脂{あぶら}をしぼって筋肉だけにすると、57キロのフェザー級か60キロのライト級のクラスが平均的なんですな。アメリカ人と比べると二回りくらい小さいですわ」

耀子はうなずいた。

「でも、一番きびきび動いてパワーもあるのが、フェザー、ライトですわ。それよりも軽いバンタム以下はスピードはあるけどパンチは軽いし、逆にウェルター以上は、日本人だとスピードが落ちますな」

「フライ級の子は小柄という感じがしますものね」

「そうですな。日本人初の世界チャンピオンの白井義男さん、二代目のファイティング原田さん、三代目の海老原博幸さんは皆フライ級でしたが、当時はそのクラスが平均的日本人の体重でした。あれから五十年経って日本人も大きくなりましたわ。今はフライ級以下の選手は平均的日本人の中では、はっきり言うて小柄な部類ですな」

「それなのに軽量級の選手も多いですね」

「うちの高校の選手もそうなんですが、小さい子はどうしても他のスポーツではハンデがありますわ。子供の頃はともかく、高校以上になると野球でもバスケットボールでもサッカーでも、体格の小さい子は不利です。一流になるには大きな壁があります。そやからそうした子が高校からボクシングを始めるケースは少なくありませんわ」

なるほどなと思った。どんなスポーツにもそのスポーツならではの特色があるの

だ。体重制の競技は体格の小さな子を救済している意味があるのかもしれない。

その時、苑田監督に誰かが挨拶に来た。苑田監督はその人としばらく立ち話をしていたが、彼が去ってから、「あの人は日東大学の監督です」と言った。

「インハイもそうですが、国体も、大学にとってスカウトの場でもあるんですわ」と苑田監督は言った。「ここでいい成績を残した選手は大学から目を付けられます。セレクションで大学へ進学出来るいうわけですわ」

「それって選手にとっては、いいこと——なんですよね？」

「私が言うのも何ですが、ボクシングが強い子はあまり勉強が得意でない子が多いですからな。うちも含めて偏差値の高い高校にボクシング部は滅多にないですわ」

苑田監督の笑いに釣られて耀子も思わず笑った。

「だから、そんな子にとっては、ボクシングでそこそこの大学へ行けるのは願ったりかなったりなんですわ」

耀子はうなずきながら、鏑矢のことを思った。多分、あの子もまともに受験したら行ける大学なんてないだろう。でも、ここで上位入賞したら、偏差値以上の大学へ進学も可能なのだ。もっとも鏑矢自身はそんなことは毛頭考えていないだろうが。

「最近は親もそれがわかってますから、結構みな必死ですわ」

苑田監督はそう言って笑った。

そう言えば、大阪や近畿ブロックの予選でも、懸命に我が子を応援している親を何人か見た。もちろん自分の息子が殴り合っていれば必死で応援するのは当たり前だろうが、力の入った応援の背景にはそうした一面もあるということか。

検診と計量の間に監督会議とトーナメント戦の組み合わせの抽選会が行われた。苑田監督が組み合わせ表をもらって来た。それによると、鏑矢は順調に勝ち進むと準々決勝で今年のインターハイのベスト8の選手と当たり、次の準決勝でインターハイ三位の選手と当たる山に入っていた。

午後二時に開会式が始まった。

その頃にはいつのまにか会場に観客が集まっていた。選手の父母だけでなく地元のおじさんやおばさんたちもいた。地方の人にとって国体はビッグイベントだということをあらためて知らされた。

行進曲に合わせてプラカードを持った地元の女子高生を先頭に、北海道をはじめ北から順番に成年と少年の選手たちが会場を行進してきた。

やがて大阪代表がやって来た。

耀子も観客席に座った。

耀子は鏑矢の顔を見た。鏑矢はきょろきょろと落ち着かない感じで行進していた。相変わらず集中力のない子だわ、と思った。観客は拍手で迎えた。

その時、高校生の一人が泣きながら行進しているのが見えた。広島県の少年だった。検診で失格になった子だと気付いた。少年は流れる涙を拭おうともせずに、顔

をくしゃくしゃにして歩いていた。頑張って戦い抜いて全国大会の出場を果たしな
がら、試合に出られないのはどんなにか辛いことだろうと耀子は思った。それはボ
クサーにとっては戦って敗れるよりも辛いことかもしれない。

　翌日から、いよいよ試合が始まった。

　耀子が控え室にいると、検診と計量をすませた選手たちが戻って来た。計量をパ
スすると食事はいくら摂ってもかまわなかったが、どか喰いする選手はいない。そ
んなことをすればいざ試合の時に体が動かなくなるからだ。特にすぐに試合が始ま
る軽量級の選手はほとんど食べない。しかし重量級の選手は試合が数時間後になる
ので、しっかり食べないと逆に体が持たないということだった。一番厄介なのは中
量級の選手で、食べても試合の時にはエネルギーにならないし、食べないと腹が減
るしで、管理が大変ということだった。

　耀子はそんな話を苑田監督から聞き、ボクシングの試合は食事を含む全部が戦い
なのだと思った。

　試合は午前十時から始まった。

　既にその頃までには四〇〇くらいあった観客席のほとんどは埋まっていた。こん
な小さな町でアマチュアボクシングの観戦にこれほどの人が集まるとは思っていな

かった。

　二つのリングで第一試合と第二試合がほとんど同時に始まった。ゴングの音を勘違いしないように、Aリングでは鐘の音、Bリングではブザーの音がゴングの合図だった。

　ジャッジの席はリングサイドに五つあった。五人のジャッジの前にはGマシーンがあり、それはコードで審判長席のコンピューターにつながれていた。パンチがクリーンヒットしたと判定した瞬間にジャッジはボタンを押す。一秒以内に三人以上のジャッジがボタンを押していれば、コンピューターがパンチと見なし、1ポイントとカウントする。

　試合は3ラウンドの間のポイント数の多い方がポイント勝ちになる。双方のポイントは審判長がリアルタイムで見ることが出来、試合中に15ポイント以上の差が開くと、その時点で審判長がホイッスルを吹いて試合をストップする。それがレフェリー・ストップ・コンテスト・アウトクラス＝RSCOとなる。いずれも地方予選とは違うシステムとルールだ。前に丸野が説明していたが、実際に見るのは初めてだった。

　ポイント勝ちやRSCO以外に、1ラウンドで二度のダウンを奪うか、3ラウンドの間に三度のダウンを奪うと、その時点でRSC勝ちとなるのは同じだ。ダウン

で試合が止められる。

が一度もなくても、レフェリーが両者の力量差がありすぎると見なした場合、そこ

この日、大阪代表の選手は全員試合があった。トップバッターはフライ級の選手

だった。堀内という玉造高校三年生の選手だ。先月のインターハイではベスト8に

入っている大阪府の強豪選手の一人だ。セコンドには苑田監督と金監督が付いた。

耀子と沢木は観客席で試合を見守った。

対戦相手は熊本県の代表選手だった。

「相手選手は強いのですか？」　耀子は沢木に聞いた。

「八月のインターハイではベスト16止まりですね。でも、九州の選手は強いですよ」

「そうなんですか」

「九州の高校はボクシングが盛んで、一つの県でボクシング部のある高校が二〇く

らいあります」

「そんなに！」　大阪全体で一〇くらいなのに」

「お国柄でしょうかね。九州男児は都会の男よりも闘争的なのかもしれませんね」

沢木はにやっと笑った。「当然レベルも高いですよ。熊本は宮崎と並んでレベル

の高い県です。毎年インターハイでも優勝者を出しています」

　試合が始まった。

　熊本の選手はいきなり大きなパンチを振り回してきた。堀内もただちに応戦して激しい打ち合いが始まった。両方とも速いパンチを繰り出している。しかし次第に熊本の選手がじりじりと押し始めた。手数もヒット数も熊本の選手が上回っているように見えた。

　2ラウンドになっても、相変わらず攻勢を取っているのは熊本の選手だった。この選手は疲れを知らないように見える。よほど練習を積んできたのだろう。しかし堀内はクリーンヒットをもらっていない。逆に時折、いいパンチを入れている。

「手数は熊本ですが、クリーンヒットは大阪かな、今のところ」沢木が言った。

　2ラウンドが終わり、インターバルの間に、苑田監督が何やら指示を与えている。堀内選手はうなずいている。

　3ラウンドに入ると、堀内がフットワークを使って、アウトボクシングに切り替えた。熊本の選手がそれを追う。堀内はカウンターで迎え撃った。この作戦がうまくはまったのか、パンチが決まりだした。

　試合は判定になった。結果は大阪代表、堀内のポイント勝ちだった。正面のボードに「18対12」という数字が貼り出された。その数字がGマシーンにカウントされたポイント数、つまりパンチのクリーンヒット数だった。

「幸先いいですね」

耀子の言葉に沢木はうなずいた。

しかし大阪の二番手のバンタム級の朝鮮高校の洪選手は広島代表に2ラウンドに二度のスタンディングカウントを取られRSCで敗れた。涙を流して悔しがる選手を金監督が慰めていた。

バンタム級の試合が終わりフェザー級に試合が始まった。鏑矢の試合は第四試合で、Bリングで行われる。鏑矢のセコンドには苑田監督と沢木監督が付いた。

鏑矢がリングに上がった。観客席から見る限り、落ち着いているように見えた。Bリングの青コーナーの応援席に陣取った大阪代表の選手が「フレー、フレー、鏑矢」と声援を送った。その中には試合が済んだばかりの堀内と洪の姿もあった。

鏑矢はちらっとそちらを見て、少し照れくさそうに笑った。

選手たちも二日間鏑矢と一緒にいて、彼のことが好きになったようだ。応援団の中にはフェザー級の次に試合を控えている稲村の姿はなかった。どこかでウォーミングアップをしているのだろう。

試合が始まった。鏑矢はいつものように弾むようにコーナーを飛び出した。相手の富山県の代表選手も同じように勢いよく飛び出し、両者はリング中央でパンチを交換した。

いきなり鏑矢の強烈な右ストレートが相手選手の顎を捉え、相手は片膝

をついた。相手はすぐに起き上がったが、二、三歩よろけた。ダメージはありそうだった。レフェリーはカウント8まで数えてから、「ボックス、ストップ！」と言って、試合を止めた。観客席もあまりの早さに呆気にとられたようだった。タイムは1ラウンド十二秒だった。

「すごいパンチのキレです」

いつのまにか耀子のそばに来ていた金監督が言った。「彼、体が大きくなってますね」

「でも、同じフェザー級ですよ」

「筋肉が付いた分、余計な脂肪を削ってるから、体が大きく見えます」

なるほど、そういうことかと思った。

金監督は呟（つぶや）くように言った。「前よりもパンチが強くなってます」

フェザー級の少年の部と成年の部が終わると、ライト級の少年の部が始まった。稲村がリングに上がると、リングサイドに人が増えた。大学関係者と思われる人たちが最前列で喰い入るようにリングを見つめていたが、それだけでなく一般の観客も多く集まっていた。国体のボクシング競技を見ようというようなファンにとっては、稲村の名前はビッグネームなのかもしれなかった。

試合開始のゴングが鳴った。相手の埼玉県の選手は不用意に稲村に近付こうとはしなかった。稲村が接近しようとすると、足を使って距離を取った。稲村も強引には近付かなかった。

いつもの稲村だわと耀子は思った。軽いジャブを出し、相手の様子を窺っていた。

しかし一分過ぎあたりから稲村の追い足が鋭くなってきた。じっくりと慎重に相手を見て試合をする。それにつれてジャブが強くなってきた。相手のガードの空いたところに速い左を送った。相手選手の反応を確かめながら隙を探しているように見えた。相手はガードを固めてジャブを防いでいる。稲村は時折右を交えながら、相手のガードの空いたところに速い左を送った。

突然、稲村の体がしなやかに揺れた。左のボディフックが相手の右脇腹に突き刺さった。わずかに空いた隙だった。相手選手は上体をくの字に折り曲げた。レフェリーがストップし、スタンディングカウントを取った。

カウントを聞く相手選手の顔は苦痛に歪んでいた。カウントの途中に相手コーナーからタオルが投入された。レフェリーは試合を止めた。

観客席にため息のようなものが漏れた。耀子も小さく息を吐いた。稲村の試合は見ている方にもすごい緊張感を強いるわと思った。それにしても、強い。さっきの鏑矢の試合は言うなれば出合い頭のパンチが決まったという感じだったが。稲村は亀のように堅いガードをしている相手を、狙ったパンチで倒したものだ。固い甲羅

のわずかの隙に、鋭いヤスを突き刺した感じだ。

しかし鏑矢はその稲村をスパーで倒している。しかしこの試合を見る限り、稲村の強さは盤石に思えた。スパーと試合とは違うのだと言っているようにも見えた。

耀子は鏑矢の方を見た。鏑矢は口を半分開けて稲村を見ていた。さすがの彼も稲村の凄さを目の当たりに見て、呆然としていた。

この二人が同じ階級でなくてよかったと耀子は心から思った。

この日は結局六人の大阪代表のうち、バンタム級の朝鮮高校の洪選手とライトウェルター級の玉造高校の太田選手が敗れた。勝ち残ったのはフライ、フェザー、ライト、ウェルターの四人だった。こんな試合があと四日も続く。それぞれの階級の最後の一人が残るまで戦うのだ。すべての選手が勝つために必死になって練習を積んできたのに、たった一人を除いて、全員が敗北を喫することになる。それが試合だといえばそれまでだが、耀子はあらためて残酷さを感じた。これが他のスポーツなら、そんな気持ちはそれほど起きなかったに違いない。ボクシングの敗北は文字通り相手に叩きのめされるのだ。

しかし旅館に帰った頃には、負けた選手にも笑顔が戻っていた。敗北は悔しいが、試合の緊張感から解放された気分もあったのだろう。

夕食後、耀子が温泉から上がって部屋に戻ろうとした時、ゲーム室の方から鏑矢たちの笑い声が聞こえてきた。覗いてみると、大阪の代表選手たちが卓球に興じていた。

ちょうど鏑矢が朝鮮高校の生徒に勝ったところだった。

玉造高校のライトウェルター級の太田選手が耀子に気付いて、「先生もどうですか」と声をかけてきた。耀子は風呂上がりにトレーナーの上下を着ていた。

「いいの?」

「どうぞ」

朝鮮高校のウェルター級の孫選手がラケットを耀子に渡した。

「先生相手なら、俺、左手でやろうか」鏑矢が言った。

耀子は心の中で笑った。耀子は中学時代に卓球部に入っていて、神戸市の大会のベスト4に入ったこともある。今でも、並の男にはまず負けない。この生意気な子をぎゃふんと言わせてやるわ。

「ゲームは何点?」

「11点先取した方が勝ちでやってます」誰かが言った。

「俺、目下七連勝!」

鏑矢が得意げに言った。「先生がサーブしてええよ」

「ありがとう」

　鏑矢は耀子のバックに深くサーブした。鏑矢は素早く動くと、フォアで打ち返してきた。耀子は慌ててボールを打ち返したが、少し高くなった。　鏑矢はスマッシュを打ち込んできた。耀子は手を伸ばしたが届かなかった。

「はい、1点」

　耀子が嬉しそうに言った。耀子はかーっとなった。

　二球目は本気でカットしてサーブした。これはリターン出来ないはずだ。しかし鏑矢は軽くカットで返してきた。なかなかやるなと思った。耀子がまたカットで返すと、鏑矢も再びカットで返してきた。耀子はまたカットで返したが、わずかに球が浮いた。鏑矢はバックスイングするとドライブを打ってきた。耀子のラケットにボールが当たり、大きく台をはずれた。

「はい、2点!」

　耀子は驚いた。こいつ、上手い!

「鏑矢君、卓球やってたの?」

「小学校に卓球台があったから、よう放課後にやってたんや」

「誰かに教えてもらったの?」

「いいや」

たしかに打ち方もフォームも我流だった。しかし誰にも教わらずにあの鋭いドライブが打てるなんて——この子は運動の天才だ。

耀子は「ちょっと待って」と言って、髪の毛をくくった。

「おっ、先生本気やね」

耀子はスリッパも脱いで裸足になった。鏑矢相手に遊びでは勝てない。ノーブラが少し気になったが、元々胸は小さい方だから、それほど邪魔にはならない。

以後の試合はシーソーゲームになった。耀子は何度もスマッシュを打ったが、鏑矢は簡単には決めさせてくれなかった。抜いた、と思っても、鏑矢は猫みたいに球に飛びついてくる。甘いスマッシュだと逆にスマッシュを打ち返された。

耀子は鏑矢相手に打ち込むのは不利だと悟った。体勢が崩れたところを逆に決められる。それでミスをしないように持久戦に持ち込む作戦に切り替えて、鏑矢に攻めさせた。

鏑矢は卓球においても攻撃的だった。ボクシングと同様にたたみかけるように攻め込んでくる。耀子はじっと受けに徹した。鏑矢の攻撃は激しかったが勢いにまかせたもので、経験豊富な耀子の持久戦法にはまり、ミスが出始めたのだ。耀子はじりじり追い上げ、8対8から3点を連取して勝った。3点とも鏑矢のスマッシュミスだった。

この作戦は当たった。

「チキショウ、女に負けてもうた!」

耀子は笑いながら手で顔の汗を拭いた。十分足らずのゲームで全身が汗だくになっていた。

「先生、めっちゃ強いですね」朝鮮高校の孫選手が感心したように言った。

「ありがとう、楽しかったわ」

耀子がラケットを台の上に置いて帰ろうとすると、鏑矢が「もう一回!」と言った。

「もうふらふら、許して」

「もう一回やろう!」

鏑矢が叫ぶのを尻目に、耀子は、じゃあねと言ってゲーム室を出た。

部屋には戻らずに、今かいた汗を流すためにもう一度浴場へ向かった。湯船に浸かると乳首に湯がしみた。ノーブラで激しく動いたためにトレーナーの裏地でこすれて小さな傷がついていたのだろう。

湯の中で全身を伸ばすと快い疲れを感じた。あんな風に思い切り体を動かしたのは久しぶりだった。鏑矢との戦いは気持ちよかった。目を閉じると鏑矢の強烈なマッシュが脳裏に甦ってくる。あの激しい攻撃をよく受けきったと思った。

それにしても、と耀子は思った。あの子のスピードと反応速度は並じゃないわ。

鏑矢とボクシングで戦う選手の気持ちがほんの少しわかったような気がした。あ

んな反射神経の固まりみたいなのと戦うのは、ぞっとすることだろう。もう一度、鏑矢と戦ってみたいと思ったが、次は負けるような気がした。でも、鏑矢になら負けてもいいかなと思った。

二日目も朝十時から試合が始まった。この日の二回戦は全部で一一〇試合が予定されていた。大会で最も試合数の多い日だった。三日目以降は半分ずつに減っていき、最終日は一六試合しかない。

大阪代表のフライ級の堀内は千葉県代表にポイント負けした。15対14の1ポイント差だったが、苑田監督は「うちがはっきり勝っていたと思う。残念ですわ」と言った。金監督も「今の判定はおかしいですね」と言った。

耀子が「抗議しないんですか」と言うと、二人は苦笑した。

「抗議しても結果は変わらしまへんし、悪印象を持たれるだけ損ですわ。今まで、判定に抗議した選手も監督もおりまへん」

と苑田監督は言った。「人間のやることですから、完全はありまへん。パンチが当たったかどうかも、ジャッジの座る角度で見えへんこともあるし──。それと、うちの選手が逆に勝ちを拾う時もあるし、お互い様ですわ」

その説明は、耀子にはボクシングの曖昧さを認めた言葉のように思えた。

「でも、そんなもので結果が左右されるのは選手が可哀相じゃないですか」

「たしかに10ラウンドくらいやらせたら、明確な差が出ますやろけどね」苑田監督は言った。「危険性も増しますさかいな」

ああ、そうなのだ。ここにもスポーツの明確さと危険性の問題があるのだ。

「沢木監督くらい強かったら、判定もポイントも関係おまへんけどな」

「それはどういう意味ですか?」

「沢木監督は現役時代、恐ろしく強かったんですよ。知らんかったんですか」

「強いって——ボクシングですか?」

「まさか柔道やないでしょう」

苑田監督は笑った。「沢木監督は大学時代、鬼やったんですよ」

耀子は心の中で、ええっ!と思った。

「沢木さんは大学で全日本選手権を二連覇してはるんですよ」

苑田監督の言葉に金監督がうなずいた。まさかの話だった。

「——全然知りませんでした」

二人の監督はおかしそうに笑った。

「沢木監督は現役時代どんな選手だったのですか?」

「猛烈なファイターですね」苑田監督が答えた。

「勇敢だったということですか」

耀子の質問に金監督が笑いながら説明した。

「ボクサーは大きく分けると二つのタイプに分かれるんです。フットワークを使って中間距離からのジャブとワンツーで戦うボクサータイプと、接近戦で足を止めて打ち合いをするファイタータイプです。その中間のボクサーファイターというのも多いですが」

「沢木監督は典型的なファイタータイプだったんですね」

「肉を切らせて骨を断つという人でした。それでバッタバッタと倒してました」

耀子がうなずいた時、沢木監督がやって来た。

「沢木先生」と苑田監督が声をかけた。「お宅の顧問、先生の現役時代の凄さを知りまへんで」

沢木監督は苦笑を浮かべた。

「二十年以上も前のことですよ」

　バンタム級の試合が終わり、いよいよフェザー級の試合が始まった。

　鏑矢の相手は千葉県の選手だった。千葉県はボクシングの強い県で、その選手は先月のインターハイではベスト8に入った強豪選手だった。

最初の壁だと、耀子は思った。この選手に勝てば、ベスト8だ。

鏑矢は1ラウンドから軽やかに動いた。相手選手の突進をかわし、ジャブをカウンターで当てた。相手が前進をやめると、鏑矢が攻め込んだ。鋭いジャブを連打して、右ストレートをボディに打った。相手が右フックを返すと、スウェーバックしてパンチをよけ、すぐさま体を戻して右ストレートを打った。テンプルに軽く当った。鏑矢は同じパンチを続けて三発打った。

「右のトリプルかあ」観客の選手の誰かが感心したように言った。

相手が大きな左を打ったが、鏑矢がパンチをかわすと、相手の体は半回転した。鏑矢はそこに左を突いたが、相手の後頭部に当たったため、レフェリーは、反則打として試合を止めて注意を与えた。鏑矢は憮然とした顔をした。

「ボックス!」の声で試合が再開された。鏑矢の左ジャブから続く左フックを、まともに捉え、相手選手は尻餅をついた。

カウント8で再び試合が始まったが、鏑矢は相手を呑んだようにガードを下げたまま軽いステップで近付いた。相手がいきなり左を突いた。瞬間、鏑矢は右のカウンターを当て、相手をよろけさせた。その時、レフェリーは試合を止めた。

鏑矢は1ラウンドRSC勝ちでベスト8進出を決めた。

この後、稲村も勝ってベスト8を決めたが、ウェルターの孫選手はポイント負け

した。これで大阪代表で勝ち残っているのは鏑矢と稲村だけになった。帰りのバスの中では皆テンションが低かった。鏑矢もずっと黙ったまま窓の外を眺めていた。

しかし旅館に戻り、一風呂浴びて夕食の時間になると、負けた選手も元気を取り戻していた。減量で苦労していた子は、「今日から思い切り喰える」とご飯を何杯もお代わりした。

「俺の前で、お代わりするな」

と鏑矢が怒鳴ったが、本気で怒っているわけではなかった。

ただ鏑矢は国体に来てからずっと体重で苦労していた。この日も夕飯前に体重計で量った時、何百グラムかオーバーしていて、夕食をかなり減らされていた。それで食事中は、ずっと「腹へった、腹へった」と言っていた。

耀子はふと稲村を見た。すると、彼の食卓にはかなりのおかずが余っていた。

「稲村君も減量苦しいんですか?」

耀子は隣の苑田監督に聞いた。

「あいつも楽ではないです。ただ、稲村の場合、朝に食べますから、その分、夜は抜いているんです。朝食べた分は昼からの試合中にエネルギーになりますからね」

耀子はなるほどと思った。でもその後にすぐ疑問が浮かんだ。

「なぜ、最初からおかずもご飯も減らしておかないんですか?」

「稲村は、自分で自分をコントロール出来ます。ここでやめようと思ったら、それが出来る男です」

耀子は稲村を見た。彼はゆっくりと箸を動かしていたが、テンプラとか、脂気の多いものにはまったく手を付けていなかった。

「強い精神力ですね」

「すごい奴ですよ」

鏑矢にはとてもそんな真似は出来ないだろう。だから監督たちはあらかじめ鏑矢の膳からはカロリーの高いものは省き、ご飯の量も減らしておいたのだ。

翌日も十時に試合が始まった。試合数はぐっと減って、少年、成年とも各階級四試合、全部で六四試合だった。初日の試合数の三分の一以下だった。

耀子は鏑矢の様子を観察していた。何となく元気のなさそうな顔だった。朝、七時に旅館の秤に乗った時、ほんのわずかオーバーしていたのだ。八時の計量までには落ちるだろうということで、ロープを跳ぶようなことはしなかったが、朝食は抜きだった。試合会場に着いての計量ではぎりぎりでパスしたが、沢木監督からはミネラルウォーターとヨーグルトの食事だけしか許されなかった。腹一杯食べると、

フェザー級の試合が始まるまでにはとても消化出来ず、逆に動きが悪くなるから
だ。鏑矢はしけた顔でずっとキャラメルをなめていた。

ライトフライ級、フライ級、バンタム級と早いテンポで消化して、フェザー級の
試合になった。

セコンドには昨日と同じく沢木監督と苑田監督が付いた。

「ほな、行ってくるわ」

鏑矢は観客席からAリングの赤コーナーに向かった。

「鏑矢君、頑張ってね」耀子が声をかけた。

「早くメシ喰いたいから」鏑矢は言った。「1ラウンドで終わらしてくるわ」

大阪の選手たちは笑った。

鏑矢の相手は木村という熊本県の選手だった。先月のインターハイでは三位にな
った選手だった。この試合に勝てば、次にインターハイの準優勝者との対戦が待っ
ている。

ゴングと同時に鏑矢はコーナーを飛び出した。いつものように速いフットワーク
を使ったが、驚いたことに相手も速いフットワークを使った。

リング中央で鏑矢がジャブを出した時、相手はそれをかわして速いジャブをカウ
ンターで鏑矢に当てた。

鏑矢が右を出すと、ダッキングして右を鏑矢のボディに当

てた。いずれも軽いパンチだったが速かった。

相手は一旦距離を取って、鏑矢の周囲を回った。鏑矢が追いかけると、素早いフットワークを使った。ただ、手打ちのようなパンチだった。

鏑矢も再びフットワークを使った。両者が凄いスピードでリング上を動いた。まるでスピード競争みたい、と耀子は思った。しかし鏑矢にはいつものスピードがないように思えた。もしかしたら減量の影響があるのかもしれない。

両者が接触した瞬間にパンチが交換された。鏑矢のパンチは力を込めた鋭いパンチだったが、相手選手のパンチはハンドスピードを生かした連打だった。鏑矢が一発打つ間に二発打つような感じだった。しかし威力は感じられなかった。

相手選手は体の動きもこまねずみのようだった。前後左右にちょこまかと動き回り、鏑矢に的を絞らせなかった。鏑矢のパンチを巧みなフットワークとボディワークでかわした。そして小さな細かいパンチを当てた。

鏑矢が追いかけ、相手が逃げるという展開になってきた。しかし相手は逃げながらも、常に小さいカウンターを放った。そして鏑矢が追うのをやめると、さっと近付いて連打して、再び射程外へ逃れた。

リング上で鏑矢がいらいらしているのがわかった。

1ラウンド終了のゴングが鳴った。　別れ際に鏑矢は相手選手の肩を軽くグローブで突き、レフェリーに注意された。

「柔対剛の戦いですね」

耀子の隣にいた金監督が言った。

「相手は速いですね」と耀子は言った。

「鏑矢も相当スピードはありますが、相手はそれ以上ですね。すごいのがいるもんです」

2ラウンドが始まった。

鏑矢は勢いよくコーナーを飛び出して相手に接近すると、いきなりの右を打った。相手はするりとかわすと、小さなジャブを当てた。鏑矢は強引に踏み込んで、パンチを打ったが、いずれもかわされた。

「鏑矢、大振りになってますね」金監督が言った。「パンチが当たらないので焦ってます」

リング上の鏑矢はいつもの鏑矢ではなかった。というか、普段の鏑矢と相手が入れ替わったような戦い方だった。

不意に鏑矢が立ち止まった。そして相手選手に、向かってこいと手を振った。レフェリーが「ストップ」をかけ、挑発行為だとして鏑矢に注意を与えた。

試合が再開すると、再び鏑矢が追い、相手が逃げるという展開になった。鏑矢は開き直ったように、左右の鋭いパンチを振るって、強引に追いかけた。相手選手がコーナーから体を入れ替えようとした時、鏑矢の左ストレートが当たった。相手の足が一瞬止まった。鏑矢は相手をコーナーに詰めた。そこで打ち合いになった。鏑矢の重いパンチに相手も小さなパンチで応酬した。しかしこの打ち合いは明らかに鏑矢に分があった。

相手はコーナーから逃れると、再び足を使った。しかしさっきの打ち合いでいくつかいいパンチを当てた鏑矢は落ち着いたのか、無茶な追いかけはしなかった。慎重に足を使って相手との距離を詰めた。

魚を追い込むように相手の逃げる方向に先に動きながら、ゆっくりと相手をコーナーに詰めた。相手はジャブから打ち合いに挑んできた。打ち合いの中で鏑矢のパンチも何発か当たったが、相手は巧みなブロッキングとボディワークで決定的な一打を許さない。逆に速いパンチを何発も鏑矢に当てた。

クリンチのあと、相手はまたフットワークを使った。鏑矢が追いかけると、相手は速いジャブを鏑矢の顔面に当てた。鏑矢はそれでも相手を再びコーナーに追い詰めた。相手は手打ちのような速いワンツーを鏑矢に叩きつけたが、鏑矢はかまわず右ストレートを打った。それが相手の顎を打ち抜いた。相手は倒れた。

「やったー!」

耀子は思わず声を上げてしまった。赤コーナーの応援席も一斉に歓声を上げた。

相手は立ち上がったが、レフェリーがカウントを数えた。鏑矢はニュートラルコーナーで、再開と同時に相手に襲いかかろうと身構えている。しかしカウント8までに数えたところで2ラウンド終了のゴングが鳴った。畜生!という鏑矢の声が耀子にも聞こえた。

コーナーで椅子に座っている鏑矢が大きく呼吸がしやすいように、沢木監督がトランクスに手を入れて腹の部分を緩めている。苑田監督が下から濡れタオルで鏑矢を煽いでいる。鏑矢はかなり疲れているようだった。それだけにさっきのラウンドで決めてしまいたかったのだろう。

3ラウンドが始まった。

鏑矢はゆっくりとコーナーを出た。耀子はあれっと思った。鏑矢がこんな風にコーナーを出るのを見るのは初めてだった。

相手選手は前のラウンド終了間際のダメージからは回復したように、また速いフットワークを使ってきた。鏑矢の足はほとんど動かなかった。

「鏑矢、疲れましたね」金監督が言った。

耀子は不安な気持ちになった。

相手は鏑矢の周囲を回りながらジャブを打った。鏑矢は足を止めたままで、上体を振ってジャブをよけた。

相手はさっと近付くと、ボディから顔面に速いパンチを当てた。鏑矢が打ち返した時はもう射程外に逃れていた。

鏑矢は追いかけようとフットワークを使った。見ると鏑矢は口を開けて息をしていた。疲れているようだった。

「前半かなり空振りしたのが効いてますね。空振りは疲労が大きいんですよ」

両コーナーの応援席から「ハーフタイム！」という声が飛んだ。

リング中央で打ち合いがあった。鏑矢のパンチは相手を捉えたが、相手のパンチも鏑矢に当たった。力を込めて打った鏑矢のパンチは外された。相手は再び距離を取った。

「鏑矢ー！」と耀子は観客席から思わず叫んだ。「ラスト一分よ！」

鏑矢はその声が聞こえたのか、強引に前に出た。相手がジャブを打った瞬間、右のクロスを打つと、相手のテンプルに命中した。相手はぐらついた。鏑矢はレフェリーを見た。しかしレフェリーはダウンを取らなかった。相手はフットワークを使って、鏑矢から離れた。

「ラスト三十秒！」という声が両方の応援席から聞こえた。

鏑矢は走るように相手を追うと、左右のパンチを振るった。相手はブロックしたが、鏑矢はガードの上からパンチを叩きつけた。その強引なパンチで相手のガードが一瞬空いた。そこに鏑矢の右アッパーが決まった。相手は顎をがくんとさせ、腰から落ちた。

耀子は全身に電流が走ったみたいに痺れた。なんて男──鏑矢！

相手は立ち上がってファイティングポーズを取った。レフェリーはカウント8まで数えて、「ボックス！」と言った。

鏑矢が鷹のように襲いかかった。相手選手の体が左右に揺れた。レフェリーが両者を分けた。

その時、3ラウンド終了のゴングが鳴った。レフェリーが両者を分けた。

鏑矢は悔しそうに、コーナーに戻ろうとしていた相手選手の後頭部をグローブで軽く小突いた。レフェリーが注意した。

鏑矢は赤コーナーに戻ると、マウスピースを吐き出して大きく口を開けて息を吸い込んだ。それからグローブを外した両手をロープにかけ、頭を垂れて大きく肩で息をした。本当に疲労困憊という感じだった。

鏑矢が3ラウンドをフルに戦うのを見たのは初めてだった。

両者がレフェリーに呼ばれ、リング中央に行った。レフェリーは左右に選手を立

たせ、それぞれの手を握った。

耀子は胸がどきどきした。祈るような気持ちとはこのことかと思った。

アナウンスの女性の声が聞こえた。

「ただ今の試合——勝者、青コーナー木村君」

レフェリーが相手選手の手を上げるのと同時に、青コーナーの応援席から歓声が沸き起こった。ほとんど同時に赤コーナーの応援席からは「えー！」「何でやねん！」という声が起こった。耀子自身にとってもその判定はショックだった。

——一体どうして？　相手はもうグロッキーだったじゃない！

耀子はリング下のボードに目をやった。係員が「22」と「15」の数字を掛けているのが見えた。

第17章　見舞い

優紀が練習場に顔を出すと、山梨から戻ったばかりの沢木監督と鏑矢がいた。

鏑矢は優紀の顔を見ると少しバツの悪い顔をした。インターハイに続いて二度の敗北はさすがの鏑矢でもこたえたようだった。しかし試合については「俺の勝ちやった」と断固言い張った。

「ボコボコにしたのに、なんでポイント負けやねん」

練習前に鏑矢は部員たちに試合内容を熱く語った。自分の試合のことはあまり細かく話すことのない鏑矢には珍しいことだった。鏑矢によると、1ラウンドから3ラウンドまでずっと打ちまくったということだった。

「二回もダウン取ったんやで」

「そうなん？」と飯田が聞いた。

「2ラウンドに一回、3ラウンドに一回。あと十秒あったら絶対ぶっ倒してた」

鏑矢は心底悔しそうに言った。「俺のパンチで向こうはフラフラになってた。せ

やのに、ポイントは向こうが勝ってたんや。あんなん八百長や！」

優紀は「八百長」の意味を取り違えていると思ったが、黙っていた。

「でも、二回もダウン取ったのに、負けっておかしいよな」

野口の言葉に鏑矢は「そうやろう」と身を乗り出した。

「あんなけったいな判定ないで。機械が壊れてたか、インチキがあったんや！」

その時、それまで黙っていた沢木監督が口を開いた。

「お前も相手のパンチは結構もらってた」

「もろてへんて！」鏑矢が大きな声を上げた。

「いや、たしかにもらってた」

「そら、ちょっとはもろたかもしれんけど――」。俺のパンチの方がずっと効いてた

で。二回も倒したんやから。監督も見てたやろ」

「前にも言うたやろ。アマは、パンチのダメージの大きさは関係ない。ダウン取っ

てもパンチ一発としか見なされへんのや。きれいなジャブ一発もらったら同点や」

「そんなんおかしいで」鏑矢は口を尖らせた。「相手はもうフラフラやったのに

――」

「どれだけフラフラになったかは関係ない。ジャッジが見てるのはパンチや。そや

からガードが重要なんやと何回も言うてきたやろ」

鏑矢は黙った。

「それに、お前かて、フラフラやったやないか」

「それは——スタミナなくなったからで、パンチのせいやない。向こうは俺のパンチで倒れかけやったんや」

監督はもう何も言わなかった。ずっと試合を見ていたはずの高津先生も黙っていた。鏑矢もそれ以上は試合の話題を続けることはやめて、着替えに行った。しかし歩きながら小さな声で、「せやけど、あの試合は俺が勝ってた」と呟いた。優紀の目に、高津先生が苦笑するのが見えた。

国体では大阪府は少年と成年を合わせた団体戦で六位だった。稲村の優勝の点数が大きかった。稲村は五試合すべてRSCで勝ち、高校四冠を達成していた。

鏑矢の敗戦は、優紀にとっても大いに残念なことだったが、インターハイの時よりもそのショックは小さかった。それよりは自分が強くなることの方が大事なことに思えたのだ。鏑矢は鏑矢、自分は自分。鏑矢が勝っても自分が強くなるとは限らないのと同様、鏑矢が負けても自分が負けたことにはならない。

今の自分にとって何より大事なことは、「強くなる」ことだ。これはボクシング

が上手くなるというのとは少し違うと思った。

橋本にケンカで負けた時、自分には何が足りないのかわからなかった。ケンカは技術だけではない。

——あの時、なぜ練習のような強いパンチが打てなかったのか。

その答えもわかっていた。怖いと思ったのだ。橋本が形相を変えて向かってきた時、恐怖心に全身を捉えられた。腕が縮み、腰が引けた。そのために体が素早く反応してくれなかった。あれでは勝てない。

自分が小さい時から臆病者だったことをあらためて自覚した。おそらくこれは持って生まれた性格だ。それを変えることは至難の業だろう。それに自分には鏑矢のような闘争本能がないこともわかっていた。それを生み出すことも困難だ。

しかし、と考えた。すさまじい練習を積み、自分の強さに絶対的な自信を身に付けた時、恐怖心を振り払うことが出来るのではないか。もちろんそうなるまでには、死ぬほどの努力をしなければならないが、それしか方法がないなら、やるまでだ。

優紀は練習量を倍に増やした。朝のロードワークの10キロは同じだったが、間に入れるダッシュの本数を倍にした。腹筋と腕立て伏せの回数もそれぞれ倍にした。ラウンドの二分は一瞬たりとも手を抜かなかった。毎日のように先輩や沢木監督にパンチングミットを持ってもらい、

ワンツーと左フックを打ち続けた。サンドバッグを打つ時も目一杯打った。

マスボクシングの時は、相手のパンチから絶対に目を逸らさないようにした。相手のパンチをよけるのでなく、パンチを頭にかすらせるようにしてかいくぐる練習をした。これはヘッドスリップというテクニックで、鏑矢が得意とするものだったが、実際にやってみて、それがおそろしく難しい技であることがわかった。

ボクサーと言えど、パンチに対しては無意識にその軌道と射程から逃れようとする本能がある。だからどうしてもバックステップしたり、体を後ろに反らせたりしてパンチをよける。正面から飛んでくるパンチに向かって、逆に突っ込みながらそれをよけるという本能は人間にはない。それをやるためにはパンチに対する恐怖心を拭わなくてはいけない。しかし優紀には自分が恐怖心を払拭出来ないことを知っていた。ならどうするか——徹底的に技術を磨くしかない。

そこでマスボクシングの時にはバックステップでかわせるパンチに対しても、敢えて踏み込んでヘッドスリップでかわす練習を繰り返した。

「ユウちゃん、最近、相手のパンチにうまいこと踏み込んでいくなあ」

ある時、鏑矢が言った。

「カブちゃんの真似してるんや」

「ユウちゃんは背え高いから、そんなんする必要ないんとちゃうか」

「カブちゃんかて、背ぇは高い方やんか」

「中学時代は低かったんや。その頃スパーの相手はみんな年上で背ぇ高い奴ばっかりやったから、パンチをかいくぐって入るしかなかったんや」

「そうやったんか」

「その時にそんなスタイルが身についてもうたから、今でもそうやってるんや」

「怖なかった？」

「怖ないで。パンチなんかもらわへんもん」

優紀は笑った。たしかにそうだ。彼の反射神経は人間離れしている。相手のパンチをいとも簡単にかわして懐に飛び込む。

いくら練習しても鏑矢のようには出来なかった。パンチをかいくぐろうとしてともにもらうことが何度もあった。自分には鏑矢ほどの勘のよさがないのを思い知らされた。

そこでパンチが飛んでくる前にそれを察知しようと考えた。人間の腕は二本しかない。パンチは必ずそのどちらかから飛んでくる。パンチは大きく分けると、まっすぐに飛んでくるストレートと曲がって飛んでくるフックのどちらかだ。稀に下から飛んでくるアッパーカットというパンチもあるが、これは接近戦の時の例外的な

パンチだ。

優紀はマスボクシングをやりながら、相手のパンチを出す癖を見ようとした。最初はまったく見えなかった。それも当然で、ボクサーは皆、しょっちゅうフェイントをかけていたからだ。「イチニのサン」でパンチを打ってくるボクサーなんていない。皆、自分のパンチが読まれないように、グローブ、肩、肘、足など、全身を使って常にフェイントをかけている。何度もマスボクシングやスパーリングを経験すると、意識しなくてもそれが習性になる。

しかし習性になっているだけに、逆にたいていの者が同じ動きとパターンでフェイントをかけているわけだ。だんだん各自の癖のようなものが見えてきた。もっともそれは癖というよりもわずかな予備動作のようなものだ。グローブがぴくりと動いたり、肩がわずかに揺れたりだ。打つ直前に頭を傾ける者もいたし、足でリズムを取る者もいた。

井手さんなどは強い左を出す時には二度フェイントをかけて三度目に打ってくるからわかりやすかった。飯田さんは右を出す直前に右のグローブをほんのわずか引く。野口さんはボディを打つ前に視線がわずかに下がる。

それらの癖を読みとるにしたがって、パンチを予測して思い切ってパンチをかいくぐることが出来るようになってきた。

国体から戻ってきてからの鏑矢は、少し変わったように思えた。練習中に冗談を言う回数が減った。しかしそれはふざけなくなったというよりも何かいらいらしているような感じだった。

練習態度も若干変わった。以前はサンドバッグを打つのは「しんどい」という理由でほとんど打たなかったのだが、山梨から帰ってきてからは毎日のようにサンドバッグを打っていた。それもかなり力を入れて打っていた。何か腹立ちをぶつけているような感じだった。

国体での負けが相当悔しかったのだろう。練習の合間にも、口癖のように愚痴っていた。「あれは俺の勝ちやった」

悔しい気持ちは理解できたが、何度も聞かされると少々嫌になった。しかし鏑矢自身が「負けた」と思っていないことが若干の救いだった。鏑矢が自信を失う姿は見たくなかったからだ。

鏑矢に勝った相手は次の準決勝で敗退していた。ポイント負けだった。彼に勝った選手は決勝ではRSCで負けていた。そうしたことも鏑矢の不機嫌の一つだった。もっとも鏑矢のことだから、自分に勝った相手が優勝でもしていたら、余計に悔しがっていたに違いない。

鏑矢は自分が負けた後の試合は一切見ていなかったらしい。準決勝の日も決勝の

日もずっと会場の外で屋台の焼きそばを食べたり、芝生で寝ていたりしたと、高津先生から聞いた。

自分なら、負かされた相手の試合は必ず見るだろうなと優紀は思った。その選手に勝った選手の試合も見たい。見ることで、必ず得るものがあるはずだからだ。

それに稲村の試合も見たい。彼が決勝戦で戦った相手は、一ヶ月前のインターハイの決勝戦でフルラウンド戦った末に判定で下した選手だった。ところが同じ相手を今回はわずか四十秒でストップしたという。稲村は一ヶ月の間に急速に強くなったのだろうか──。

優紀はそうではないと思った。稲村は前回の試合で相手選手の癖をすべて読みとっていたに違いない。だからこそ、一ヶ月後の再戦で圧勝したのだ。

稲村はいつも相手の出方を探るように試合を始める。最初は自分からは手を出さず、むしろ相手にパンチを出させる。あれは、相手の戦い方のデータを入力しているのではないか。その証拠に2ラウンド目から積極的に攻めに転じる。もしかしたら稲村の強さの秘密はそこにあるのかもしれない。だとしたら、自分のやり方も間違ったものではないかもしれないと思った。

国体が終わった翌週の日曜日、監督の沢木先生と顧問の高津先生と部員一同で、

　吹田（すいた）の阪大病院に丸野のお見舞いに行った。

　丸野は新学期が始まって一度も登校していなかった。一度見舞いに行こうと皆で話していたのだが、国体の準備や本番で今日まで延ばし延ばしになっていたのだ。

　阪急電車で蛍池（ほたるがいけ）まで行き、そこからモノレールに乗った。鏑矢はモノレールに乗ったのは初めてらしく、大ははしゃぎだった。途中、万博記念公園を通って太陽の塔を見た時は、変な顔やなあと大きな声で言った。

「遊びに来てるんやないよ！」高津先生が見かねて注意した。

「ほんまにもう──お前は小学生か」

　沢木の言葉に皆笑った。鏑矢も笑っていた。

　ところが、駅を降りて病院へ向かおうとした時、鏑矢は急に、「俺、やっぱりやめとくわ」と言い出した。皆は冗談だと思ったが、鏑矢は本当に走ってどこかへ行ってしまった。沢木監督が大声で呼んでも戻ってこなかった。優紀も突然の行動に呆気（あっけ）にとられたが、どうしようもなかった。

　優紀たちは仕方なく鏑矢抜きで病室を訪ねた。

　久しぶりに見る丸野は少し痩せていた。心臓が悪いと聞いていたが、意外に元気そうだった。彼女の隣には母がいた。丸野の母だから、よく喋る大阪のオバハンみたいなのを予想していたら、全然違って、おとなしくて上品な女性だった。

「もうすっかり元気になってんねん。来週からは学校に行ける」

丸野は両手でガッツポーズしながら言った。

「無理すんなよ」飯田キャプテンが言った。「しばらく練習には来んでもええから」

「大丈夫。授業は休んでもボクシング部は行くわ」

沢木監督と高津先生が苦笑した。

「鏑矢君は?」丸野が聞いた。

「どうしても抜けられへんバイトがある言うて──」飯田が言った。

「鏑矢君、負けて落ち込んでなかった?」

「その点は安心や」優紀は言った。「本人は勝ったと思ってる」

それを聞いて丸野は少しだけ笑った。

「国体前に、鏑矢君が智子の見舞いに来てくれはったんです」

丸野の母が言った。優紀は驚いた。そんなことは一言も聞いてなかったからだ。

「その時、絶対に優勝するからお前も元気になれやって、智子に約束してくれたんです。優しい子やなあと思いました」

一同は驚きを隠さなかった。

「鏑矢君、優勝出来へんかったから、気にしてるんやと思うわ。そんなんどうでも

ええのに」

丸野が寂しそうに言った。

「あいつ、ほんまに今日はバイトで——」

キャプテンの飯田がしどろもどろに言った。丸野はにっこりしてうなずいた。

高津先生が丸野の母に、「礼儀の知らない子でしたでしょう」と言った。

「いいえ、かわいらしい子でしたよ。智子の憧れの子みたいですね」

丸野の母はにこにこして言った。

「かっこよかったでしょう、お母さん」

母は娘を見ながら微笑んだ。母の笑顔に丸野も嬉しそうに笑った。優紀はその光景を見て、いい親子だなと思った。たぶん病室でも鏑矢と丸野はいつものようなやり取りをしていたのだろう。お母さんはそれを微笑ましく見ていたに違いない。

優紀たちが見舞いを終え、病院から出てモノレールの駅に行くと、鏑矢がホームに立っていた。

「帰ったんとちゃうかったんか」沢木監督は呆れたように言った。

高津先生はきつい口調で、「どこにおったの?」と聞いた。

「そこら、ぶらぶら」

「本当に子供やね。丸野さん、がっかりしてたよ」

「どうせじきに退院するんやろう」

「そんな問題と違うでしょう！」

鏑矢はそれには答えず、ホームに落ちていたタバコの空き箱を蹴った。

「丸野さんに優勝の約束したんやってね」

高津先生の言葉に、鏑矢は振り返って彼女を見た。

「優勝するなんて、簡単に口約束したのね」

優紀はえっと思った。高津先生の言葉には大いに棘が含まれているように思えたからだ。

「優勝するつもりやったんや」

「それだけの努力をしたの？」

その言い方はまるでケンカを売っているように見えた。

「丸野、怒ってた？」

「怒るわけないやないの」

「今度は優勝するわ。来年の選抜大会は絶対優勝するから」

鏑矢は笑いながら言った。「全試合、1ラウンドRSCで勝つ！」

「言うだけなら誰でも出来るよ」

高津先生の言葉に鏑矢は笑うのをやめた。優紀はその顔を見て、やばいと思った。

「俺が嘘言うてると思てんの」

「嘘とは思ってないけど、子供の戯言と思ってるわ！」

鏑矢はいきなり高津先生の目の前で左フックを打った。ビュッという鋭い風を切る音がして、高津先生の右頬に垂れていた前髪が揺れ、彼女の顔を半分隠した。

「鏑矢っ！」と沢木が怒鳴った。

高津先生は平然と髪の毛を元に戻すと鏑矢を睨み返した。

「こんなとこですごんでも意味ないわよ。能書きよりも結果を見せてよ」

鏑矢は半歩前に出た。

「カブちゃん、やめろ！」優紀が言った。

「殴らへんて」

鏑矢は優紀の方を見て言った。それから高津先生の方を向くと、

「まあ、見とけよ、今度の選抜予選。あっと驚くで」

と言ってにやりと笑った。そして、「ほんなら、俺はバスで帰るわ」と言うと、改札を飛び越えて走り去った。

第18章　スパーリング

　九月の終わりの日曜日、耀子は久しぶりに大学時代の友人の久美と会った。JR神戸駅で落ち合い、買い物とランチを兼ねてハーバーランドに行った。そこはフィッシャーマンズワーフを真似たようなショッピング街とレストラン街が混ざった三階建ての建物だった。

　ランチを食べるためにモザイクに足を延ばした。

　デッキに出ると、すぐ目の前が海だった。陽射しはまだ強かったが、陸から海へ向かって吹く風は涼しかった。

　都会にいると気が付かなかったが、海のそばに来るといつのまにか秋が忍び寄っているのがわかる。見上げると、空の色も青みが深くなっているような気がした。

　カモメが空中で止まるようにホバリングしていた。ゆらゆらと揺れている様子はどことなくユーモラスだった。

二人は三階のレストランに入った。海を見下ろせる席に座った。ハーバーには観光船がゆっくりと進んでいた。その向こうの突堤には巨大なオリエンタルホテル、港の方にはホテルオークラとポートタワーが見える。夜だと夜景が綺麗だろうなと耀子は思った。

「夏、どっかに行った?」

料理を注文してから久美が聞いた。

「どっこも」耀子は言った。「久美はどっか行った?」

「会社の友達と韓国に三泊四日の旅行に行った」

「韓流やね。ええなあ」

「夏休みやから高かった。ほんでアホみたいに買い物したから、えらい散財したわ」

ワインが運ばれてきて、二人は乾杯した。

「昼間からお酒なんか飲んでええんかな」と耀子は言った。

「大丈夫、大丈夫」

前菜が運ばれてきた。

「そう言えば、私は九月に山梨に行ったわ、国体で」

「それって、ボクシング?」

「そう」

「例の子?」

耀子はうなずいた。鏑矢のことは久美に話していた。電車の中で助けてくれた男の子が耀子の勤める学校の生徒だったと知った時、久美は電話口で絶句するほど驚いていた。

「それにしても、あの時はマンガみたいなヒーローの登場やったね」

久美が前菜のサラダを自分の皿に移しながら言った。「そんな子に再会するやなんて、ほんで、ボクシング部の顧問になるやなんて、何か運命的やない?」

「そうかな」

「もしかして耀子、その子と結ばれるんと違う?」

耀子は笑った。「有り得ない——九つも年下やで」

「九つくらい、たいしたことないよ。今どきの高校生って大人やろ」

「それってドラマか何かの見過ぎやって。実際に高校生教えてたら、全然子供やいうのがわかるよ。それに——鏑矢君は、あ、その子は鏑矢って言うんやけど、特に子供やねん。もう中学生みたい」

「でも、強いんやろ」

「まあねえ」

耀子はそう言いながら、先日の国体の試合を思い出した。「いや、強くないわ」

「ケンカは強いけどボクシングは弱いの?」

「一応インターハイも国体も出てるから、弱いということはないんやけど——」

「すごいやん。強いやん」

「うーん……。でも、イマイチ強いという感じやないねんな、これが」

久美は悪戯っぽい目をしてフォークで耀子を指して言った。「惚れてるね」

「そんなことないって!」

「国体に出てるのに強くないって言うところが、語るに落ちてるよ」

「落ちてないって!」

むきになって言う耀子を見て久美はおかしそうに笑った。

「その子に強くなってほしいんやね」

「うん」耀子は言った。「あの子の才能は本当にすごいのよ。頂点に上り詰めることが出来る力があるのに——。でもそれを全然生かしてない。すごくイライラする」

久美はうなずいた。

「あの子の優勝するところが見たい。そこまで連れて行ってあげたいのに、私には

どうしてやることもできへん」

「何か母性本能をくすぐる子みたいやね」

耀子は少し考えて「そうかも」と言った。

久美はふと真面目な顔をして言った。

「そやけど、あんまり夢中にならん方がええよ」

「えっ」

「いつか裏切られた時に悲しい思いをするよ」

耀子は久美の顔を見た。

「選手に夢を見るのは勝手やけど——戦うのはその子やもん」

翌日、耀子が練習場に行くと、沢木監督の大きな声が聞こえた。

監督の前で木樽が不服そうな顔で立っていた。どうやら叱られているのは木樽の

ようだった。

「とにかく、あかん」

沢木に言われて、木樽は黙っていた。

「何かあったんですか?」

耀子は沢木に尋ねた。

「木樽の奴が」沢木は木樽を目で示して言った。「本格的なスパーリングをしたい

って言い出して——」

「マスじゃなくて、本気のパンチを受けてみたいんです」

耀子は木樽の目が真剣なのを見た。

「でも、これまでもスパーみたいなことをやってたんじゃないの？」

耀子が木樽に言った途端、沢木が「違います」と強い口調で言った。

「これまでのはあくまでマスの延長線上です。たしかに線引きは難しいものがありますが、マスとスパーははっきりした違いがあります。マスはたとえ少々強く打っても形重視です。しかしスパーは実戦に限りなく近い打ち合いです」

沢木は木樽に向かって言った。

「お前、ボクシングを始めてどれくらいになる？」

木樽はうなずいた。

「六ヶ月目です」

「アマチュアボクシング連盟の規定は知ってるか？」

「はい、でも──」

「たしかに以前はなかった規則や。昔は入門してすぐにスパーもやってたし、すぐに試合にも出た。しかしそれは事故の危険ということで、ボクシングを始めて一年は試合禁止、九ヶ月はスパーリング禁止という規則が生まれたんや。たしかに杓子定規な規則や。入門して一年言うても、毎日練習してる奴と週に一度の練習しか

「それなら、ボクシング始めて九ヶ月間はスパーリング禁止なんは知ってるやろう」

てない奴が同じに扱われるのもおかしいし、それに上達の度合いもみんな違う」

「はい」

「お前はもうスパーリング出来るだけの力は十分備えていると思う。しかしな、これは連盟の規則なんや。監督の俺がルール違反するわけにはいかん」

「じゃあ、マスボクシングを本気でやってもいいですか」

「アホ、それやったらスパーになるやないか」

沢木監督は呆れたように言った。「まあ、マスとスパーの線引きが明快にあるわけやないから、曖昧なルールではあるけどな。しかし、俺はルールは守る」

木樽は黙って頭を下げると、沢木の元を離れた。

木樽が向こうへ行ってから、耀子は言った。

「木樽君、本気ですね」

沢木は小さくうなずいた。「あの子はこの半年で変わりました」

「はい」

「最初入ってきた時はほんまにひ弱な子でした。がりがりに痩せて、力もスタミナもなかった。とてもボクシングみたいなハードなスポーツやれる子やなかったです」

「私もそう思います」

「ところが、あの子は強い心を持ってました。練習以外にも自分でロードワークし

たり、多分ウェイトトレーニングもしたりしたはずで
すが、おそらく相当すごい運動量のはずです。でないと、わずか半年であの体は作れません」

「たしかに体つきが全然変わりましたね」

「入部した時は49キロだったんですよ。それが今は55キロ。しかも増えた分はほとんどが筋肉です」

「すごいですね」

「すごいのは体だけやないです」

沢木は真剣な顔で言った。「あいつには馬鹿みたいに愚直なところがあります。左ジャブを教えたら、そればかりを何日も繰り返しました。右ストレートを教えたら、同じようにそればかりを繰り返しました。おそらく雨の日も風の日もただひたすら馬鹿の一つ覚えみたいに繰り返したんやと思います」

そうかもしれないと思った。木樽にはそういう恐ろしいまでの真面目さがある。

「今では左ジャブも右ストレートも、鏑矢を除いてうちの中では一番です。この前教えた左フックもかなりのものになってます」

「そうなんですか」

「スポーツの世界では、素直なことが伸びる条件です。監督やコーチの言われた通

りに同じことを馬鹿みたいに繰り返す。そんな奴が最終的に伸びます。どんな世界でもそうですが、才能だけで勝ち上がっていけるのは初めのうちだけです。本当に天下を取るのは、牛や馬みたいに黙々とやり続けることの出来る奴です」

沢木はちらっと木樽を見た。木樽はさっきから何度も柔軟運動を繰り返している。その隣では鏑矢が早々と切り上げて、手持ち無沙汰に体をぶらぶらさせている。

「練習前の柔軟運動が大事だということを教えたら、常に人の倍の時間をかけてます。あいつはええ選手になりますよ」

その言葉は耀子を喜ばせた。

「沢木先生は愚直なまでに素直なことが一流選手の条件だとおっしゃいましたが、自分で工夫することも大事なことじゃないんですか」

「それがないと一流にはなれんでしょう。ただ、自分で工夫するのはいいですが、まずは基本を徹底的に身に付けてからです。基本を完全に身に付ける前に、自分勝手な自己流や我流を貫く奴は、一見すごそうに見えますが、結局大きな壁にぶつかって伸びなくなります」

「木樽君はどうでしょう」

「あいつが自分からスパーをやりたいと言い出してきたのは、何か自分なりにやりたいことが見つかったんでしょう。マスでは出来ない何かが

「私も何となくそれを感じました」

「あいつは最近、鏑矢の真似をしてマスでもパンチをかいくぐって中に入ろうとしています。そやけどそれは実は木樽のスタイルやないです。鏑矢はファイターに近いボクサーファイターですが、木樽は多分ボクサースタイルが合ってると思います。背が高くてリーチがあるから、フットワークを生かして上体を起こして戦うスタイルが適しています」

「それなら——」

「なぜ直してやらないかと言うんでしょう。直すのは簡単です。でも、今あいつがやってることは決して無駄にはなりません。あいつがやろうとしているのは——パンチに対する恐怖心の克服やと思います」

耀子は沢木の鋭い観察眼に驚いた。またこんな風に沢木監督のボクシング技術論を聞くのは初めてだった。

「前から一つ疑問だったのですが、なぜ、ボクシングにはボクサーとファイターの二つのタイプがあるんですか?」

「もともとはボクサーというのは全部ファイターやったんです。ボクシングは十八世紀のイギリスで復活してからも長い間、不死身比べみたいなところがありました。互いに足を止めてがんがん打ち合って、どっちのパンチが強くて、どっちが頑

丈かが勝負みたいなところがあったと言われています。　当時はベアナックル──素手で打ち合っていました」

「素手、ですか」

「ベアナックル時代の最後のヘビー級チャンピオンが十九世紀末に活躍したジョン・L・サリバンです。サリバンは同時にグローブをはめて戦う最初の世界ヘビー級チャンピオンでもありました。　当時、無敵の英雄で、カリブの海賊のボスとも戦って殴り殺したというエピソードもあります。あまりの強さに何年も挑戦する者が現れなかったのですが、一八九二年に元銀行員だったジェームス・J・コーベットという男が挑戦したのです」

「元銀行員がですか？」　耀子は思わず笑った。

「痩せた男だったと言われていますが、このコーベットとサリバンが戦った試合がボクシングの歴史を変えたとも言われています。それはコーベットがこの試合で使った戦法がこれまでになかったまったく新しいものだったからです」

「それは何ですか？」

「フットワークです。コーベットはサリバンが打ち合おうとして近付くと逃げ、サリバンが立ち止まると、さっと接近して細かい左ジャブを当てて、サリバンが打ち返そうとすると、また足を使って離れるというヒットアンドアウェーの作戦で戦っ

たのです。完全にコーベットに翻弄（ほんろう）されたサリバンは血だらけにされて21ラウンド
にノックアウトされました」

「まあ──」

「でも勝ったコーベットはヒーローにはなれませんでした。当時の観客には『卑怯
者の戦法』と言われて、まったく人気はなかったそうです。一説には父親にさえも
嫌われたと言われています。しかし、このコーベットの使ったフットワークとヒッ
トアンドアウェー、それにジャブを多用する戦法は、その後のボクシングを大きく
変えたと言われています。もっとも体重の軽いボクサーはそれ以前からフットワー
クを駆使していたと思いますが、世界ヘビー級のタイトルマッチで行われたという
ことはボクシング界に与える影響力が大きかったと思いますね」

耀子は感心してうなずいた。

「するとフットワークを使ったボクサータイプの方が近代的で、ファイターという
のは古いタイプのボクサーなんですね」

「一概にそうは言えません。現代のファイターはサリバンのようにぼーと突っ立っ
てはいません。たいてい鋭い追い足を持ってますから、フットワークの技術も持っ
ています。ただ、打ち合いを好むという点では、古いタイプのボクサーと言えるか
もしれません」

「なるほど」

「でも、これは体型的なものも大きいのです。背が高くてリーチのある選手はそれを生かして戦った方が有利やし、反対に背が低くてリーチの短い選手は相手の懐に飛び込んで接近戦を挑む方が有利です。手が長い選手は離れると有利ですが、接近戦では逆にパンチが出しにくいということもありますから。あと——もう一つは選手の性格ですね」

耀子はまた一つボクシングの面白さを学んだ気がした。ボクシングのスタイルというものは、長い歴史とその選手の持つフィジカルな要素、それに性格が混じって作られていくということに何か不思議な感動を覚えた。

沢木は呟くように言った。

「本音言いますと、木樽にはスパーをやらせてやりたい。でも監督として、木樽だけを特別扱いするルール違反は出来ません」

木樽が沢木監督にもう一度スパーをやらせてほしいと直訴したのは翌日だった。

沢木は昨日と同じように駄目だと言った。

「お願いします」

木樽は何度も頭を下げた。

耀子はそれを見て、木樽が真剣にスパーリングをやり

たがっているのがわかった。沢木も木樽の顔をじっと見つめた。

「俺は恵美須高校の監督や。学校のボクシング部でルール違反をするわけには絶対にいかへん。俺がいない間にこっそりスパーリングすることも禁止や」

「はい」

「俺の知らんところで、よそで勝手にやるのはともかく、うちの高校でスパーリングは絶対に許されへん。わかるか」

木樽は一瞬複雑な顔をしてうなずいた。「──はい」

「以上」

木樽は頭を下げて練習に戻って行った。

「沢木先生、いいんですか？」と耀子が尋ねた。

「仕方ないでしょう。どう言うても、あの子を止めることは出来へんでしょう」

「たしかに」

翌日、耀子は木樽のクラスの英語の授業が終わった後で、木樽を教壇に呼んだ。

「何ですか、先生？」

「木樽君、スパーリングするアテはあるの？」

いきなり聞かれて木樽はどう答えようかと迷っている感じだった。

「どこかのジムに行くつもりなんでしょう」

ずばり切り込んだ耀子の言葉に、木樽は仕方がないという風にうなずいた。

「鏑矢が昔行ってたジムに行くつもりです」

「いつ?」

「今度の日曜日です」

「一人で?」

「鏑矢とです。元々はぼくが頼んだんですが、あいつもスパーがしたいって言い出して——。うちには俺とスパー出来る奴はいないから、プロの練習生とやりたいって。鏑矢もこの前の国体で負けて、今のままの練習ではあかんと思てるみたいです」

「そう——」

たしかにその通りだ。鏑矢の技量のレベルは高すぎて恵美須高校ではスパーリングの相手になるような選手はいない。マスボクシングの時も、鏑矢が部員たちにレッスンをつけているような感じだった。ボクシングは陸上競技などとは違って対人競技なだけに、高度な技を持った選手と競い合わないことには技量は上がらない。

耀子は、今までぬるま湯のような環境にやすやすと甘んじていたとばかり思っていた鏑矢がそのことに焦りを感じていることを知って、少し驚いた。もしかしたら二度の敗戦は無駄になっていなかったのかもしれない。だが技量を高めたいために

プロのジムで練習するというのは高校のクラブ活動としてはどうなのだろう。木樽がスパーリングを体験したいためにジムに行くのとは少し違うような気がした。

しかし耀子は木樽と鏑矢の行動を黙認してやろうと思った。

「沢木監督には一応報告しておきます。多分反対はしないと思う。でも、日曜日は私もついて行きます。形式的には、クラブの出稽古という形にします」

「わかりました」

木樽はにっこり笑って頭を下げた。耀子は小さなため息をついた。

翌週、十月の最初の日曜日、耀子は鏑矢と木樽と一緒に大鹿ジムを訪れた。二人とは環状線の西九条駅で待ち合わせた。名目上はクラブ活動の延長だから二人には学校の制服を着用させていた。しかし鏑矢は遠足気分だった。駅から歩く間も、ずっとテレビの「探偵！ナイトスクープ」の主題歌を口ずさんでいた。

「恥ずかしいからやめなさい」

鏑矢は素直に、はーいと言ってやめた。

「あれ、ユウちゃん、お前、だいぶ大きなってるんとちゃうか？」

鏑矢が木樽に並んで言った。「ちょっと、背え比べようや」

木樽が立ち止まって二人が向き合った。

「先生、比べてみて」

耀子は少し離れて二人の少年の背を見比べた。

「木樽君の方が大きいわ」

鏑矢は「あちゃー」と声を出した。「ユウちゃんに抜かれたか」

「入学してから、7センチ伸びたんや。今、178あるかな」木樽が言った。

「俺より1センチ大きいだけやんか」

鏑矢ががっかりしたように言った。その事実は耀子にも意外だった。木樽はずっと鏑矢より小さいイメージがあったのに、彼を抜いていたとは知らなかった。このくらいの年齢の子供って気付かない間に急速に変わっていくんやな、と耀子は思った。

「ほんでか、ユウちゃんブレザーちんちくりんなんは」

鏑矢に指摘されて、木樽は少し顔を赤らめた。たしかに丈も袖もかなり短かった。耀子は木樽の家が裕福でないことを知っていた。多分、購入して半年も着ていない制服を買い直してほしいと親に言えないのだろうなと思った。しかし鏑矢はそんなことはお構いなしに、木樽の服を笑った。耀子は鏑矢の無神経さに呆れた。

その時、木樽の携帯電話が鳴った。木樽は二人に、「家からや」と言った。

「たしか鏑矢君と木樽君は幼馴染みって言うてたね。耀子と鏑矢は木樽から少し離れて先を歩いた。

「うん」

「仲がええのは幼馴染みやから?」

「幼馴染みはようけおるけど、ユウちゃんは特別やな」

「相性が合うんやね」

「相性というか——」

鏑矢はちょっと後ろを振り返って木樽を見た。木樽は二人から少し離れて電話していた。

鏑矢が手を振ると、木樽も手を振った。

「俺、幼稚園の時、家出したことあんねん」

鏑矢はちょっと恥ずかしそうに語った。

「店の金パクって買い喰いしたんがばれて、親父に思い切りどつかれて、それでも家出したれと思て家飛び出してん。その時、ユウちゃん誘たんや」

「家出って一人でするもんやないの」

「やっぱり一人は怖かったんやろな。ほんで、ユウちゃんとこ行って、家出するから一緒に来て言うたら、ユウちゃん付いてきてくれたんや。それで二人であてものう街をうろついたんやけど、そのうち夜になって——。暗いし、怖いし、腹は減るし、ユウちゃんが泣き出してん。ほんで、俺、ユウちゃんはもう帰りって言うんやけど、ユウちゃんは帰らへんて言うんや。泣きながら、カブちゃん置いて帰ら

へんて言うんや。俺、それ聞いた時、わんわん泣いてもうて――」

鏑矢は照れくさいのか、ぺろっと舌を出した。

――鏑矢と木樽の友情にはそんな歴史があったのか。耀子は夜の街で泣いている二人の男の子の姿を思い浮かべて、微笑ましく思った。そこには幼いながらも男の子らしい友情とマッチョの心があると思った。

大鹿ジムは環状線の西九条駅から五分くらいのところにあった。裏通りを入ったところの古いビルの一階にあった。ジムの向かいは銭湯で、その隣は鉄工所だった。ジムの二階には聞いたこともないようなサラリーマン金融の店があった。

昭和の匂いが残るような街並みとジムだわと耀子は思った。

ジムの入口に「大鹿ボクシングジム」と看板が出ていたが、今どきの若い女性がやるようなボクササイズとかフィットネスボクシングなんかがあるような雰囲気ではなかった。

「なんかおどろおどろしいわね」と耀子は言った。

「でも、ここ二人も世界チャンピオンを出してるんやで」鏑矢は言った。「二十年以上前やけど」

「タイムスリップしたみたいなビルやね」

「中に入ったら、もっとびっくりするで」

鏑矢の言う通りだった。ドアを開けてジムの中に入ると、室内には明かりはほとんどなく、薄暗かった。　横長の部屋で五〇畳くらいの広さはあったろうか。天井は高く鉄骨が剥き出しで、昔は倉庫か何かの感じだった。一隅が事務所スペースになっていた。壁にくっつくようにかなり小さめのリングがあった。

空気がどんよりしていて、むっとする汗の臭いが鼻をついた。　恵美須高校の練習場もみすぼらしい佇まいだったが、ここはそれ以上だった。

何人かの男たちが練習していた。

「こんにちは」

鏑矢が挨拶した。　中にいた数人が「おう」と言った。

「鏑矢やないか、久しぶりやな」

人相の悪そうな一人の青年がバンデージを巻きながら近付いて来た。

「佐川さん、久しぶりです」

「何しに来たんや」

「練習させてもらおうかと思いまして。　曽我部さん、います?」

「事務所におるで」

「ほな、ちょっと挨拶してきます」

鏑矢はそう言って鉄製の剥き出しの階段を登って事務所に向かった。その時、ゴン

グの音が鳴った。練習していた男たちが動きをやめて、軽いステップを踏んでいる。他の練習生らしい男たち

青年は後に残された耀子と木樽を無遠慮に見つめた。

も、若い女が珍しいのか、じろじろと見ていた。

「あんた、鏑矢の何？」佐川が聞いた。

「高校の教師です」

「へえ、先生なんか」

佐川は耀子の体を上から下まで舐めるように見た。「名前なんて言うの？」

「高津と申します」

「年なんぼ？」

さすがに耀子もその質問には答えなかった。

「女性に年齢を聞くのは礼儀としてどうなのですか」木樽が言った。

佐川はじろっと木樽を睨んだ。「何や、お前は」

「鏑矢と同じ高校のボクシング部の者です」

「年聞いたらあかんのか」

「失礼やないですか」

「お前、口の利き方知らんな」

佐川が凄むように一歩近付いた。

木樽が耀子を守るように前に立った。木樽のそ

んな行動に耀子は驚いた。その時、鏑矢が曽我部と一緒に現れた。

「練習してええって」鏑矢が言った。

佐川は木樽を露骨に睨み付けてから離れた。その時、またゴングが鳴った。練習生たちは再び体を動かし始めた。

「どうしたん？」鏑矢が木樽に聞いた。

「あの人が――」

木樽が佐川を指さした。鏑矢は振り返って佐川を見た。

「佐川さんは昔暴走族におったんや。気の荒い人やから、あんまり近付かんとき」

「あの人の方から近付いてきたんや」

「相手にせんといたらええんや。そんなことより、早よ着替えよ」

鏑矢は木樽と一緒に更衣室に行った。

後に残された耀子は仕方なく部屋の端に置いてあった、木製の長椅子に座った。

あらためてジムの中を見渡した。五〇畳くらいの部屋の一角に小さなリングがあった。恵美須高校のリングよりも二回りくらい小さいものだった。両側の壁には窓があったが、窓の外はぎりぎりに建った隣のビルの壁があり、そこから入ってくる光はほとんどなかった。蛍光灯が申し訳程度に点いていたが、全体は薄暗く、長くいると気が滅入ってくるような感じがした。前に鏑矢が乱入したジムの方が断然近

代的でスマートだった。

練習は恵美須高校と同じようにラウンドごとになっていた。練習生は七人いた。シャドーボクシングが三分で、インターバルは三十秒だった。練習風景は高校のボクシングをする者、サンドバッグを打つ者、ロープを跳ぶ者、練習生たちは少年ではなく耀子より少しグ部と変わりはなかった。ただ違うのは、おそらく皆働きながらボクシングをやっているのだ下くらいの大人だったことだ。こんな薄暗い汗の臭いのこもる

十月の日曜日の午後に、遊びにも行かずに、練習生たちの気持ちというのはどんなジムで黙々とボクシングのトレーニングに励む若者たちの気持ちというのはどんなものなのか、耀子には想像もつかなかった。

佐川はサンドバッグを打っていた。まるで何かの怒りをぶつけるように激しくグローブを叩きつけている。不意に佐川がこちらを見た。目が合った耀子は慌てて視線を逸らした。佐川だけでなく、練習している若者たちは皆、耀子を意識しているのが彼女自身にもわかった。シャドーボクシングしながらちらちら見る者、柔軟体操をしながら視線を向ける者がいた。耀子はすごく居心地が悪かった。

まもなく佐川と木樽が練習着に着替えてやって来た。二人は早速柔軟運動をしたが、鏑矢はいつものように簡単に済ますと、軽くシャドーボクシングを始めた。一方、木樽はゆっくり時間をかけて体をほぐしていた。

耀子のそばに曽我部がやって来た。耀子は立って挨拶した。耀子よりも頭一つくらい背が低かった。年齢は七十くらいに見えたが、眼光だけはやけに鋭い老人だった。

「前にお会いしました、兵庫県の塩屋高校で。国体の近畿ブロック大会でした」

「覚えてる」

曽我部は耀子の座っている長椅子の隣に座った。

「カブの奴が来るのは半年ぶりや」

曽我部はTシャツの胸ポケットからタバコを取り出して口にくわえた。

「鏑矢君はこのジムでボクシングを習ったんですか?」

「中学二年生やったかな」

曽我部は百円ライターで火を点けた。「ラーメンの配達に来よったんや。それが出会いや。そっから俺が手取り足取り教えた」

「才能あったんですね」

「最高やったで。身のこなしが素早あてな、全身がバネで出来てるような奴やった。痩せてて小さいのにパンチがあった」

その時、鏑矢が近付いて来た。

「曽我部さん」

「何や」

「今日、スパーやらしてくれませんか?」

曽我部はそれには答えずに、「国体の準々決勝で負けたんやてな」と言った。鏑矢は少し表情を歪めた。

「勝ってた試合です」

「負けた奴はみなそう言う」

「ほんまですって——なあ先生」

鏑矢は助けを求めるように耀子を見た。曽我部も耀子の顔を見た。

「私はわからへんわ。でも22対15やから、ポイントは開いてたよ」

「俺が勝ってたんやって!」鏑矢が大きな声で言った。「ダウンも二回取ったんや。俺は一回も取られてへんで。プロやったら、楽勝やった」

「アマの試合に出てて、言うな!」曽我部はきつい口調で言った。「ジャッジがおかしいねん。ダウン取ったパンチも触ったようなパンチも同じ扱いで。相手がやってたんはタッチボクシングや」

「ほんなら、お前もそういうパンチを打ったらええやないか」

「そんなへなへなパンチ打てませんよ。ボクシングは相手をぶっ倒すもんやないですか」

曽我部は鼻で笑った。

「それは相手を倒せる奴が言うセリフや。お前は相手をよう倒しきらんかったんやろ。お前のパンチもへなへなパンチやないか」

鏑矢は言葉に詰まった。

「ルールに文句あるんやったら最初から出るな。それにな、ジャッジが信用でけへんのやったら、ジャッジなんかに試合をまかすな。ほんまに強い奴は――」

曽我部は拳を鏑矢の目の前に突き出して言った。「おのれの拳がジャッジや！」

鏑矢はすっかり黙ってしまった。

「稲村いう奴はどうやってん？」

鏑矢が答えなかったので、耀子が代わりに「優勝しました」と答えた。

「内容は？」

「全試合、RSCです」

「せやけど、俺、稲村とスパーして倒したんですよ」

曽我部がぎろっと睨んだ。「スパーと試合は違うわ」

耀子は鏑矢を弁護してあげようかと思ったが、曽我部にボクシング論で勝てるとは思わなかったのでやめた。あの時、鏑矢はたしかに稲村を圧倒した。素人の耀子が見ても素晴らしい動きだった。しかしスパーリングと試合は違うという曽我部の言葉にもそれなりの説得力があった。

鏑矢は不機嫌そうにその場を離れた。

「曽我部さん、ちょっといいですか」

耀子は鏑矢が遠くへ行ってから言った。

「何や？」

「前に鏑矢君のこと錆(さ)びたって言ってましたよね。六月の近畿大会の時ですけど」

「言うた気もするな」

「昔はもっとすごかったんですか？」

「すごいなんちゅうもんやなかったな。バネ、反射神経、パンチ力、ボクサーにとって必要な全部が揃ってた」

「そんなに──」

「デュランの再来かと思たで」

誰のことかわからなかったが、おそらく有名なボクサーなのだろう。

「入門して二週間目に初めてスパーリングをした時、プロの四回戦相手に一方的に打ちまくりよった」

「プロ相手にですか？」

曽我部はうなずいた。

「相手はスパーの途中から泣き始めた。そらそうや。二年もやってきた奴が入門二

週間の中学生に完全にあしらわれたんやからな」

「すごいですね」

「相手が泣くもんやから、カブは途中から手を抜きやがった。俺はインターバルの時に往復ビンタをくれてやった。たとえスパーでも相手を殺すつもりでやれ、と。それで次のラウンドは滅多打ちにしよった。相手はその日のうちにジムを辞めた。ジムにとってはえらい損や。そやからその日のことはよう覚えてる。相手がジムを辞めたんを知ったカブはえらいショックを受けよってな。俺も辞めますって言いよった——優しい子やった」

鏑矢がそんな少年だったとは意外な話だった。

「俺はあいつに残酷に相手を打ちのめすことを教えた」

「なんでそんなことをするんですか」

「なんでやて？」

曽我部は馬鹿を相手にするような顔で耀子を見た。「優しい心を持ってたんでは頂点には上られへん。この世界は相手を殺すつもりで戦う奴やないとあかんのや」

「あの子が望んだんですか？」

「俺はボクシングのトレーナーや。練習生を強くするためにやっている。練習生もそれを望んでる。言うとくが、残酷な人間を作ってるんやないで。あくまでリング

の上だけの話や。実生活とは全然違うんや、そこんとこを勘違いするなや」

　耀子は少し緊張しながら尋ねた。「どうやって、相手を打ちのめすボクサーにし

たんですか？」

　「これはゲームやと教えたんや。リングを使ったゲームなんやと。このゲームで

は、相手を徹底的に打ちのめす者が最高に偉いんや。このゲームに向かない奴は辞

めていくだけや。せやから、いくら打ちのめしてもええんや、と」

　曽我部はそう言って歯の欠けた口でにやりと笑った。　耀子はぞっとした。

　「そこまでする必要があったんですか」

　「ボクシングは遊びやないんや。メキシコあたりやったら、十代初めにプロで喰う

とる奴は山ほどいる。タイのムエタイ選手もみなそれくらいから試合をやる」

　「ここは日本ですよ」

　「そんな言い訳が世界で通用するんか。メキシコ人と試合する時に、日本人やから

て甘くしてもらえるんか」

　耀子は議論が噛み合っていないと思った。

　「あいつは狼になりよった。相手を残忍に打ちのめすというリングの掟を身につけ

よったんや。きつい練習にもよう付いてきよった」

　「鏑矢君が一所懸命に練習したんですか？」

「ああ、よう言うことを聞いてよう練習したで」

鏑矢がきつい練習に付いていったとはにわかには信じられなかった。

「それやのに——」曽我部は大きくタバコを吸い込んで煙を吐いた。「あいつはプロにならんと、高校なんかに行きやがった」

「中学卒業して、すぐプロになれる」

「満十七歳からプロになれるんですか?」

耀子は鏑矢の年齢を計算した。たしか早生まれだから、まだ十五歳だ。

「それも玉高に行くんやったらまだしも、恵美須高校なんかに行きよって。お陰ですっかり錆び付いてしもたわ。高校生相手にころころ負けるとはホンマ情けない」

曽我部は吐き捨てるように言った。

耀子は黙っていた。たしかに曽我部の言うようにぬるま湯の中で錆び付いてしまったのかもしれない。その時、ふと疑問が湧いた。

「あの子にとってボクシングって何なんでしょう?」

曽我部は、うん?という顔をした。「そんなことは知らんな」

曽我部にとっては、そんなことは興味の埒外{らちがい}のことなのだと耀子は思った。

「プロになりたかったんでしょうか?」

曽我部は少し考えたが、首を振った。

「あいつにとったら、ボクシングはまだゲームの一つにすぎんかった。俺がそう教えたから、しゃあないんやが——」

耀子はうなずいた。

「せやから、あいつにはハングリーなもんがない。なんちゅうか、心の奥にどろどろした怒りとか、這い上がりたいとかいうもんがないんや。それがあいつの限界やな。きつい練習について来たんも、ただゲームに勝ちたいいうだけやったな。高校に入って練習せんでも勝てるとなったら、さぼり出したんやろう」

耀子はそうかもしれないと思った。曽我部の鎖から解き放たれて自由になった途端、鏑矢はだらけてしまったのだろう。しかし二度の敗北で、鏑矢はもしかしたら生まれ変わろうとしているのかもしれない。だからもう一度、このジムに戻って来たのかもしれない。

耀子はジムの中を見渡した。ボクサーたちが黙々と練習している。声を出す者は一人もいなかった。広いジムの中は、ステップを踏む音、サンドバッグを打つ音、ロープの音しかしなかった。

「あの子が鏑矢の連れて来た子か？」

曽我部はシャドーボクシングをしている木樽を指さした。

「はい。ボクシングを始めて半年です」

曽我部はしばらく見ていたが、ぽつりと、「典型的な不器用な選手という感じやな」と言った。

その遠慮のない言い方に耀子は少しむっときた。

「ただ、ええバネを持っとる。足腰が強そうや。それに、ええワンツーを持っとる。左フックの返しも速い。ええ指導者に付いとるな」

「うちの監督が指導しました」

「沢木か」

「ご存じなんですか？」

「ええ選手やったけど、もう腑抜けになってしもとるな」

耀子は答えられなかった。曽我部はじっと木樽のシャドーボクシングを睨むように見ていた。

「まだワンツーと左フックしか打てないんです」

「それをしっかり打てたら十分や」

「あの子はまだ一度もスパーリングをしたことがないんです」

「あとで、やらせたるわ」

曽我部はそう言うと、木樽から鏑矢に視線を移した。その瞬間、目つきが厳しくなったように耀子は思った。

鏑矢の動きは普段よりきびきびしていた。曽我部の目を意識しているのかもしれない。

「あいつはいつもあんな風に動いてるんか?」曽我部が聞いた。

「いつもよりも速いような気がします」

「せやろな。上体の動きに足が付いていっていない。走り込み不足やな」

耀子は曽我部の鋭い目に驚いた。

ゴングが鳴った。練習生たちが一旦動きをやめて体を軽くほぐすように動いている。

突然、曽我部が怒鳴った。

「カブ!　次のラウンドでスパー行くか!」

鏑矢が大きな声で、「はい」と答えた。

曽我部は鏑矢の相手に練習生の一人を指名した。

「相手の人はどんな人なんですか?」

「遠山弘晃、ライト級の日本八位や」

曽我部はそう言うと、椅子から立ち上がって、リングのそばに行った。耀子も後を追いかけた。

鏑矢と遠山はノーファウルカップとヘッドギアをつけてリングに上がった。その時、耀子は鏑矢のつけているグローブが小さいことに気が付いた。

「あのグローブは12オンスですか?」

「10や」

「試合用じゃないですか」

「プロの試合はスーパーウェルターまでは8オンスでやるんや。うちはスパーはいつも10オンスでやってる」

耀子が何か言う前にゴングが鳴った。

鏑矢はさっと飛び出すと、速いジャブを打った。耀子の目の前、1メートルくらいのところで鈍い衝撃音と共にパンチが当たるのが見えた。

遠山は右ストレートを出した。鏑矢はダッキングしてよけた。遠山は鏑矢の体を両手で押すように突くと、バランスの崩れたところに右フックを打った。鏑矢はロープでブロックしたが、パンチの衝撃で体が揺れた。

遠山の体は鏑矢よりも二回りくらい大きかった。

鏑矢のパンチが当たっても、遠山はけろりとしていた。逆に鏑矢は遠山のパンチをブロックしても体が揺れた。耀子は一階級違うと、上のクラスのジャブはストレートになるという言葉を思い出した。

しかし鏑矢は速かった。狭いリングにもかかわらず、右に左に体を動かして、遠山のパンチをほとんど喰わなかった。

「遠山、アマ相手に何をしてる！」

曽我部が怒鳴った。「相打ちで行け。少々パンチもろてもええからコーナーに詰めろ！」

遠山はガードを上げながら、強引に前進した。鏑矢の左ジャブに左を合わせた。速い鏑矢のパンチを受けながらも、遠山は連打して踏み込んだ。鏑矢がコーナーに詰められた。遠山の重いパンチが鏑矢を襲った。鏑矢はガードの上から打たれた。

「遠山、上下で打て！」

曽我部は怒鳴った。

「鏑矢、パンチを出して体を入れ替えろ！」

鏑矢が左を引っかけながらコーナーを出た。その時、遠山が伸ばした右ストレートが鏑矢の顎を捉えた。鏑矢の腰がよろけた。その時、ゴングが鳴った。

曽我部はコーナーに戻った遠山に向かって、「鏑矢の距離で戦うな。接近戦を挑め」と指示した。それから鏑矢に向かって、「強いジャブを打て。相手を中に入れるな」と指示した。両選手は「はい」と返事した。

「遠山選手の方がかなり大きいように思いますが……」

耀子の言葉に曽我部は平然と答えた。

「遠山はふだんは68くらいあるからな、カブとは10キロ近い差があるやろう。三階

級くらい差があるはずや

　耀子は驚いて何か言おうとしたが、その時ゴングが鳴った。

　遠山は曽我部の指示通りガードしながら距離を詰め、フットワークを使いながら強い左ストレートを打った。この子、プロのランカー相手に負けてない。耀子は鏑矢の強さに驚いた。

「遠山、ボディを打て。カブの足を止めろ！」

　遠山は鏑矢のジャブを払いのけて中に入ると、鏑矢のボディに左右フックを叩きつけた。鏑矢は露骨に嫌そうな顔をした。

「そこで上下を打て！」

　遠山はボディから顔面にパンチを打ち分けた。鏑矢が再びコーナーに詰まった。鏑矢は防戦一方になった。遠山は鏑矢のボディを打て。ボディが効いたのかスタミナが切れたのか、鏑矢のパンチがびしびし決まった。　耀子は鏑矢

「止めてください！」耀子は叫んだ。「ダウンです！」

「うるさい！」曽我部は怒鳴った。「アマの試合とは違うんや、黙っとれ！」

　鏑矢はいきなり左で遠山の右脇腹を打った。ガードが下がったところに同じ左でテンプルを打った。一瞬、遠山が棒立ちになった。鏑矢はするりとコーナーを出ると、速いワンツーを打った。

遠山は右アッパーを鏑矢のボディに打った。うっという鏑矢の呻（うめ）き声が聞こえた。

しかし今度は鏑矢の右ストレートが遠山の腰ががくんと落ちた。そこに鏑矢が鋭い左フックを返した。パンチの衝撃で遠山の頭が横を向いた。

耀子は、やったと思った。

しかし遠山は倒れなかった。逆に右ストレートを鏑矢に打ち返した。鏑矢はかろうじてよけたが、続いて飛んできた左の脇腹打ちをまともに受けて、体をくの字に曲げた。

ゴングが鳴った時、鏑矢は「きつう」と言って、リングに四つん這（ば）いになった。

「こら、リングにグローブをつけるな！」

曽我部の怒鳴り声に、鏑矢はよろよろと起き上がってリングを降りたが、疲労困憊（ばい）の顔だった。

「どうやった、遠山？」曽我部が聞いた。

「カブの奴ですか？　パンチは重くなってましたが、スピードが落ちてますね。前はもっと速かったですよ」

曽我部はうなずいた。

「そのカブをお前はなかなか捕まえられんかったやないか」

遠山は照れ笑いを浮かべた。

「カブ、聞いたか?」

「はい」

「スピード不足の原因は何や?」

「練習不足です」

「それとスタミナ不足やな」

「はい」

「気い向いたら、いつでも来いや」

「はい」

鏑矢は一礼すると軽くシャドーボクシングを始めた。曽我部は嬉しそうな細い目をしてその様子を見ていた。しかし耀子には、その目は愛情に満ちたものではなくサーカスの虎か何かを見つめる調教師のように見えた。

「どうして、あんなに階級の違う人とやらせたんですか?」耀子は曽我部に尋ねた。

「カブが重い奴とやりたいと言うたんや。出来たらライトの人とやりたいてな」

「鏑矢君が?」

曽我部はにやりと笑った。

「あいつ自身、何か考えるとこがあるんやないんか」

第19章　転向

優紀は腕立て伏せ一〇〇回を終えると、そのまま芝生の上に仰向けになった。

目の前に抜けるような青い秋の空が広がっている。目を閉じると、河川敷を吹く朝の風が頬を撫でるのを感じた。JR京都線の列車が鉄橋を走る音が聞こえる。大阪から新大阪へ向かう列車だ。日が昇ってきて、気温も上がってくるのがわかる。

昨日のスパーリングを思い出した。鏑矢と共に出かけたプロのジムで初めて経験したスパーだ。しかも相手はプロだった。

鏑矢の師匠だったという曽我部という老人に「スパーをやるか」と言われた時は緊張と喜びで思わず「はい」という声がうわずった。

「体重はどれくらいや?」曽我部は聞いた。

「55キロくらいです」

「スーパーバンタムか」

スーパーバンタム級という階級はアマチュアにはない。バンタム級とフェザー級の間の階級で、かつてはジュニアフェザー級と呼ばれていた階級だ。

「スパーは初めてか？」

「はい」

曽我部が優紀の相手に選んだのは佐川だった。練習前に木樽に凄んだ男だ。

「こいつはバンタムの四回戦や。けど、今の体重はお前と同じくらいや。胸借りるつもりでやってみろ」

「はい」

曽我部は佐川に向かって、「あんまり本気で打つな」と言った。佐川はにやにや笑ってうなずいた。それを見た時、本気で来るなと思った。しかし怖いとは思わなかった。むしろ生まれて初めて本気で打ち合えることに嬉しさを感じた。初めてつける10オンスのグローブにも不思議と恐怖感はなかった。

ゴングが鳴ると、いきなり佐川が打ち込んできた。優紀はバックステップしてパンチをよけた。リングは恵美須高校のものよりも二回りくらい狭く、フットワークが使いにくかった。すぐにロープに詰められ、追い打ちのパンチはブロックした。佐川の右パンチをもらったが、追い

一旦ロープから逃れて、中間距離になった。ジャブを打つと、軽いグローブのせ

いか、自分のパンチが速く感じた。

佐川がジャブを打ってきたが、スウェーバックでよけて
きた。これもよけられると思ったが、浅くもらってしまった。

おそらく10オンスのグローブのせいだろう。

ジャブが再びワンツーを打ってきた。左はかわしたが、また右をもらった。

ジャブが相打ちになった。しかし後ろによろけたのは優紀の方だった。

踏み込みが鋭いのだ——と優紀は思った。相手はアマの打ち方とは全然違う。体
全体を使って踏み込んでくる。だからよけられると思ってももらってしまうのだ。

また右をもらった。まともに右目に当たり、目がかすんだ。パンチの衝撃度もマ
スとは全然違う。優紀は足を使って距離を取った。しかし佐川はすぐに距離を詰
め、またも右を打ってきた。優紀はかろうじてブロックしたが、二発目の右をボデ
ィにもらった。

優紀の左ジャブも当たったが、相手の前進を止めることは出来なかった。すぐに
距離を詰められ、連打を浴びた。テンプルにパンチをもらって一瞬、頭がまっ白に
なった。気が付くと、膝もついていた。倒れたのだ、とわかるのに一秒以上かかった。

立ち上がった優紀に、曽我部が「やれるか」と聞いた。

「やれます」

そう答えて、グローブを構えた。すぐに佐川が襲いかかってきた。いきなり右が飛んできた。優紀はバックステップしたが、軽く顔面にもらった。次の左フックはスウェーバックしてかわしたが、踏み込んで打ってきた右をまた顔面にもらった。

——やたらと右を打ってくる。この右を何とかしなければ。

距離を取って、相手の右をよく見た。佐川の右のグローブが一瞬わずかに下がる。すぐに右が飛んできた。優紀は両手でブロックして、横に逃げた。佐川が追ってくる。また右にグローブがわずかに下がった——見えた。佐川の右ストレートをダッキングでかわした。佐川は右を空振りして前につんのめった。優紀の目の前に佐川のがら空きの脇腹がさらされたが、左を打つタイミングを逃した。ジャブは思ったよりも伸びがない。向き直った佐川はジャブを連続して打ってきた。優紀はサイドステップして右パンチをよけた。

その時、ラウンド終了のゴングが鳴った。

「どや、アマのへたれボクシングとは大分ちゃうやろ」と佐川は大きい声で言った。コーナーに戻ってから、口のまわりが妙な感じなのに気が付いた。グローブで拭いてみると真っ赤だった。鼻血が流れていたのだ。やってくれたな、と思った。このお返

しはさせてもらうぞ。

ゴングが鳴って、2ラウンド目が始まった。

佐川のジャブが飛んだが、これは軽く上体を引いてよけた。左はたいしたことは

ない。気を付けないといけないのは右のパンチだ。パンチを怖がるな。もらわなけ

ればいいのだ。恐れずに行くんだ。

佐川の右のグローブが動いた――来る。優紀は佐川の右ストレートをかいくぐる

ようにかわすと、懐に飛び込んで右でボディを打った。まともにカウンターにな

り、佐川が、うっという声を上げるのが聞こえた。

再び中間距離になり、佐川はワンツーを打ってきた。優紀はまたも右フックをか

いくぐってかわすと、今度は右のショートストレートでボディを打ち、切り返しの

左フックを顔面に打った。左は佐川の耳のあたりに当たった。

「野郎！」

佐川は形相を変えて向かって来た。右のグローブの動きが前以上に大きくなって

いる。優紀は佐川が右を打つ直前に左ストレートを打った。優紀のパンチはカウン

ターになり、佐川の右は空を切った。優紀は間髪入れずに右ストレートを打った。

棒立ちになっていた佐川の顎にまともに決まった。佐川の腰がリングにすとんと落

ちた――。

優紀は目を開いた。頭上にはさっきと同じように青い空が広がっている。その空にかざすように寝ころんだまま両手を突き上げた。拳にはまだ昨日のあの感触が残っている。

生まれて初めてのスパーリングでダウンを奪った。しかも相手は四回戦ボーイとはいえプロだ。

ダウンを奪った後のことはよく覚えていない。佐川は立ち上がったが、それまでの強気はどこかへ忘れたようにガードを固くした。優紀は逆に攻め込んだが、夢中で連打している時にゴングが鳴った。その時、佐川はほっとした表情を浮かべた。

リングから降りる時、鏑矢と目が合った。鏑矢は少し驚いたような顔をしていた。

「お前、佐川の癖がどこでわかった?」

曽我部が優紀のグローブを外しながら聞いてきた。

「1ラウンドの終わりです」

曽我部はうなずいた。それから小さく舌打ちしながら、「あいつのあの癖はいくら言っても直らん」と言った。

「カブ」と曽我部は鏑矢の方を向いて言った。「こいつは強なるぞ」

鏑矢はにっこりして親指を出した。

優紀は高津先生の顔を見た。先生の感心したような表情を見た途端、心が喜びで一杯になった。初めて憧れの女性の前で胸を張りたい気持ちになった。

優紀は芝生の上に起き上がると、シャドーボクシングをした。右ストレートをかいくぐって右フック、ワンツーを打つ。返しの左フック。さらにもう一度右ストレート。ワンツー、左フック、ワンツー、左フック。パンチの風を切る音がはっきり聞こえた。

その日、「秋の総体」の出場者を決める時、沢木監督と鏑矢が衝突した。

選抜の大阪予選は正式名称「大阪高等学校総合体育大会」といったが、これを勝ち抜いた者が近畿大会に進み、そこで優勝した者が翌年三月に行われる「全国高等学校ボクシング選抜大会」に出場出来るために、「選抜予選」と呼ばれていた。選抜大会は高校三冠の一つだった。

その「選抜予選」に、何と鏑矢はライト級で出場すると言い出したのだ。これには沢木監督も驚いた。しかし優紀はうすうす気付いていたので、驚きはなかった。

「ライトには稲村がおるんやぞ」沢木監督が言った。

「わかってますよ」

「何でそんな無茶をするんや?」

鏑矢は黙っていた。

「体重が苦しいの？」と横から高津先生が聞いた。

「それもあるけど——」と鏑矢は言った。「悪いことは言わん。稲村のガキをやっつけたいんや沢木監督は頭をかいた。「悪いことは言わん。稲村のガキをやっつけたいんや

もしれんが、選抜予選は出場選手も少ない。大会は三日で終わる」

「嫌や」

「いっぺんくらいスパーで勝っても、試合は違うぞ」

「試合でも勝つよ」

「お前は稲村の本当の強さを知らん」

「知ってるよ。実際にやったもん。みんなが言うほど強ない」

沢木監督は大きなため息をついた。

「フェザーなんかで絶対に出ませんよ、俺。第一、落とす自信ないですから」

「今、何キロや？」

「60キロ」

「3キロくらい何とかなるやろ」

「きついです」

沢木はやれやれという風に首を振った。「二週間前やのに、もうライトのリミットに入ってるやないか。

稲村は多分ふだんはウェルターくらいあるはずや。5、6

キロは絞ってくるんや。　水増しライトのお前が戦うのは相当苦しいぞ」

「大丈夫や」

「わかった」沢木監督は言った。「お前の試合や。お前が決めろ」

鏑矢は軽く頭を下げた。「それと、今日から一週間、大鹿ジムに練習に行ってええですか？」

「――好きにせい」

鏑矢は、心配そうに二人のやり取りを見ていた優紀に向かってウインクして見せた。

鏑矢はそれから一週間、クラブの練習には顔を出さず、放課後は大鹿ジムに通った。優紀も行きたかったが、平日にプロのジムに行くのを許されたのは鏑矢だけだった。沢木監督も、鏑矢が稲村と戦うには、クラブでの練習だけでは無理だと思っていたのだろう。

鏑矢に聞くと、大鹿ジムではほぼ毎日スパーリングをしているということだった。翌週の日曜日、優紀はクラブの練習のない日に鏑矢と一週間ぶりに大鹿ジムに行った。これは沢木監督にも高津先生にも無断でのことだった。

その日も鏑矢はスパーリングをした。相手はライト級の八回戦の選手だった。鏑矢は一回り以上大きな相手に打ち負けていなかった。鏑矢のパンチで相手選手の体

が何度も揺れるのが見えた。鏑矢は体重が増えた分、パワーが増したようだった。

しかしその一方で、前よりもスピードが落ちたような気がした。もしかしたらパワーとスピードは反比例の関係があるのかもしれない。

鏑矢が照準を稲村に絞っているのは明らかだった。おそらく稲村以外に鏑矢の敵になる者はいないだろう。

この日の練習では、優紀も一週間ぶり二度目のスパーリングを行った。相手はフェザー級の四回戦の選手で、プロになって一年ということだった。典型的なファイターで、パンチをもらうことを恐れず、果敢に打ち合いを挑んでくるタイプだった。体を低く下げるクラウチングスタイルで、上体を上下に揺すりながら接近し、左右フックを連打してきた。恵美須高校のボクシング部のマスボクシングでは一度も相手をしたことのないタイプの選手だった。

1ラウンド目は何度もロープに詰められてパンチをもらった。一週間前と同じく鼻血も流した。しかし慌てなかった。攻められながらも冷静に相手のパンチのタイミングと軌道を見極めようとした。

2ラウンド目は相手の出鼻に何度かジャブを決めることが出来た。相手が入ってくるタイミングに合わせて打つ右のカウンターも何発か当たった。しかしラウンド終盤にコーナーに詰められて連打を喰らった。顎に強烈な一撃をもらって腰が揺れ

た。一旦ストップしてもらおうと手を出さなかったが、相手の攻撃はやまなかった。そうだった——ここはプロのジムだ、誰も止めてはくれないし、助けてもくれないのだ。攻撃から逃れるには倒れるか、反撃するかしかない。

優紀は右ストレートから左フックを返した。一瞬、相手の攻撃が止まった。そこでゴングが鳴り、はワンツースリーと打った。相手は思わず後ろに下がった。優紀

スパーリングは終わった。

リングから降りると、鏑矢が近付いて来た。

「倒されるかなと思たわ。よう反撃したな」

「倒れた方が楽かなと思たんやけど、何か、こん畜生って思て——」

鏑矢はちょっと驚いたように、へえーと言った。それからにっこり笑って、「やるやん」と優紀の肩を叩いた。

週が空けて月曜日、久しぶりに鏑矢がボクシング部の練習に参加した。いよいよ週末に迫った選抜予選の調整のためだった。直前にスパーリングをやると体に余計なダメージを残すから、大鹿ジムに行く必要もなくなったのだ。

「先週一週間はプロと20ラウンドもスパーリングして、チューンナップされたで」

鏑矢は練習前の柔軟運動をやりながら上機嫌で言った。

「もう完全にプロトタイプやで」

鏑矢はそう言って踊った。皆はその妙な踊りを見て笑った。優紀は鏑矢が練習場にいるだけで雰囲気が明るくなっているのに気付き、あらためて彼の存在感に感心した。

クラブを明るい雰囲気にしているもう一人の姿もあった。先週末に退院したマネージャーの丸野が今日から復帰していたのだ。

「みなさん、長らくご心配とご迷惑をおかけしました」

丸野が挨拶すると皆、拍手した。いつのまにか丸野もボクシング部になくてはならない存在になっていた。

「もうええんか？」飯田キャプテンが聞いた。

「全然、大丈夫」と丸野は笑顔で答えた。「長いこと入院してちょっと太ったから、ここでボクササイズでもしようかなと思ってます」

丸野は短い両手でパンチを出した。そのユーモラスな恰好に皆が笑った。

「丸野よう」と鏑矢が言った。「快気祝いに、来週すごい試合見したるで」

「ほんま？」

「丸野よう」

「嘘言うかい。モンスター退治のドラマやで」

「稲村さんやね」

「おう」

「もし鏑矢君が勝ったら、うちを好きにしてええよ」

「バツゲームかよ！」

鏑矢は怒鳴ったが、その顔は笑っていた。

練習前の柔軟体操をやりながら、鏑矢は優紀に言った。

「この一週間毎日スパーやって、実戦のカンを完全に取り戻したわ」

「本当？」

「うん。なんか昔の俺に戻ったという感じやな。来週の試合が楽しみやで」

やったとか言うとったけどな。まあ、来週の試合が楽しみやで」

「カブちゃんが本気になったら、誰にも負けへんよ」

「当たり前やんけ。まあ見とけよ、稲村に初黒星をつけたるから。あいつばっかり

ええ目さしてたまるかい。来年の選抜に優勝して六冠取るつもりやろけど、そうは

イカのキンタマや。近畿大会にも行かれへんようにしたるから」

鏑矢はそう言って大きな声で笑った。優紀は鏑矢がこんな風に豪快に笑うのを見

るのは、国体から帰ってきて初めてなことに気が付いた。

ああ、カブちゃんが久しぶりに帰って来たと思った。

第20章　選抜予選

耀子が午前中の授業を終えて朝鮮高校に着いた時は二時を回っていた。既に選手の検診と計量は終わっていた。

大阪朝鮮高級学校は東大阪市にある。コンクリート造りの半地下の試合会場はミニ体育館と言えるくらい広く、天井も高かった。リングもこれまで見た高校の中では一番立派なものだった。

「すごいですね、ここ。いつもこんなところで練習してるのでしょうか」

耀子の言葉に沢木はうなずいた。

「朝高は父兄やOBの援助も厚いと聞いてます。年に何度も遠征合宿に行ってるし、以前は北朝鮮まで行って本国のナショナルチームとも合宿していたといいますから。よそとは大分環境が違いますよ」

耀子は朝鮮高校の強さの秘密をあらためて知らされた気がしたが、同時にその朝

鮮高校と一、二位を争っている玉造高校も凄いと思った。この二つの高校の壁を打ち破って大阪の代表になるのは至難の業だと思えた。

今年の選抜予選は十月の第二週目の金土日の三日間で行われることになっていた。別名「秋の総体」と言われているこの大会は、優勝すると一ヶ月後に行われる「近畿高等学校ボクシング新人大会」に出場することが出来る。さらにそこで優勝すると、翌年の三月に行われる「全国高等学校ボクシング選抜大会」に出場することが出来る。ただ、「選抜大会」の選手は主催団体によって選抜されて決められるという大義名分があるため、「選抜予選」とは正式に名乗れないということだった。

沢木監督からそのことを聞かされた時は、何ともお役所的な話だと思った。

選抜の全国大会は高校三冠の一つだったが、予選の翌年の三月に行われるために三年生は出場出来ないということと、予選の翌年の三月に行われる「全国高等学校ボクシング選抜大会」の選手は主催団体によって選抜されて決められるという大会では高校三冠の一つだったが、予選の全国大会は高校三冠の一つだったが、予選の翌年の三月に行われるために三年生は出場出来ないということと、大会の格はインターハイよりは落ちると見なされていた。また高校からボクシングを始めた一年生は、「ボクシングを始めて一年間は試合が出来ない」という例のルールのために出場出来なかったから、実質二年生がメインの大会だった。

今回の大阪予選の出場選手は全階級合わせて四〇人あまりだったが、ライト級には三人しかエントリーしていなかった。おそらく多くの選手が稲村を避けて一階級下のフェザー級か一階級上のライトウェルター級に逃げたのだと思われた。

に一年生の鏑矢だ。

　耀子にとって、この大会は鏑矢のことも気になっていたが、まだ一勝もしていない二年生三人の試合も同じくらい気にかかっていた。三年生が出場しない大会だけに、彼らの初勝利のチャンスはインターハイ予選や国体予選よりも大きかったからだ。部員たちは会場の一隅の床の上に座っていた。組み合わせ抽選の結果、この日に試合があるのはフェザー級の飯田だけで、あとの三人は明日の土曜日の準決勝からだった。

　鏑矢の土曜日の相手は関西商大付属高校の二年生の選手だった。関西商大付属高校も大阪のボクシング界では朝鮮高校と玉造高校に次ぐ強豪校だった。その試合に勝てば、日曜日に稲村と決勝を戦うことになる。

「ちょうどええウォーミングアップになるわ」

　と鏑矢は言った。「稲村とやる前にライトの試運転をしとかなな」

　耀子はそれを聞いて、そう言えば鏑矢は今回初めてライト級で戦うことになるのを思い出した。ボクサーが一階級上げるというのはどういうものなのか想像もつかなかった。ただ、鏑矢はこの半年で随分背も伸びて体も大きくなっている。

　午後四時に試合が始まった。ライトフライ級の試合が終わって、フライ級の試合

になった時、フライ級の井手がリングサイドに近いところまで観戦に行った。翌日、その試合の勝者と戦うことになるので、じっくり見ようということだった。試合は玉造高校の二年生選手が朝鮮高校の二年生選手から1ラウンドでスタンディングカウントを取ってRSC勝ちした。

フライ級の試合が終わりバンタム級の試合になった時、バンタム級の野口がリングサイドで観戦した。彼もまた翌日その試合の勝者と戦うことになるのだ。試合は今回優勝候補と言われている朝鮮高校の二年生選手と長居高校の二年生の洪（ホン）選手だった。1ラウンドから長居高校の二年生にパンチを浴びせまくり、2ラウンドの終わりにレフェリーが試合を止めた。

翌日に戦う選手の圧倒的な強さを間近に見た井手と野口は傍目（はため）にもわかるほど落ち込んでいた。その目には明らかに弱気な色が浮かんでいた。耀子は無理ないかなと思った。どんなスポーツにおいても目の前で対戦相手の強さを見せつけられれば闘志は鈍るものだが、格闘技では一層そうなるだろう。ボクシングは文字通りの「戦」いで、実際に殴られるのだから。

──しかし、と耀子は思った。逆に格闘技は闘争心が強ければ、他のスポーツに比べて闘志で技術の差を埋めることが出来るのかもしれない。窮鼠猫（きゅうそ）を噛むということも、格闘技なら十分起こりうることなのではないだろうか。しかしネズミがす

くんでしまってはまず勝ち目はない。　耀子は可哀相だけど井手と野口の勝利の可能性は高くないと思った。

バンタム級の二試合が終わり、フェザー級の飯田の試合になった。

飯田は夏の間にかなり成長したと沢木監督が言っていた。クラブでは木樽に次ぐ練習量だった。キャプテンの自覚がそうさせていたのかもしれない。

相手は関西商大付属高校の二年生だった。　飯田の動きはよかった。　軽いフットワークを使い、速いパンチを何度も決めた。

この日、飯田は本来のウェイトで戦っていた。これまではフェザー級にいていたため、無理してバンタム級に落としていたのだ。おそらくはそのせいで飯田はいつも3ラウンドになるとスタミナがなくなっていた。しかしこの日は最後までスタミナもスピードも衰えず、危なげなくポイント勝ちをおさめた。

飯田の手が上がった瞬間、部員一同は大歓声を上げた。丸野は鏑矢が勝った時以上に喜んでいた。　耀子にはその気持ちがわかった。　飯田の勝利はある意味で鏑矢の勝利以上の価値があると思った。

試合が終わってから、耀子は部員たちを喫茶店に誘った。飯田の初勝利のささやかなお祝いだった。　沢木監督は用事があるということで先に帰っていた。

部員たちは体重の心配があるので、皆飲み物だけだった。

「おめでとう！」

耀子の言葉に全員が「乾杯！」と言った。

「飯田君、頑張ったわね」

飯田は照れくさそうな笑みを浮かべた。

「ところで、飯田君はどうしてボクシングを始めたの」

「こいつ昔、ヤンキーやったんですよ」野口が言った。

「本当なの？」

「本当ですよ。ケンカばっかりしてたんですよ」井手が言った。「一時期、暴走族

にも入ってたんですよ」

「知らなかったわ」

飯田は頭を搔いた。「俺、中学時代からしょっちゅうケンカしてて——。ケンカ

は弱くなかったんですけど、今から思うと、心が弱かったんやと思います」

「心が弱いのにケンカ？」

「はい。舐められたらあかんとか、仲間に怖がられたいとか、そんなことばっかり

考えてケンカしてたような気がします」

耀子はうなずいた。

「それでボクシングを覚えてもっと強なったろうと思ったんですけど——強なりま

「せんでした」

「そうなの?」

「あ、いや、ケンカには強くなりました。これはホンマです。もう全然強なりました。素人のパンチなんか、もう見え見えで。こっちのパンチはもう面白いように当たるし——。そやけど、だんだんケンカするのがアホらしなってしもて」

「それは何で?」

「なんちゅうたらええのか——試合で勝ててへんのに、素人相手に勝っても逆に惨めなんですよ。それに絶対にケンカしても勝つとなったら、なんかもうケンカする気が起こらへんようになってしもて」

「そんなもんかもしれへんね」

「それでやっとわかったんですけど、昔は怖かったから、ケンカしてたんかなあっ
て——」

何人かの部員がうなずいた。

「そやから俺、ボクシングで一勝するまで、ケンカは封印しようと思ったんです」

「ほんなら、今日からケンカ出来るね」丸野がにこにこして言った。

「いや、もうケンカなんかせえへんよ」飯田は苦笑いした。

「飯田君は本当に強くなったのよ」

耀子が言うと、飯田は恥ずかしそうな顔をした。

「野口さんと井手さんもワルやったんですか？」丸野が聞いた。

「俺は飯田とはちょっと違うんやけど――」

野口が言った。「昔から体が小さかったから、何をやっても負けてばかりやったや。ケンカなんか最初からやられへんかった」

耀子は野口の体を見た。たしかに高校二年生で160センチちょっとというのはかなり小柄な方だ。

野口は耀子の視線に気付いて言った。

「俺の場合は、ケンカやなくてスポーツやったんです。スポーツも小さいと損なんですよ。小学校の時は運動神経で何とかなりますが、中学に入ると、体格差で圧倒されます。でもボクシングは同じ体重同士が戦うから、全然ハンデがないんです」

耀子はうなずいた。

「ボクシングをやって、生まれて初めて何か対等に戦えるものが出来たという気持ちになりました。でも、全然勝てないんですけど――同じ体重で負けると、もう何も言い訳が出来へんから、余計辛いんですけど」

野口はそう言って笑った。

「俺も似たようなもんかな」と井手がぼそっと言った。

部員たちがこんな風にボクシング部の入部動機を語るのを聞くのは初めてだっ
た。初勝利をあげた飯田が胸の内を吐露したということもあったが、耀子には、部
員たちが心を開いてくれたような気がした。

突然、質問をふられて、鏑矢は少し困ったような顔をした。

「鏑矢君はどうしてボクシング始めたの？」と丸野が聞いた。

「中学ん時、西九条の駅前のラーメン屋で出前のアルバイトをしてる時、届けに行
ったジムで、やってみいひんかと誘われたんや」

皆が一斉に笑った。

「ホンマやで。ラーメン持って行っただけやのに、いきなりグローブつけさせられ
て、サンドバッグ打たされたんやから」

「鏑矢らしいわ」飯田が言った。

「鏑矢君にとってボクシングの魅力は何なの？」

耀子の質問に、鏑矢はちょっと考えてから、「夜店の射的かな？」と言った。

「射的って、空気銃で賞品を当てて落とすやつ？」

「うん。パンチ当てるおもろさは、あの感覚かな。けど、標的はちょこちょこ逃げ
回るから、射的よりもおもろい。それを狙って打って、当たった時は最高に気分え
えで」

前に曽我部が、鏑矢はボクシングをゲームでやってるのを思い出した。

「あ、でも違うな」鏑矢は首を振った。「ボクシングの一番面白いとこは、標的が撃ち返してくることやわ。こっちはそれをかわして標的を撃つんや」

鏑矢はそう言っておかしそうに笑った。

翌日の土曜日、モスキート級とミドル級を除く七階級の準決勝の試合が行われた。

昨日の飯田の初勝利に続こうと恵美須高校の部員たちの意気は上がったが、耀子の予想した通り、井手も野口も共に2ラウンドでRSC負けした。耀子の目には二人とも最初から呑まれて、十分に実力を発揮できなかったように見えた。

フェザー級の飯田は朝鮮高校の二年生相手に善戦したが、惜しくもポイント負けした。沢木監督は「よくやった」と誉めた。

フェザー級の試合が終わり、いよいよ鏑矢の試合になった。相手は関西商大付属の二年生だったが、稲村の出るライト級に敢えてエントリーするほどだから、かなりの自信の持ち主と考えてよかった。

セコンドには沢木監督と木樽が付いた。リングに上がる鏑矢にはいつものへらへらした笑顔はなかった。唇を引き締め、鋭い目をしていた。もしかしたら初めての

ライト級の試合に緊張しているのかもしれないと耀子は思った。いつもはにこにこしている丸野の顔にも笑顔がなかった。耀子は観客席から観戦した。

リングに上がった鏑矢は観客席の一角を睨んでいた。耀子がその視線を追うと、稲村の顔があった。稲村もまた鏑矢を鋭い目つきで睨んでいた。

鏑矢と相手選手がレフェリーに呼ばれ、リング中央で互いのグローブを合わせて試合前の挨拶をした。両者がコーナーに戻るとすぐにゴングが鳴った。

鏑矢はいつものように弾むようにコーナーを出た。相手も勢いよく飛び出し、二人はリング中央でパンチを交換した。鏑矢のジャブの方が先に当たった。相手の右パンチは空を切った。鏑矢は速いジャブを連続して当てると右ストレートを打った。

相手の左顔面に見事にクリーンヒットした。しかし相手はすぐに打ち返してきた。鏑矢は足を使ってジャブを突いた。いつものように速いジャブだった。相手の出鼻にびしびし決まった。相手がジャブを払って踏み込んだところに追い打ちの右ストレートを打った。

相手は二、三歩後退した。鏑矢は右手を返してアッパーを決めた。

相手がジャブを打ったが、鏑矢はダッキングしてかわした。鏑矢は面白いようにパンチを打った。そのパンチはガードされたが、鏑矢は左フックを打った。相手は左フックのカウンターが決まった。相手は鏑矢のスピードに付いていけない感じだった。鏑矢は面白いようにパンチを当てた。相手のパンチはほとんど受けなかった。

1ラウンドが終わってコーナーに戻って来る鏑矢は笑みを浮かべていた。応援席も皆喜んでいた。しかし耀子はかすかな違和感を覚えていた。何度もいいパンチを当てていたし、クリーンヒットもあった。以前の鏑矢なら、ダウンを取っていてもおかしくないパンチだ。も

しかして、これが階級の壁なのだろうか──。

2ラウンドも1ラウンドと同じ展開だった。鏑矢が自在に攻め、パンチを当てた。しかし相手の選手は打たれても前進を止めず、律儀にパンチを振るった。

終盤に鏑矢がパンチを集めた。ワンツーから左フックがきれいに決まり、相手の動きが止まった。鏑矢は相手のダメージを確かめるかのように一瞬足を止めて相手を見た。その時、相手は左フックを振った。グローブが鏑矢の顎を浅くとらえた。

鏑矢は腰からリングに落ちた。耀子はあっと叫んだ。関西商大付属高校の応援団が大歓声を上げた。

鏑矢はすぐに立ち上がった。ダメージはそれほどはなさそうだった。レフェリーが「ボックス！」と言った直後に、ラウンド終了のゴングが鳴った。

コーナーに戻ってくる鏑矢は苦笑いを浮かべていた。沢木監督は真剣な顔で注意を与えていたが、鏑矢は照れ隠しからか面倒くさそうにうなずいていた。

ゴングが鳴り3ラウンドが始まると、鏑矢は前のラウンドのダウンのお返しをす

るかのように激しく攻めた。自分から距離を詰めて速いパンチを見舞った。パンチはよく当たったが、相手をぐらつかせることは出来なかった。鏑矢はかまわずガードの上からパンチを浴びせた。レフェリーが「ストップ」をかけ、相手の消極的戦法に注意を与えた。

試合が再開すると、相手も手を出した。鏑矢はカウンターを当て、再び相手をロープに詰めた。相手はパンチをもらいながらも時折、大きなパンチを打ち返してきた。明らかな一発狙いだったが、鏑矢はもう相手のパンチは喰わなかった鏑矢は相手のタフさに手を焼いている感じだった。打ち疲れたのか、終盤には手数が減った。足を使って距離を取り、相手が前進してパンチを出すと、それをかわしてカウンターを打った。3ラウンドは一度もダウンを奪えないまま試合終了のゴングが鳴った。

勝敗は判定に持ち込まれ、鏑矢の手が上がった。ライト級転向の第一戦をほぼ一方的な形で勝利をおさめた鏑矢だったが、耀子は一抹の不安を感じた。

翌日の日曜日、十時過ぎに耀子が朝鮮高校に着くと、鏑矢は計量を終えて、会場の一隅の床の上に座っていた。

鏑矢を中心にして木樽や飯田らが車座になっていた。

鏑矢は膝を抱えて背中を丸めていた。いつもなら下らない冗談を連発している鏑矢が押し黙って床の上を見つめていた。こんな鏑矢を見るのは初めてだった。周囲の者も普段と違う鏑矢を気遣っている様子だった。丸野でさえ鏑矢には話しかけないでいた。

耀子はその様子を見ながら、今日は何かが起こるような予感がした。余計な言葉をかけて集中力と気合いを殺ぐのはやめようと黙ってその場を離れた。

試合開始まで一時間を切っていた。この日は全階級が決勝戦の一試合だけだったから、試合が始まれば五試合目で鏑矢と稲村の対決がある。

耀子は思わず身震いした。本当にあと一時間少しで鏑矢と稲村が戦うのだ。前みたいなスパーリングではなくて、真剣勝負をするのだ。初めて鏑矢の試合を見た日、いつか戦うと思った二人がいよいよ雌雄を決するのだ。

稲村は高校に入ってから、というよりもボクシングを始めてから一度も負けていない。既に高校四冠を達成し、目下五二連勝中だ。高校ボクシング界ではモンスターと言われていた。噂ではプロの関係者の間でも評価が高く、プロ入りすれば間違いなく世界チャンピオンになれる器と言われていた。

一方の鏑矢はまったくの無名選手だ。インターハイ、国体と二度の全国大会に出場したものの、インターハイはベスト16、国体はベスト8という、平凡とは言えな

いが注目を集める成績でもなかった。稲村とは比べるべくもない実績だ。

しかし稲村を破る者がいるとすれば――それは鏑矢しかいないと耀子は思った。

ボクシングの技術的なこととはわからない。ただ直感がそう教えていた。

廊下に出た時、意外な人物に出会った。曽我部だった。

「鏑矢君の試合を見に来られたんですか」

「まあ、退屈しのぎにな」

耀子は思い切って聞いた。

「鏑矢は勝てそうですか?」

「俺は予想が嫌いや」

曽我部はにべもなく言った。

「先週の一週間、鏑矢君はかなりスパーリングをやったかな」

「20ラウンド以上はやったかな」

「そんなに――ですか」

「所詮は付け焼き刃や。ボクシングはそんな甘いもんやない」

耀子はそれを聞いて少しがっかりした。

「ただ――」と曽我部は言った。「カブに勝てるチャンスがあるとしたら、1ラウンドやな」

「——長引けば不利になるということでしょうか」

曽我部はその質問には答えなかった。

耀子は小柄な痩せた老人を見つめた。アマチュアとは比べものにならないどろどろした血なまぐさい世界を長い間見てきたのだろう。皺だらけの顔に落ち込んだ目があった。しかしその目は老人とは思えない鋭さがあった。

「あいつはボクシングの怖さを知らん」曽我部はぼそっと言った。

「怖さ——ですか」

「ボクシングはどんなに非力な選手でも、急所に当てたら倒せる。一発で形勢が逆転する。まして相手が強打者なら尚のことや」

耀子はうなずいた。

「パンチは恐ろしいものや。しかし怖がっては勝てへん。かと言うて全然怖がらへんような奴もあかん。大事なんは、怖さを知った上で、その怖さを克服して戦うことや」

「鏑矢君の戦い方は勇敢だと思いますが……」

曽我部は首を振った。

「たしかに一見したら勇気ある戦い方に見えるわな。せやけど、それは勘違いや。あいつがパンチを恐れんと入って行けるのは、パンチが恐ろしいものと思ってない

からや。本当に強烈なパンチをもろたことがないからや」

曽我部はにやりと笑った。

「昔、宮本武蔵が剣の極意とは何かと聞かれて、逆にこう聞き返したという。高さ三尺の上に架けた幅一尺の板の上を歩けるか、と。聞かれた者は、歩けると答えたという。武蔵は次に、それでは高さ三十尺の上で同じ幅の板の上を歩けるかと言い聞た。問われた者は、それは出来ないと答えた。武蔵は、それが剣の極意やと言うたというんや」

面白い喩えについ笑ってしまった。

「わかるか。鏑矢の場合は高さ三十尺でもゆうゆうと歩いているが、あいつは落ちたら死ぬということを知らんだけや。そら馬鹿みたいに勇敢に見えるわ」

曽我部はおかしそうに笑った。

「しかしな——」曽我部は呟くように言った。「それがあいつの武器かもしれん」

十一時から各階級の決勝戦が始まった。

モスキートから始まって、ライトフライ、フライ、バンタム、フェザーとすべての試合がRSCで決着が付いた。こんな日は珍しい。今日のリングには何か波乱の空気がある。

セカンドにはセ木監督とキャプテンの飯田が付いた。

鏑矢はリングに向かう前に、丸野に声をかけた。

「どないしてん？　緊張してるんか」

「うん。さっきから二回もトイレに行ってん」

鏑矢は笑った。

「よう見とけよ。ションベン行っててKOシーン見逃したらあかんで」

「うんわかった」

鏑矢は急に真剣な顔をして、「行ってくるわ」と言ってリングに架けられた階段を上がった。燿子はいつものように観客席から試合を見た。

ついに鏑矢と稲村が同じリングに立った。

レフェリーが両者をリング中央に呼んだ。鏑矢はグローブを合わせる前に、稲村を睨み付けた。

あの子は稲村を恐れていないと燿子は思った。五二連勝もしているモンスターと今まさに戦うというのに微塵も恐怖を感じていない。それどころか、この相手に勝つという気持ちが怒りのオーラになって見える感じがした。

上背のある稲村は鏑矢を見下ろした。その冷静な表情は燿子にはマシーンのように見えた。そう、戦うロボットの顔だ。ロボットには怒りの感情なんかない。目的

は目の前の相手をいかに効果的に完璧に叩き壊すかだ。　耀子は自分の体が小さく震えてくるのがわかった。

レフェリーが二人に何か言ったらしく、両者はやっとグローブを合わせた。

二人がコーナーに戻った時、ゴングが鳴った。

鏑矢は風を巻いて襲いかかった。いきなりリードパンチなしの右ストレートを放った。稲村は左でブロックした。鏑矢は左フックを打った。稲村は右でブロックした。

両者は一旦距離を取って、互いに左回りにリングを回った。

稲村の速いジャブが飛んだ。鏑矢はフットワークを使ってよけた。今度は鏑矢がジャブを放つ。稲村は右手でブロックした。

鏑矢が足を止めた。飛び込むタイミングを見ている。稲村も足を止め、体を小刻みに揺らすった。稲村が伸びる左ジャブを打った。鏑矢が頭を振ってそれを外し、同時に速いジャブを返す。稲村が右でブロックした。

鏑矢がフェイントをかけながら稲村の懐に飛び込んだ。その瞬間、稲村の右のカウンターが鏑矢を迎え撃つ。しかし鏑矢は間一髪でかわすと鋭い左フックを打った。稲村はダッキングして空を切らすと、速いワンツーを打った。鏑矢は素早く上体を振ってそれをかわした。観客席に、ほおっという声が漏れた。

鏑矢はまたも勇敢に左のボディフックから飛び込んだ。稲村は右肘でブロックし

たが、続いて打たれた顔面への左フックを浅くもらった。木樽らが歓声を上げた。

稲村が右を打ったが、鏑矢はスウェーしてよけると、すぐに右ストレートを打ち返した。そのパンチはブロックされたが、返しの左フックが稲村の顎を捉えた。稲村の左のショートフックは空振りした。鏑矢はすかさず右のダブルフックを稲村の頭に打った。恵美須高校の応援団は大騒ぎだった。鏑矢はフットワークを使いながら、右手を上げて歓声に応えた。

レフェリーが一旦試合を止め、鏑矢のその行為に注意を与えた。

「馬鹿が！」

その声に驚いて隣を見た。知らないうちに曽我部が右手に立っていた。曽我部は吐き捨てるように言った。「試合はまだ終わってないのに、もう勝った気でおる」

木樽らがまた歓声を上げた。鏑矢のジャブが決まったのだ。稲村のワンツーを鏑矢はサイドステップで軽々とよけた。

鏑矢の動きがリズミカルになってきた。稲村に勝つかもしれないと耀子は思った。それって、物凄いことだ。

1ラウンドが終了のゴングが鳴った。木樽らは「いいぞ、鏑矢！」と叫んだ。鏑矢は両手を上げてコーナーに戻った。

椅子に座る鏑矢に飯田が濡れたタオルを煽って風を送っている。

沢木監督が何か

指示を与えている。鏑矢は笑顔でうなずいていた。

2ラウンド目が始まった。

鏑矢はまたもコーナーを勢いよく飛び出すと、稲村に襲いかかった。速いジャブが稲村の顔面に飛ぶ。稲村は右でブロックした。鏑矢は左フックから右ストレートを打ったが、稲村はこれもブロックした。鏑矢は左右に体を振ってフェイントをかけ、いきなり左フックをボディに打ったが、稲村は右肘でブロックした。

稲村は1ラウンドの鏑矢の多彩な攻撃を見て防御を固めたように見えた。しかし守り一辺倒ではない。堅いガードでじりじりと鏑矢との距離を詰めていく。

鏑矢は足を使ってジャブを突いた。稲村が鏑矢のジャブに合わせてジャブを突くと、相打ちになった。鏑矢の体が後ろに飛んだ。パンチの威力が違う。

稲村は踏み込んでワンツーを打ったが、鏑矢は体を沈めてそれをかわすと、素早い左フックを稲村の顔面に見舞った。しかし稲村は構わず前進し、ワンツーを連打した。

鏑矢は頭に右を浅くもらい、後退した。

稲村がロープに詰めようとした時、鏑矢は速射砲のようなワンツーを繰り出した。

しかし稲村はブロックでそれをしのいだ。

「見事なブロックや」

曽我部が言った。「ガードだけやったら、カブのパンチは完全に防がれへん。そ

やけど稲村のブロックはパンチを殺しとる」

耀子には詳しい技術的なことはわからなかったが、たしかに稲村のブロックは単にパンチを防いでいるだけでなく、パンチを弾き飛ばしているように見えた。それがパンチを殺しているということなのか。

リング中央に戻った鏑矢は速いジャブを連続して打った。稲村もすべてのジャブをブロックすることは出来ずに何発か被弾した。その瞬間、稲村はさっとダッキングしてフックを空振りさせると、腰を入れた右アッパーをボディに打った。

鏑矢はジャブから左フックを打った。しかし堅いガードのままぐいぐいと鏑矢に迫った。

鏑矢の無防備な腹に稲村のグローブが突き刺さった。鏑矢は右フックを返したが、稲村はそれも体を振ってよけると、今度は左フックを鏑矢の右脇腹に叩きつけた。

稲村は一瞬、顔を歪めた。

鏑矢はバックステップして稲村から離れた。そのまま足を使って距離を取ろうとしたが、稲村の追い足は鋭かった。左ストレートが鏑矢の顔面に伸びた。鏑矢は頭を振ってよけたが、テンプルに浅くもらった。

鏑矢は左フックのカウンターを狙ったが、稲村は右でブロックした。それからブロックした右でショートストレートを打った。鏑矢は顔にもらった。しかし鏑矢も稲村のテンプルに当たったが、稲村は構わずに鏑矢をロープに左フックを返した。

詰めて連打した。

「捕まったな——」曽我部が言った。

玉造高校の応援団は大歓声を上げた。

ロープ際で激しい打ち合いが始まった。しかし鏑矢の体はロープを背にして上体が反った形になり、パンチに腰が入らなかった。次第に稲村のパンチが鏑矢を捉えだし、鏑矢は防戦一方になった。左フックを顎にもらって鏑矢の手が出なくなった時、レフェリーは「ストップ!」と声をかけ、スタンディングカウントを取った。

鏑矢はカウントを数えられている間も、効いてない、という風に軽くステップを踏んだ。

耀子は恵美須高校の応援席を見た。飯田たちが必死に鏑矢の名前を呼んでいる。その中で丸野が一人両手を握り合わせて目を閉じて祈っている。

レフェリーの「ボックス!」という声で試合が再開された。速くて重いジャブだった。鏑矢は頭を振ってよけると、飛び込んで左フックを打った。しかし稲村は右手でブロックすると同時にカウンターの左ショートストレートを打った。鏑矢の足が止まった。

稲村は鏑矢に近付くと、ジャブを打った。速くて重いジャブだった。鏑矢は頭を振ってよけると、飛び込んで左フックを打った。しかし稲村は右手でブロックすると同時にカウンターの左ショートストレートを打った。鏑矢の足が止まった。

稲村は軽くワンツーを打った。鏑矢は珍しくガードを上げて防いだが、一瞬ボディが空いた。そこに稲村が右アッパーを叩き込んだ。鏑矢は稲村の体に抱きついて

クリンチにいった。レフェリーが両者にブレークを命じた。

稲村が再びジャブで距離を詰めると、鏑矢はまたも稲村にクリンチした。

「ボディが効いてるな」曽我部が言った。

レフェリーが両者を分けた時、2ラウンド終了のゴングが鳴った。

コーナーに戻ってくる鏑矢の足取りは重かった。飯田の出した椅子に体を預けるようにもたれ込んだ。沢木監督は鏑矢が腹式呼吸をしやすいように、トランクスに手を入れて緩めた。

「意地で持ちこたえよったな」

と曽我部が言った。耀子は黙ってうなずいた。

「これで、あいつもボクシングの怖さを知ることになるやろう」

曽我部はそう言うと、リングから背を向けた。

「どちらへ行かれるんですか?」

耀子の問いに、曽我部は、「3ラウンドは見るまでもないわ」と言って、会場を出て行った。

鏑矢は椅子に腰掛けたまま大きく肩で息をしていた。沢木監督が何かを指示しているが、苦しそうな顔でうなずくのがやっとという感じだった。応援席の木樽たちも顔色を失っていた。丸野は手を合わせて泣いていた。

「セコンド・アウト」というアナウンスが聞こえた。

沢木が最後の注意を何か与えてリングを降りた。スピースを受け取ると、グローブで口の中に押し込んだ。

ゴングが鳴って、3ラウンドが始まった。鏑矢はゆっくりとコーナーを出た。

稲村は鏑矢に近付くと、鋭いジャブを放った。鏑矢はほとんど足を使わずに首を振ってよけた。稲村が右ストレートを打った。鏑矢はガードを上げて防御した。いつもの鏑矢なら中間距離ではガードなどせずにステップでよけるはずだ。おそらく足が動かないのだろう。

稲村はしかし慎重にジャブを打った。鏑矢は後ろに下がった。稲村が追いながら左を伸ばした——その瞬間、鏑矢が右クロスカウンターを打った。しかし稲村は左肘を曲げて鏑矢の右を殺した。鏑矢の右ストレートは稲村の頭の上で空を切った。稲村がまたボディの右を打った。鏑矢は体を曲げてロープを背にしたが、稲村は構わずガードの上から連打した。クリーンヒットはもらわなかったが、鏑矢の体が右に左に揺れた。

鏑矢は右フックを打った。しかし稲村にブロックされ、逆にバランスを崩した。そこに稲村の左フックをもらった。鏑矢の膝が揺れた。レフェリーはダウンを取った。

玉造高校の応援団が大歓声を上げた。

レフェリーはカウント8まで数えた。鏑矢はファイティングポーズを取った。レフェリーは「ボックス！」と言って試合を再開した。

鏑矢はロープを背にしながら、左手で、来い、という風に手招きした。ガードは幾分下がっている。カウンターを狙っているのだ。この子はなんて強気なのと耀子は思った。

稲村は慎重に近付くと、カウンターを狙っている鏑矢を警戒するように見た。レフェリーは両者に、身振りでボックスしろと注意した。しかし鏑矢はロープから出ていかなかった。

稲村はジャブを突いた。鏑矢が相打ちを狙って左フックを打った。パンチが同時に当たったが、体をのけぞらせたのは鏑矢だった。稲村は続けて右ストレートを打った。鏑矢はテンプルにもらい、腰をがくんと落とした。レフェリーがすかさず両者の間に割って入って、「ストップ！」と叫んだ。

試合は終わった。

第21章　遁走

「嘘やろ！」

優紀は思わず大きな声で聞き返した。

「ほんまや」

と鏑矢は平然と言った。

鏑矢に会うのは一週間ぶりだった。選抜予選が終わってから、鏑矢はばったりクラブに来なくなった。携帯に電話をかけると、気のない声で明日は行くわと言ったが、結局その週は一度も顔を出さなかった。

今日ようやく学校の昼休みに、食堂のウドン売り場の前で捕まえたのだが、鏑矢はいきなり「ボクシングをやめる」と言い出したのだ。

「なんで、そんなこと言うねん？」

「何となく、や。もう飽きたんや」

優紀はまったく納得出来なかった。

「もしかして、稲村に負けたからか」

「関係ないわ、そんなもん」

鏑矢は間髪を入れずに言った。「ええ年して、いつまでも人と殴り合ってる場合やないなあと思ってな」

「何言うてんねん。カブちゃん、ボクシング好きや言うてたやないか」

鏑矢は野菜の小鉢を取って盆の上に乗せた。

「いや、ほんま言うと、そない好きやなかったんや。もともと曽我部のじいさんに無理矢理勧められてやったんや」

「カブちゃんが本気で練習したら稲村に勝てるで」

鏑矢は少しむっとした顔をした。

「そんなんわかってるわ。稲村なんか今やっても勝てる。あの時負けたんは、2ラウンドにラッキーパンチ喰うてもうたからや。あれなかったら俺がRSCで勝ってた」

「ほんなら、もう一回稲村とやろうや」

鏑矢は厨房の中のおばさんに「カレーウドンの大盛り」と注文した。

「もう飽きたんや。あんな狭いリングでちょこちょこやってるのはスケールが小さいと思うわ。ほんで俺、サッカーやろうと思てるんや」

「本気で言うてんのか？」

「本気やで。サッカー部の根本に誘われてるんや」

優紀はいらいらした。

「ぼくをボクシングに誘うといて、自分がやめるの、ひどないか」

鏑矢は初めて少し申し訳なさそうな顔をした。

鏑矢は出されたウドンの盆を持って移動した。優紀もそれに合わせて歩いた。

「ユウちゃんもやめへんか。ほんで一緒にサッカーやろう」

「やらへん！」

優紀は思わず大きな声で言った。周囲の何人かが振り向いた。

「ぼくはまだ一度も試合してないんや。それに——ボクシングが好きなんや！」

鏑矢は何も言わなかった。優紀は鏑矢に、「練習に来るの待ってるからな！」と言って、食堂を出た。腹が立って仕方がなかった。

その日の放課後、優紀が練習場に行くと、パイプ椅子に座った沢木監督と高津先生の前に全部員たちが集まっていた。

沢木監督は優紀に気づくと、封筒と便箋を渡した。

「練習場のドアに貼ってあった」

封筒には「退部届け」と書いてあった。鏑矢の字だった。それを見て優紀はあら

ためて激しいショックを受けた。

「カブ、本気かな？」

飯田キャプテンの言葉に、野口と井手は首をかしげた。

「一時の気まぐれやと思うけど──」と高津先生が言った。

優紀は便箋を見せてもらった。下手な文字で、「一身上の都合によりボクシング部をやめます。みなさん、さようなら」と書かれてあった。

「今日、鏑矢と会うんですが──」優紀は言った。「本気みたいです」

飯田が、うーんと言った。

「一身上の都合って何や？」野口が言った。

「サッカー部に入るって言うてました」

木樽の言葉に皆が笑った。

沢木監督が頭を掻きながら言った。

「今日、サッカー部の岩城先生から、鏑矢が入部したいと言うてきたと言われた」

皆が黙った。

高津先生が小さなため息をつきながら言った。「稲村君に負けたんが、相当ショックやったみたいやね」

沢木監督がうなずいた。

「完璧に負けたからな。さすがのカブもこいつには敵わんと思ったんやろ」

優紀は先日の試合を思い出した。試合をストップされた瞬間、鏑矢は悔しさより、もむしろほっとした表情を浮かべたように見えた。それは絶対に負けを認めない男が負けを認めた瞬間かもしれなかった。優紀は鏑矢が負けたという事実よりも、鏑矢のその表情を見た時の方が悲しかった。

「引き留めないんですか?」

飯田が沢木監督の方を向いて聞いた。

「引き留めへん!」と沢木は言下に言った。

「どうしてですか?」

「俺はこれまでボクシング部には誰も勧誘したことはないし、辞めたいと言った者を引き留めたこともない」

沢木監督は部員たちを見渡すようにして言った。

「ボクシングというスポーツは、他のスポーツとは根本的に違う。自分からしたいと言う奴以外は絶対にさせてはならんスポーツなんや」

高津先生が小さくうなずいた。飯田キャプテンもそれ以上は何も言わなかった。

「丸野が聞いたらショックを受けるやろな」

野口が力のない声で言った。丸野はこの日、体調を崩して学校を休んでいた。

「あの子も辞めるかもしれへんね」

と高津先生が言った。皆、何も言わなかった。

しかし丸野は辞めなかった。次の日、再び登校した丸野はボクシング部の練習に参加した。鏑矢が辞めたことは知っていたが、以前と変わらずにこにこして雑用をこなした。

その週、鏑矢は正式にボクシング部を退部して、本当にサッカー部に入った。丸野はそのことを知っても、「そうですか」と言っただけだった。優紀は丸野の反応が意外だったが、もしかしたら彼女は彼女で鏑矢の敗戦で別なショックを受けているのかもしれないと思った。あれほど大見得切って大言壮語したにもかかわらず、惨敗を喫した挙げ句、部員たちの前に姿も見せずに遁走してしまった鏑矢に失望したのかもしれなかった。

翌週、優紀は隣のクラスとの体育の合同授業の時に、二組の椎名という男から声をかけられた。椎名はサッカー部の部員だった。

「自分、ボクシング部やろ?」

「うん。それがどうしたんや?」

「鏑矢のことやけど——あいつ、めっちゃセンスええなあ」

「ほんま？」

「うん。うちの先輩もびっくりしてる。あいつは昔サッカーやってたんかって言うてる」

「へえ」

鏑矢は運動神経の固まりだからスポーツなら何をやらせても上手いのはわかっていたが、入部一週間で先輩部員を驚かせるほどとは思わなかった。

「鏑矢はスポーツ万能やからな」

優紀がそう言うと、椎名は同意するように大きくうなずいた。優紀は椎名の感心したような顔を見ると、妙に誇らしい気持ちになったが、同時に寂しい気持ちにもさせられた。鏑矢が遠くへ行ってしまうような気がしたのだ。

鏑矢が抜けたことで、ボクシング部の練習は何か芯がなくなった感じになっていた。ぽっかり大きな穴があいてしまったようだった。いい意味でも悪い意味でも、鏑矢の存在がいかに大きかったかを知らされた。

年内はもう試合がないというのも、練習に気持ちが入らない理由の一つだった。そんな状況の中で、優紀は他の部員たちが驚くほど真剣に練習に励んだ。

優紀は沢木監督に、ラウンドの時間をそれまでの二分から三分にしてインターバ

ルも一分から三十秒にしてもらえないかと頼んだ。この提案は飯田キャプテンや先輩たちも賛成してくれ、沢木監督も了承した。この半年ですっかりボクシングの魅力に取り憑かれていたからだ。それにボクシングは団体競技ではない。孤独なスポーツだ。いくら一緒に練習しようとも、戦う時は一人だ。仲間にどれほど強い男がいても、リングの中では助けてはもらえない。

鏑矢がボクシング部を辞めて一ヶ月が過ぎた。

最初の頃は、気まぐれな鏑矢のことだから、ふらっとやって来て「またボクシングするわ」と言ってくるような気がしていたが、ついに戻って来なかった。

部員たちも鏑矢の話題はしなくなった。たまに彼の話が出ても、辞めていった奴という感じで捉えられていた。丸野もまた鏑矢の話はほとんどしなかった。彼女は鏑矢が辞めてから一層かいがいしく雑用をこなすようになっていた。

学校ではたまに鏑矢と顔を合わせた。そんな時は普通に話した。

鏑矢は優紀にサッカーの面白さを語った。

「今まで手ぇしか動かさへんかったのに、今度は足しか動かさへんから、変な感じやわ。けど、面白いで」

実際、鏑矢はセンスがいいらしく、二組のサッカー部の椎名からは、鏑矢がもうレギュラーになれそうだという話を聞いていた。恵美須高校のサッカー部は弱小サッカー部だから、レギュラーになるのもそれほど難しいものではないにしても、

「入部一ヶ月の一年生が先輩を押しのけてレギュラーに入るというのは凄いことだ。監督は、エーストライカーになれる素質があるって言うてたで」と椎名は言っていた。

木樽は鏑矢に、ボクシング部に戻る気はないかと何度も聞いたが、彼の返事はいつもにべもなかった。ボクシングの技術的な話を振っても、ほとんど乗ってこなかった。先輩たちの話をしてもたいして興味を示さなかった。悲しいことだったが、鏑矢の心がもうボクシングから完全に離れているのがわかった。

「稲村が選抜の近畿ブロックで優勝して全国に行くよ」と言ってみたが、鏑矢は興味なさそうに「そうか」と言っただけだった。

「もうすぐ二ヶ月になるわね」

優紀が練習を終えて、めくり忘れていた十一月のカレンダーを剥がすと、高津先生が後ろから声をかけた。

「鏑矢君がボクシング部を辞めて」

優紀は「そうですね」と言ったが、なぜ高津先生がいきなり鏑矢の話をするのかと思った。練習場では鏑矢の名前は聞きたくなかった。

「会うことある？」と高津先生が聞いた。

「たまに会いますよ」

「サッカー部でいろいろ頑張ってるのかなあ」

「みたいですよ」

木樽はわざとぶっきらぼうに答えた。「この前、将来Jリーグに行くって言ってました」

優紀がそう言うと、高津先生は笑った。しかしその笑顔はどこか寂しそうだった。優紀は嫉妬のようなものを感じた。と同時にずっと抑えていた鏑矢への怒りが湧いてきた。

「──ぼくは鏑矢には腹を立てています」

「それは当然やと思うわ。友達を誘っておいて、自分はさっさとやめちゃうんやからね──」

「違うんです！」

優紀は高津先生の方に向き直って言った。「ぼくが怒ってるのは、あいつくらいボクシングの才能のある奴はいないのに、それをあっさり捨ててしまうから」

これは初めて口にすることだった。ずっと心の内にあった思いだった。高津先生は優紀の顔をじっと見つめた。

「ぼくなんか、全然ボクシングの才能がないのに、一所懸命にやってます。自分で言うのも何ですが、ほんと死に物狂いで努力してます。もし、ぼくにあいつほどの才能があったら——」

「あったら？」

「多分、今以上に努力出来ると思うんです。だって努力の効果が全然違うんですから。やったらやっただけ強くなるのがわかってるんですから。努力するのが楽しいですよ。それやのに、あいつは——あっさりボクシングをやめてしまうんですから。才能ごとドブに捨ててしもて——。何のための才能やねん、と思います。もうめっちゃ腹立ってます」

優紀は長い間心の内に押さえ込んでいた怒りをぶちまけた。

「あいつは、人間として最低の奴です！」

つい大きな声で怒鳴ってしまった。飯田たちが優紀の方を見た。

「鏑矢君がボクシングをあっさりやめたのは才能があるからよ」

「えっ——」

「人は苦労して一所懸命に努力して手に入れたものは、決して簡単には手放さな

い。でも、あの子はボクシングの強さを簡単に手に入れすぎたのよ。たいした苦労も、努力もせんと、ね。だからあっさりと捨てられたのよ」

高津先生はそう言った後で、少し悲しそうな顔をした。そして小さく呟いた。

「才能というのは両刃の剣やね」

優紀は高津先生の言葉に激しい衝撃を受けた。そんな考え方をしたことがなかったからだ。

「もう一つ言うとね──」

高津先生は言った。「才能のある子は努力の喜びを知らないのよ。出来ないことが出来るようになる喜びを知らない──ある意味でそれは不幸なことやと思う」

その日の練習の帰り、優紀は珍しく丸野と一緒に駅まで歩いた。

「木樽君、最近一所懸命に練習してるね」

「そうかな」

「うん。前から木樽君の練習はすごかったけど、鏑矢君が辞めてから、またすごくなったと思う」

「丸野──」

「何?」

「お前、ボクシング部のマネージャー辞めてもええねんで」

「何で?」

「鏑矢のことが好きやからボクシング部に入ったんやろう」

「うん」

「ほんなら、鏑矢が辞めたから、おる必要ないやんか」

丸野は答えなかった。

「お前にはみんな、感謝してる。体が弱いのに、ようやってくれたと思ってる。そやから、その——俺らにはもう気い使わんでもええから」

「私、辞めへんよ」丸野ははっきり言った。「私、鏑矢君のためだけにマネージャーやってんのと違う。飯田さん、野口さん、井手さん、ほんで木樽君のために少しでも役に立てるように頑張ってんねんで」

「ありがとう。悪いこと、言うたな」

丸野は立ち止まって、にっこり笑った。

「鏑矢君は必ずボクシング部に戻って来るよ」

「えっ」

「絶対に帰って来る。その時、私がおらんかったら、鏑矢君寂しい思いするやろ。

鏑矢君、寂しがりやから」

十二月の半ばを過ぎ、朝の風の冷たさが一層堪えるようになった。ロードワークを始める前に激しいシャドーボクシングをすると体が温まったが、吹きさらしの淀川の堤防を走っていると、北風がまともに体にぶつかり、みるみる体温を奪っていった。優紀は体を冷やさないためにダッシュとシャドーボクシングを頻繁に取り入れた。

一時間のロードワークが終わる頃には、全身が汗でびっしょりになった。家に帰って、シャワーを浴びるために服を脱ぎ、鏡に裸を映すと、そこには湯気を立てているたくましい肉体があった。高校に入るまで長い間見慣れていた貧弱な体はもうどこにもなかった。

腕が太くなり、肩の上にも三角筋が盛り上がっている。力を入れると、その部分がピンと突っ張り、胸囲が広がる。脇の隙間からは背中の広背筋の一部が見える。八ヶ月前にはまったくなかった筋肉だ。広背筋はパンチを打つときに使う筋肉で、俗にヒットマッスルと言われている。横を向いて、肘を上げると一層はっきり見える。脇から胸にかけての筋肉も以前とは比べものにならないくらい付いている。しかもウェイトトレーニングで作った見せかけの筋肉ではない。

鏑矢とはたまに学校で会った。彼がボクシングを離れても親友であることには変わりはなかった。しかしボクシングでのつながりは完全になくなっていた。

鏑矢はサッカー部も辞めていた。結局、二ヶ月しか持たなかった。理由を聞くと、ぶっきらぼうに、飽きたからと言った。

サッカー部の椎名は「惜しいなあ」と何度も言っていた。「あいつは絶対ええ選手になれるのになあ」と本気で残念がっていた。それを聞いた時、優紀は高津先生が前に言っていた言葉を思い出した。

優紀は鏑矢がボクシング部を辞めてからボクシングのスタイルの改造を試みていた。それまでは相手のパンチをかいくぐりながらインファイトで戦うという、鏑矢のファイタースタイルを真似ていたのだが、それをやめ、背中を伸ばしたアップライトで戦うスタイルに変えていたのだ。以前から沢木監督にスタイルを変えてみたらどうだと言われていたが、今回、鏑矢の影響を吹っ切るために、意識してファイタースタイルからボクサースタイルへの改造に取り組んだのだ。

鏑矢がいなくなって初めて、それまで自分がいかに鏑矢を頼りにし、彼のあとばかり追いかけていたかということに気付いた。だが自分は鏑矢にはなれない。いつまでも鏑矢のコピーを目指している場合じゃない。

背中をぴんと伸ばしたアップライトスタイルはクラシックなスタイルと言われていて、ジャブを突いて接近する相手を突き放し、ロングレンジから右ストレートを打ち込むというオーソドックスなファイティングスタイルだった。沢木監督によれば、優紀のように背が高くてリーチが長く、速いジャブを持った選手がこのスタイルを極めれば、すごく強くなるということだった。

スタイルの改造には沢木監督も積極的な指導で後押ししてくれた。文字通り手取り足取りという感じで、ジャブのわずかな腕の角度まで厳しく注意された。これまで優紀はブロックとガードしか知らなかったが、相手のパンチを払い落とすパリーというテクニックを本格的に伝授された。

また様々な防御方法も教えてもらった。相手のパンチを払い落とすパリーというのを初めて知った。

パリーはこれまでも見よう見真似でやっていたが、沢木監督から教えてもらったパリーは単に腕で相手のパンチを払うのではなく、スナップを効かせて鋭くパンチを弾くものだった。パリーで相手のバランスを崩したところにパンチを打ち込むとすごく効果的ということも学んだ。パリーがそうした攻撃的な要素を含む防御法というのを効果的ということも学んだ。

さらにそれまで知らなかったパンチのコンビネーションも学んだ。ワンツーと左フックしか知らなかった優紀だったが、上下の打ち分けのコンビネーション、強弱

を織り交ぜたコンビネーション、同じ腕で連続して打つダブルパンチを混ぜたコンビネーション、あるいは捨てパンチを利用したコンビネーションなど、三つないし四つのパンチが一セットとなったコンビネーションをいくつも教えてもらった。それらのコンビネーションブローは、足の動きと連動したもので、一つのコンビネーションブローを身に付けるのは大変だった。しかしそれだけにやりがいもあった。

沢木監督のこの突然の熱心な指導には飯田たちも驚いていた。飯田キャプテンの言うところでは、これまで監督がこんな風に一所懸命に教えることはなかったということだった。

もっとも監督の指導はほとんど優紀一人に向けられたものだった。今では優紀がボクシング部の中で一番上手かったし、また最も練習熱心だったから、監督が彼を特別扱いすることに飯田たちからは不満の声は上がらなかった。むしろ皆で優紀を応援する空気になっていた。

優紀のスタイルの改造は成功した。

マスボクシングでも先輩たちを圧倒するようになった。スパーリングと違って本気で打ち合うことがないマスだったが、優紀は速いジャブとタイミングのいい右で、先輩たちを翻弄した。

ずっと鏑矢の真似をして相手のパンチをかいくぐって戦ってきた経験も無駄には

なっていなかった。パンチに対する恐怖感を克服することが出来ていたからだ。相手のパンチも単にかわすだけでなく、わずかな動きだけで見切り、間髪入れずにカウンターを取れるようになっていた。もちろん、先輩たちの癖もパンチも全部わかっていたということもあった。

今では他の部員たちにとって、優紀とのマスはボクシングのレッスンをつけてもらうようなものになっていた。

優紀は練習するごとに力と自信がついてくるのを自覚した。

年が明けて一月には初めての試合がいよいよやって来たのだ。待ちに待った「新人戦」だ。この一年の成果を試す時がいよいよやって来たのだ。

優紀は内側から闘志がふつふつと漲（みなぎ）ってくるのをはっきりと感じていた。

第22章　デビュー戦

「では、高津先生、お先に失礼します。よいお年を」

耀子の向かい側に座っている星野先生が挨拶した。

「星野先生もよいお年を」

この日、二十四日は本年最後の出勤日だった。高校は十五日から冬休みに入っていたが、特進クラスと選抜クラスのみ十六日以降に午後の時間を使って補習授業があった。その最後の補習も終わった。あとは帰り支度をするだけだ。耀子は両手を上げて背筋を伸ばした。

ボクシング部も数日前に練習が終わっている。

鏑矢はついに戻って来なかった。サッカー部を辞めたと知った飯田らが鏑矢の復帰の説得にかかったが無駄に終わった。前キャプテンの南野も涙ながらに戻ってくれるように頼んだらしかったが駄目だった。

しかしボクシング部員の中でただ一人、楽天的に鏑矢の復帰を信じている者がいた。マネージャーの丸野だった。

「大丈夫。鏑矢君のことやから、絶対に戻って来るって」

丸野は屈託のない笑顔でそう言っていた。けれど、その言葉をまともに受け取る者は誰もいなかった。鏑矢はもう部員たちにとっては遠い存在になっていた。それに教師たちの話では、鏑矢は学校もしょっちゅうさぼっているということだった。結局あの子はそこまでの子だったんだわと耀子は思った。その時、鏑矢を初めて見た時のことを思い出した。あの時——私は風を見たと思った。でも、もうその風はやんでしまった。

耀子が職員室を出て、玄関ホールにさしかかった時、後ろから声をかけられた。振り返ると木樽だった。

「何?」

その時、二人連れの女子生徒が廊下から玄関ホールにやって来た。木樽は話しかけた口をつぐんだ。女子生徒が通り過ぎてから、耀子は、どうぞ、という風にうなずいた。

「あの——今日、一緒にご飯でもいかがですか?」

言い終わると同時に、木樽は顔を真っ赤にさせた。

「それって、デートの誘い?」

木樽は一層顔を赤くした。

「予定がありますか?」

「今日はクリスマスイブよ」

「はい」

「私に予定がないと思ったの?」

木樽が困ったような顔をした。耀子は内心で苦笑した。

生徒からデートの申し込みを受けるのは珍しいことではなかった。ラブレターをもらったことも何度かあるし、ませた男の子は軽い感じで誘ってくる。しかし生徒とデートしたことはない。一部の男子生徒にとっては、年上の女性が憧れの存在に見えることは知っていたし、中には自分に真剣に恋する生徒がいることもわかっていた。しかし耀子にとって、年下の男の子は恋愛対象ではなかった。それに教師という立場もあったから、生徒たちのそうした想いはいつも適当にはぐらかしていた。まるで小学生から告白されたみたいに大袈裟に驚いて見せると、たいていの男の子は自分の恋愛感情に疑問に抱き、同時に自信をぐらつかせ、まもなく耀子に対する想いも自然消滅させる。

しかし木樽にはなぜかそんな風なリアクションは取りたくなかった。この一年近くボクシング部で一緒にいたからかもしれない。それに、この子は妙に大人びたところがある。

「七時から心斎橋で友達とパーティーがあるの。だからそれまでならOKよ。た
だ、パーティーでごはん食べるから、お茶だけでもいい？」

「いいです！」と木樽は嬉しそうに言った。

耀子は腕時計を見た。五時半だった。

「とりあえず心斎橋に出ようか。六時半くらいまでなら大丈夫よ」

「はい」

動物園前駅まで木樽と歩き、地下鉄で心斎橋まで出た。

心斎橋筋は大変な人出だった。普段でも休日の夕暮れは人混みが凄かったが、クリスマスイブということもあって、通り全体がぎゅうぎゅう詰めで、歩くだけでも一苦労だった。いくつか喫茶店を覗いたが、どこも一杯だった。

耀子は心斎橋筋を出て御堂筋を渡り、ホテル日航大阪の喫茶コーナーに木樽を誘った。

木樽はメニューの値段を見て驚いていた。

「こんな高いとこ入るの初めてです」

「私が奢るから、好きなもの飲みなさい」

木樽はコーヒーを頼み、耀子は紅茶を頼んだ。

「もうすぐ一年が終わるね」

「はい」

「木樽君にとって、この一年はどうだった?」

「本当にいろんなことがありました。これまでの人生の中で一番激動の年でした」

木樽は言い終えて、慌てて付け加えた。「まだ十六年しか生きてないんですけど」

「あなたがボクシングするなんて、意外やったわ」

「自分でもそう思います」

「あなたをボクシングに誘い入れた張本人はやめちゃったわね」

木樽は黙ってコーヒーを飲んだ。

「でも、あなたは残った」

「ボクシングが楽しくてたまらないんです」

耀子はポットから紅茶をカップに注いだ。

「私、前に鏑矢君がすごい才能の持ち主って言ったけど——あれ、訂正するわ」

「どうして?」

「鏑矢君よりも才能があるのは、あなたよ」

「とんでもないです」木樽はきっぱり否定した。

「木樽君は前に、練習が好きと言ってたでしょう」

「はい」

「本当の才能というのは、実は努力する才能なのよ。努力と言っても、苦しんで苦しんでしんどい思いをしてやるのは違うの。さぼりたい気持ちを抑えつけないと努力出来ない人は才能がないの。本当の天才って、努力を努力と思わないのよ」

「努力を努力と思わない——ですか」

「そう。それが楽しいからする、好きだからする、面白いからする、という人が本当の才能の持ち主なのよ」

耀子はそう言って木樽を指さした。「あなたはその一人だと思う」

木樽は下を向いて何かを考えている風だった。「鏑矢は——」と言いかけたが、後の言葉はなかった。木樽がそのあと何を言おうとしたのかはわからなかった。

少し沈黙があった。

「高津先生」

突然、木樽に名前を呼ばれて、はっとした。木樽の切羽詰まった顔を見て、耀子は、やばいと思った。何か話題を振ろうと思うよりも先に木樽が口を開いた。

「先生のこと、好きなんです！」

しまったなあと思った。一瞬、隙を見せてしまった。私ともあろうものが――。

「ありがとう。私も好きよ」

にっこり笑って答えた。木樽は少し戸惑った表情を浮かべた。

「来月の新人戦の自信はどう？」

すかさずボクシングのことを聞いた。「沢木監督は、今回は久々にうちから優勝者を出せるって言うてるわ」

「そうですか」

話題を逸らされて、木樽は他人事のように言った。

「木樽君は何級で出るの？」

「ライトで出ようかと思ってます」

「今、何キロなの？」

「62キロくらいです」

「ライトのリミット60やったね」

「はい」

「2キロの減量か。大丈夫？」

「まったく平気です。いざとなれば一日で落とせます。でも、ゆっくり落としていくつもりです」

ライト級は稲村の階級だった。今度の新人大会には稲村は出場しないが、もし木樽が今後ライト級でやっていくなら、いずれ稲村と当たることになる。早ければ、来年の四月のインターハイ予選だ。

あのモンスターと同じ階級になるということは不運以外の何ものでもない。そういう意味では鏑矢もまたついてなかったのだ。同じ階級に稲村さえいなければ、鏑矢は今でも喜んでボクシングをしていたかもしれなかった。

しかしスポーツの世界というものはすべてそういうものかもしれない。頂点を極める者以外はすべて敗者なのだ。同時代に怪物がいたばかりに、ついに栄光を摑めなかった悲劇のヒーローなんて、掃いて捨てるほどいる。あれほどの才能がありながら、稲村がいたばかりに惨めな敗者たちの中に入らざるをえなかったのだ——。鏑矢もそんな一人なのだ。

そう思った時、初めて鏑矢があれほどあっさりとボクシングをやめてしまったもう一つの理由がわかったような気がした。鏑矢はあの試合で、稲村には勝てないことを悟ったのだ。もし鏑矢が二流の才能を持った凡庸な選手なら、ボクシングを続けることが出来たかもしれない。しかし彼はそうではなかった。頂点を極めることの出来る一流の才能を持っていた。だからこそ頂点を極められない絶望感が他の誰よりも深かったのだ。最初からトップを目指すことの出来ない者にはその絶望を、個人で戦うスポーツは頂点を極める者以外はすべてそういう団体競技を除くと、

最初からトップを目指すことの出来ない者にはその絶望

はない。

「先生、何を考えてます?」

「鏑矢君のこと」

木樽は驚いた顔をした。耀子は彼に誤解を与えたかもしれないと思ったが、自分の思いをうまく言葉にすることが出来ず、結局何も言わなかった。

沈黙があった。時計を見ると、七時十五分前だった。

「そろそろ行くわね」

耀子がそう言うと、木樽は一瞬残念そうな顔をしたが、「はい」と言った。

「楽しかったわ」

耀子が微笑むと、木樽もかすかに笑った。

年が明けて、新学期に入った。

三年生は受験のためにほとんど休みになり、耀子たち教師の授業も大幅に減った。

毎年のことだが、暦の上での一年とは別に年の終わりが近付いてきた気がする。

そんな中、一月の第三週の土日に大阪府の新人大会が玉造高校で行われた気がする。

この大会の正式名称は「大阪府高等学校ボクシング新人大会」というものだったが、ボクシングを始めて一年間は試合をしてはならないという日本アマチュアボク

シング連盟の規約のため、「スパーリング大会」という名前が付けられているのだった。同じく日本ボクシング連盟の規約には、ボクシングを始めて九ヶ月間はスパーリングを行ってはならないとなっていたから、四月に高校に入学して九ヶ月目の翌年一月に「スパーリング大会」が催されるのだ。だから建前上は「試合」ではなく、あくまで「スパーリング」だった。ただ「スパーリング大会」では大阪の高等学校体育連盟から補助金が出ないということで、高体連には「新人大会」という名前で届けているというややこしい大会だった。

沢木監督に言わせれば、「日連と高体連の統一規約がないための窮余の策の大会」ということだった。しかし選手にはそんな事情は関係がない。「スパーリング大会」という名前が付けられていようがいまいが、完全な「試合」だった。

恵美須高校からの出場者は木樽一人だった。

木樽の応援のために全部員が玉造高校に集まった。前キャプテンの南野も駆け付けてくれた。

「南野さん、受験はいいんですか?」

飯田が南野に聞いた。

「俺はもうとっくに推薦試験で受かってるよ」

「南野さんは優秀なんですね」

「アホっ。三流大学は十二月までに推薦試験が終わってるの」

木樽はそのやり取りを聞いておかしそうに笑っていた。

耀子はその様子を見ながら、木樽は落ち着いているなと思った。多分、自信がそうさせているのだろう。

木樽の出るライト級は出場者が四人だった。木樽以外の選手は朝鮮高校、玉造高校、関西商大付属高校の選手だった。いずれも大阪の強豪高校だ。しかし今日の試合に出る少年たちは皆、木樽と同じく高校からボクシングを始めた者ばかりだ。何を臆することがあろう。しかも当たり前のことだが、同じ体重で戦うのだ。

開会式の直前、飯田があっと声を上げた。

「鏑矢や!」

見ると、会場の入口に鏑矢が立っていた。派手な赤いコートを着て、フードをかぶっていた。

「鏑矢!」

飯田が大きな声で呼ぶと、鏑矢は照れくさそうな顔をした。そして少し俯き加減に歩いてきた。

「鏑矢、謹慎は解けたんか?」

沢木監督が聞いた。鏑矢は新学期早々に単車の無免許運転で警察に捕まって、学

校から二週間の自宅謹慎を命じられていたのだ。

「大丈夫です。昨日明けました」

フードを取った鏑矢の頭を見て、皆驚いた。髪の毛が金色に染められていたからだ。耀子は鏑矢の全身からだらしない臭いを感じた。彼の不愉快な噂も聞いていた。品のよくない女の子たちと遊んでいるという話だ。

「お前、その髪で学校に来たら、また停学やぞ」

恵美須高校では髪を染めることは禁じられていた。耀子は鏑矢の黄色い頭を見て、この子は学校を辞めるつもりなのかもしれないと思った。

「来てくれたんやな」

木樽が嬉しそうな顔で鏑矢に言った。

「ごめん。もっと早く来ようと思ってたんやけど、ちょっと遅刻したな」

「まだ始まってない。カブちゃんが応援に来てくれたら、勇気百倍や」

鏑矢は木樽の肩を叩いた。「頑張れよ」

「鏑矢、お前、ちょっと太ったんとちゃうか」沢木監督が言った。

「そうですか」

「65キロ以上あるやろ」

「せやけどもう減量の必要はないですよ」

沢木監督は苦虫を噛みつぶしたような顔をした。

鏑矢は全員の顔を見渡した。

「丸野は?」

「あいつ、また入院したんや」

飯田が言った。

「年明けてからずっと休んでる」

「ほんまか——」

鏑矢は曖昧にうなずいた。

「大会が終わったら、木樽の優勝報告を兼ねて見舞いに行こう言うてるんや」飯田が言った。「そのためにも木樽には優勝してもらわんとあかん。カブも来いや」

「カブちゃん、なんかアドバイスしてくれや」木樽が言った。

「今はもう俺よりもユウちゃんの方が強いんやないか。アドバイスなんかすることないで」

「初めての試合なんや。何か言うてえな」

「そやな——」と鏑矢は言った。「とにかくジャブ突け。お前のジャブは天下一品や。ジャブさえ突いてたら勝てる」

木樽はにっこりと微笑んだ。

　耀子はそれを見て、木樽は本当に鏑矢が好きなのだなと思った。また鏑矢も同じくらい木樽のことが好きなのだ。ボクシング部を辞めて一度も練習場に顔を出さなかった鏑矢がこの日のためにわざわざやって来たのも、それ以外の何ものでもない。たぶん、今日ここに来るのにはかなり悩んだはずだ。

　試合は四時から始まった。

　モスキート級から試合が始まり、ライトフライ級、フライ級、バンタム級、フェザー級と進んで、いよいよライト級の試合になった。木樽のセカンドには沢木監督と前キャプテンの南野が付いた。

　木樽が青コーナーからリングに上がった。相手は関西商大付属高校の選手だった。

　青コーナーの応援席に陣取った飯田たちは木樽の名前を呼んだ。耀子もいつもは観客席から応援していたが、今日は飯田たちに混じって声を出した。

　両者がリング中央でグローブを合わせて挨拶した。それを見て耀子もにわかに緊張してきたのだ。木樽に勝たせてあげたかった。ひ弱な少年がこの一年一所懸命に頑張ってきたのだ。その努力がいかに凄かったかは耀子も知っている。いやボクシング部員全員が知っている。この努力が報われなかったら、彼はどれほど傷付くことだろう——。

　コーナーに戻って来た木樽の顔が幾分強張（こわ）っているのがわかった。マウスピース

をくわえた口を大きく開けて、何度も息を吸い込んでいる。

——ああ、緊張してる。

ゴングが鳴った。呼吸が苦しいんだ。駄目よ、落ち着いて！木樽はゆっくりとコーナーを出た。ステップがぎこちない。いつものマスボクシングのような軽やかさがない。

相手は接近するなり、いきなり大きな右を振るった。木樽は棒立ちのまま、それを左のテンプルに受けてしまい、腰からリングに落ちた。耀子の背筋が凍った。

木樽はリングに尻をつけたまま、自分に何が起こったのかわからない様子だった。

鏑矢が観客席から飛び出し、リングを叩いて大きな声で叫んだ。

「ユウちゃん、俺が付いてる。大丈夫や。思い切って打て！」

木樽はカウント6で立ち上がった。レフェリーはカウント8まで数えて、「ボックス！」と言って試合を再開した。

相手が近付いた時、木樽のジャブが飛んだ。鼻に命中した。続けてジャブが三発当たった、相手はいきなり右を打ってきたが、木樽は左手でそのパンチを弾くと、逆に速い右を当てた。相手は大きくのけぞり、レフェリーはスタンディングカウントを取った。

耀子は思わず『やった——！』と声を上げてしまった。

木樽は落ち着いてニュートラルコーナーに行き、沢木監督の方を見た。監督は、小さな身振りでジャブを突けと指示した。木樽はうなずいた。アマチュアルールの原則ではセコンドは試合中は身振りで指示を送るのも禁止されているが、ほとんどの場合それは大目に見られていた。

試合が再開されると、木樽は速いジャブを連打した。ジャブはほとんど命中した。相手は背の高い木樽の懐に飛び込もうとしたが、鋭いジャブに阻まれてどうにも出来なかった。

一分過ぎ、木樽はワンツーを打った。教科書のように美しいワンツーだった。相手はロープ際まで体が飛んだ。レフェリーはこのラウンド二度目のダウンを取った。

RSC勝ちだ。

飯田たち応援団は互いに手を取り合って喜んだ。耀子も部員たちと手を握り合った。リングから降りてきた木樽に鏑矢が飛びついた。木樽は泣いていた。耀子はそれを見て胸が熱くなった。

翌日、決勝戦が行われた。

この日も鏑矢が応援に駆け付けた。相手は玉造高校の豊田という選手だった。その選手の名前と顔には見覚えがあった。昨秋の国体の折、応援と代表選手の雑用を

兼ねて途中から合流した子で、玉造高校の苑田監督が「来年のうちのエースです」と嬉しそうに紹介していた。

昨日も、朝鮮高校の選手を1ラウンドで奪ってRSC勝ちしてデビューを飾っている。

この日の木樽は前日と違って最初から落ち着いていた。

1ラウンドから木樽は軽いフットワークを使って、ジャブを間断なく突いた。しかし豊田も同じ一年生とはいえエース候補の選手だけあって、木樽のジャブを簡単には喰わなかった。パンチを上手く外して、鋭く懐に飛び込んで何発かパンチを当てた。

しかし木樽はパンチをもらっても慌てなかった。すかさずサイドにステップし、射程から逃れた。豊田のパンチはいずれも浅く、ダメージのないものだった。

木樽は背筋をピンと伸ばしたアップライトスタイルから、角度を変えてジャブを打った。時折、右を織り交ぜたが、踏み込んだ強いパンチではなかった。右ストレートから左フックも何発か打ったが、クリーンヒットはしなかった。木樽自身も強烈なパンチをもらったわけではなかったが、有効打の数は豊田の方が多いように思えた。

大試合の雰囲気を見ておくだけでも経験になるから呼んだと言っていた選手だ。

木樽にとっては大変な難敵だ。相手コーナーのセコンドには玉造高校の監督と稲村が付いていた。

1ラウンドが終わった時、耀子はふと応援団の中の鏑矢を見た。鏑矢は怖い顔を

していたリングを睨んでいた。

2ラウンド開始のゴングが鳴った。木樽は1ラウンドと同じように足を使って豊田の周囲を回った。相手が攻め、木樽が逃げるという展開だった。ラウンド後半から木樽もパンチを出し始めた。ジャブ、ワンツー、左フック、ボディへのストレート——しかしいずれのパンチも踏み込み不足からか、相手にかわされたりブロックされたりして、有効打にはならなかった。逆に何度かパンチをもらった。しかし木樽はパンチをもらった後は必ず体を振って、追撃のパンチは空を切らせた。

試合は3ラウンドに入った。おそらくポイントは相手がリードしているだろう。負けてかまわない。堂々と戦えれば十分だ。

しかし耀子は木樽が強豪相手に呑まれないで戦っているだけで凄いと思った。

いきなり木樽が足を止めて、踏み込んだワンツーを打った。左はかわされたが、右は命中した。豊田は後ろに下がった。木樽は豊田を追いかけて、またワンツーを打った。

相手はガードを高く上げた。豊田が左ジャブを打った。木樽は小さな右をカウンターで当てた。豊田は足を使ってサイドに逃げた。木樽は鋭い追い足で距離を詰めると、ワンツーを打った。二発目の右

木樽は豊田に接近し、じっと様子を窺（うかが）った。豊田が左ジャブを打った。木樽は小さな右をカウンターで当てた。豊田は足を使ってサイドに逃げた。木樽は鋭い追い足で距離を詰めると、ワンツーを打った。二発目の右

今度も右が当たった。相手はガードを高く上げた。

が豊田のテンプルを捉えると、すかさず左フックを返した。豊田の顔が横を向き、体が泳いだ。レフェリーがダウンを取った。

木樽は落ち着いた足取りでニュートラルコーナーへと歩いた。恵美須高校の応援席は大変な騒ぎだった。ただ鏑矢だけは口をぽかんと開けていた。セコンドの沢木監督も驚いたような表情でリングを眺めていた。

試合が再開された。豊田は猛然と打ってきた。木樽は足を使って、パンチを避けた。豊田は空振りにもかまわず、懐に飛び込むようにパンチを振るってきた。木樽は豊田の左を右でパリーすると、左フックをカウンターで当てた。豊田の足が止まった。木樽は右をフェイントし、再び左フックを打った。豊田は何とかガードしたが、体のバランスを崩して両足が揃った。木樽はそこに右ストレートを打ち込んだ。そのパンチは両手のガードの隙間を突き破って顎に炸裂した。豊田は仰向けに倒れた。レフェリーはカウントを取らずに試合を止めた。

相手側の苑田監督と稲村がリングに飛び出して来て、倒れている選手を助け起こした。歓喜の声を上げている応援団の中で、鏑矢が口をあんぐり開けたままなのを耀子は見た。

木樽は新人大会優勝という最高のデビューをした。

表彰式が終わって恵美須高校の選手たちが集まった時、沢木監督が木樽に聞いた。

「お前、2ラウンドまで相手を見てたんか?」

「はい」

沢木監督はやっぱりなという感じでうなずいた。「それで、動きが読めたんやな」

「大体は——」

「すごいな、木樽。お前、余裕やんけ!」飯田が叫んだ。

耀子も驚いた。あの試合の最中、木樽は相手の動きをじっと観察していたという

のか。1、2ラウンド、苦戦していたわけではなかったのだ。

「右は狙って当てたのか?」沢木が聞いた。

「ワンツーを打つと、左による癖があったんで、よける方向へ狙って右を打ちま

した」

沢木は満足そうにうなずいた。

「最強やんけ!」と野口が叫んだ。

その時、「沢木監督」と声をかけてきた者があった。稲村だった。さっきはトレ

ーナーを着てセコンドに付いていたが、今は学生服に着替えていた。

「ご無沙汰しています。国体ではお世話になりました」

「こちらこそ」と沢木監督は言った。「選抜の全国大会出場おめでとう」

稲村は、ありがとうございますと言って丁寧に頭を下げた。その落ち着いた態度には風格すら漂っていた。180センチの長身と鋭い目付きは威圧感があった。

稲村は木樽の方を向くと、

「木樽君やったね。優勝、おめでとう」

と言って右手を差し出した。木樽はその手と握手しながら、「ありがとうございます」と言った。

「うちの豊田に完勝したね。見事な試合やった」

「はい」

「見事やった——て。なに、上から目線で言うとんねん」

鏑矢がからむように言った。しかし稲村は鏑矢には一瞥もくれず、木樽に向かって、

「春のインハイ予選で君と戦うのが楽しみです」

と言うと、にっこり笑った。木樽の顔が強張った。

稲村は沢木に「失礼します」と言うと、一礼して去って行った。

「何じゃ、あのボケ。偉そうに——」

と鏑矢が吐き捨てるように言った。

「鏑矢」と沢木監督は言った。「これからちょっとミーティングをする。部外者は席を外してくれるか」

鏑矢は一瞬顔色を変えたが、「ほんなら、俺は帰るわ」と言って、皆から離れた。鏑矢の背中に木樽が声をかけた。

「カブちゃん、一緒に帰ろう。待っててや」

「悪いけど、用事あるねん」

鏑矢は振り向きもせずに片手を上げてそう言うと去って行った。沢木の話は明日からの練習時間のことだった。耀子はその場を抜けて鏑矢を追った。校門を出たところで、ようやく鏑矢を捕まえた。

「鏑矢君」

「何?」

耀子は並んで歩きながら少し息を整えた。

「稲村君にあんなこと言われて悔しくないの? ライバルは木樽君だ、みたいなこと言われて」

鏑矢は少し間を置いて、「稲村よりも俺の方が強いで」と言った。

「何をアホなこと言うてるの。そんな問題と違うでしょう」

鏑矢は黙っていたが、ぼそっと言った。「もう一回やったら、俺が勝つよ」

「適当なこと言わないで」

「適当やないって。本気でやったら、負けへんよ」

「じゃあ、本気でやりなさいよ」

「——いやや」

「どうして？」

「ボクシングみたいなもん、本気でやってもしゃあない。 勝ったところでどうってことあらへんし」

「学校さぼって無免許で単車乗り回してる方が意味あるんやね」

「ボクシングよりもおもろいで。 今度単車に乗せたろか。 その代わり、俺が先生の上に乗せてもらういうの、どう？」

鏑矢は、へへへと笑った。 耀子は鏑矢の下品な冗談に驚いた。 内容そのものではなく、鏑矢がそんな冗談を言ったということにショックを受けたのだ。 女の子と遊んでいるという噂は本当なのかと思った。

鏑矢はにやにやしながら耀子を見つめた。

「何がおかしいのよ、この馬鹿っ！」

耀子は言いながら急に悔し涙が流れてきた。

「何よ、その黄色い髪の毛！ へらへらして——アホ丸出しやないっ！」

耀子は言いながら、なぜ自分がこんなに腹が立つのかわからなかった。

「なんぼ言うても、ボクシングなんかせえへんよ」

「せんでもええわよ！」と耀子は怒鳴った。「あんたみたいな弱虫にやれるスポーツやないわ」

鏑矢は何も言い返さず、耀子に背を向けて去って行った。

耀子はその後ろ姿を見送りながら、涙を拭いた。

鏑矢は停学処分が解けても学校には来なかった。彼はちょっとした有名人だったから職員室でも話題になっていた。

八組の担任教師が「彼はもう学校辞めるかもしれませんね」と言った。

「去年はインハイと国体に出て、ヒーロー気取りやったけど、所詮はボクシング部ですね」

横から数学の玉木先生が軽口を叩いた。

「お言葉ですが、玉木先生、この前の新人大会で優勝した子は特進クラスの子です。しかも授業料免除の優等生です」

耀子の言葉に、玉木は不愉快そうに顔をしかめた。

しかしそう言う耀子も鏑矢には腹を立てていた。もし彼に努力する才能があれば、やすやすと稲村の軍門に降ることはなかっただろう。入部した頃は、運動なんかとそれに比べて木樽の成長は本当に目覚ましかった。

ても出来そうにない貧弱な子だったのに、大阪府のライト級の新人大会で優勝するまでに成長した。それは努力の賜物以外の何ものでもなかった。

新人大会の日、ミーティングが終わって解散した後、耀子は沢木監督に、「先生の言った通り、木樽君はいい選手になりましたね」と言った。すると沢木は言った。

「ええ選手どころか──あいつは大化けするかもしれません」

沢木は月曜日、木樽のためにメニューを発表した。そして、「今日から木樽を鍛えるための練習をしたいからみんなも協力してくれるか」と言った。反対する者は誰もいなかった。

沢木は木樽のマスボクシングをちょっと変わったものにした。それは相手が同じパンチを何度も木樽に向かって打つというものだった。たとえば相手がワンツーを打つ。木樽はまず相手の左をスウェーバックでぎりぎりにかわし、次の相手の右ストレートを外側にヘッドスリップして、右ストレートを打つというものだ。もちろんマスだから木樽は本気では打たない。しかし木樽にパンチを打つ者は常に本気で打つ。これを4ラウンドの間ずっとやるのだ。ただしパンチを打つ者は1ラウンドごとに交代する。

沢木はあらゆるパンチの種類に対して、体が覚えるまで繰り返してやると言っ

た。パンチが飛んできた時に、瞬間的にそう動けるようになるまでやるというのだ。

この新しい練習法は木樽をかなり戸惑わせたようだった。相手のパンチを間一髪でかわして打つため、わずかでもタイミングがずれたらまともにパンチをもらってしまう。

耀子は、木樽がパンチを喰うシーンを何度も見た。またあのスタミナを誇る木樽が音を上げるところも見た。

しかし沢木監督は容赦しなかった。以前の沢木には考えられなかったことだ。まさに鬼監督に変身したようだった。沢木監督の中で突然何かが目覚めたのだ。目覚めさせたのは木樽だ。

飯田たちもこの練習に頑張って参加した。部全体が木樽をインターハイの全国大会に送り出してやろうというムードになっていた。耀子は、もしかしたら彼らは木樽に、鏑矢も果たせなかった――稲村を倒すという夢を託す気分になっているのかもしれないと思った。

飯田たちは木樽への応援だけでなく、自分たちの練習にも力を入れ出した。

「飯田君、最近練習に気合い入ってるね」

ある日の練習の終わりに、耀子が言うと、飯田ははにかんだような顔をした。

「木樽の奴見てたら、やらなしゃあないですよ」

野口と井手もうなずいた。

その気持ちはよくわかった。ボクシング部に入った頃は軽い練習にさえ付いて来られなかった貧弱な少年が努力の末に、新人大会で優勝したのだ。こいつがやれるなら、俺たちも頑張らなければという気持ちになるのは当然だった。

そういう意味では鏑矢はむしろ皆の意欲を殺ぐ存在だったのかもしれない。鏑矢自身は明るい性格のムードメーカーで皆に好かれていたし、また部のヒーローだったが、先輩たちからすれば、あれほどの才能を目の当たりに見せつけられたら、「ボクシングは所詮才能の世界だ」という気持ちにさせられていたのかもしれない。

しかし、と耀子は思った。それは鏑矢のせいではない──。

丸野が亡くなったという知らせを聞いたのは、二月の最初の月曜日の朝だった。職員室でそのことを聞いた耀子は、思わず「嘘!」と叫んでしまった。二週間前、木樽の新人戦の優勝報告を兼ねて部員一同でお見舞いに行った時は、ベッドの上でにこにこしていたのに──。その時、丸野は二月になったらまた学校に行くと言っていた。

朝礼で校長は丸野の死を報告し、校庭で全員が黙禱を捧げた。丸野のクラスの列からは女子生徒のすすり泣く声が聞こえた。

夜、耀子は沢木監督と一緒にボクシング部の部員を引き連れて通夜に行った。

通夜は市内の葬儀会館で行われた。　丸野の両親は気丈にも涙も見せずに出席者と応対していた。　会場には、丸野のクラスの女子生徒たちも来ていた。　彼女たちは全員泣いていた。

剽軽（ひょうきん）で明るい丸野がいかに皆に愛されていたのかわかった。　クラスメイトが泣いている光景を見て、耀子も堪えていた涙があふれてきた。

ボクシング部員はさすがに男の子だけあって泣く者はいなかったが、皆、固く口を引き締めて悲しみを堪えていた。

耀子は祭壇に手を合わせた。　目の前には、にこにこ笑っている丸野の写真があった。

それを見た途端、涙が止まらなくなった。

会場は天井が高く、かなり広めの部屋に大きなテーブルがいくつも用意されていて、クラスの女子生徒やボクシング部員たちがグループごとに集まって座っていた。　親族たちは別の部屋にいるようだった。

耀子はトイレで落ちた化粧を直してから、ボクシング部員が集まるテーブルに座った。

そこに丸野の母がやって来て挨拶した。

「少し話をさせていただけますか」

「はい」沢木監督が言った。

丸野の母はテーブルの端にある椅子に座った。

192

「智子は短い人生でしたが、幸せな人生だったと思います」

沢木監督、耀子、それに部員たちは、黙って頭を下げた。

「あの子は小さい頃から腎臓と心臓が悪くて、数年も生きられないと言われていました。でもお医者さんのお陰で小学校へも通えました。中学時代は何度か大きな手術をして病院と行ったり来たりの生活でしたが、何とか卒業も出来ました。でも、高校に入ってしばらくした時、また心臓の具合が悪くなって——」

丸野の母は涙をそっと拭いた。

「あの子は、もう長く生きられないと悟ったようです」

少し沈黙があった。

「そうだったんですか」と沢木監督が言った。「私は何も存じませんでした。智子さんがそんなに重い病気だったということは——」

「あの子自身が誰にも言わないで欲しいと言ってましたから」

丸野の母は言った。「あの子がボクシング部のマネージャーになりたいと言った時、私は反対しませんでした。あの子の好きなようにさせてあげようと夫とも相談して決めました」

沢木監督はうなずいた。

「小さい時から運動なんかしたことがないあの子にとって、ボクシング部のみなさ

んは本当に素敵だったようです。いつも家に帰ると、私たちにボクシングの話をしてくれました。みんな、本当にかっこいいって何度も言ってました」

部員たちは皆、俯いていた。前キャプテンの南野は肩を震わせていた。

「これは智子が残したノートです。みなさんのことが書いてあります」

彼女はノートを沢木監督に渡した。沢木はノートをテーブルの上で開いた。耀子を含む全員が身を乗り出してそれを見た。

ノートの中には、部員ごとにいろいろな項目に丸印や三角印がいくつも書かれていた。たとえばジャブ○、左ストレート△、右ストレート○、左フック△、右アッパー×といった具合だ。その他、フットワークやスピードやスタミナといった項目もあった。それに丸野が見た各選手の所見なども書かれていた。

「右ストレート×って――俺のパンチの評価当たってる」

と井手は言った。皆、笑った。

井手のページのその他の所見には「接近戦が下手、打ち合いの途中に目をつぶる癖がある」と書かれていた。

「ひでえけど、当たってる」

他の部員が自分のページを見ようとするのを沢木監督が押しとどめた。

「お母さん、これを?」

「はい。みなさんに差し上げたいのですが、智子の形見なので、後日コピーを送らせていただくということでよろしいでしょうか」

「ありがたいことです」

「ただ、智子は素人で、おそらくみなさんに失礼なことをいっぱい書いてると思います。いずれみなさんの練習の参考になればと思って書いていましたが、多分資料というか下書きのようなものなので、この状態でみなさんにお見せするのは、もしかしたら智子の本意ではないかもしれないのですが——」

「いえいえ、決して失礼などと言うことはありません。私たちにとっても大変嬉しく貴重なノートです」

「そうおっしゃっていただけると嬉しいです」

沢木はノートを丸野の母に丁寧に返した。

「智子は本当に幸せな高校生活を送れたと思います。みなさんのお陰です。本当にありがとうございました」

彼女はそう言って、深くお辞儀した。全員が頭を下げた。耀子もまた涙がこぼれた。

その時、丸野の母が入口の方に目をやった。鏑矢が立っていた。南野の嗚咽する声が聞こえた。何人かが目を拭いた。

鏑矢は受付で名前を記入すると、祭壇の前に行き、焼香した。それからあたりを

見渡して、木樽たちに気付いた。

少し迷った風だったが、耀子たちのテーブルのそばにやって来た。しかし部員たちとはちょっと離れたところに座った。

丸野の母が鏑矢に近付いて、「鏑矢君ね」と声をかけた。

鏑矢が「はい」と言って顔を上げた。

「少し、いい？」

「はい」

丸野の母は立ち上がった。鏑矢も立った。丸野の母は隣の部屋に鏑矢を招き入れた。

鏑矢は大人しく付いて行った。

しばらくして丸野の母だけが部屋から出て来た。少し遅れて鏑矢が部屋から出てきた。彼女は沢木たちに深く頭を下げると、そのまま弔問客の方に行った。少し遅れて鏑矢が部屋から出てきた。目は赤く、下唇を噛みしめていた。

鏑矢は耀子たちがいるテーブルに戻って来たが、誰も鏑矢に話しかけなかった。

「丸野は面白い子やったなあ」

飯田が沈黙を破るように言った。

「そやけど、俺らのことよう見とったんやな」

と南野が呟くように言った。

「何か、ああ見えてすごいマネージャーやったんかもしれんな」
と井手が言った。

「あのノート」野口が言った。「俺のことはどう書いたるんやろ。早よ読みたいわ」

皆は口々に丸野のこと、ノートのことを話題にした。しかし鏑矢は皆の話に加わらなかった。耀子はじっと鏑矢を観察していた。心こにあらずという感じだった。

ふと鏑矢は席を立った。多くの部員が気付いたようだったが、敢えて気付かないふりをしていた。

鏑矢は会場を出た。耀子は鏑矢の後を追った。

暗い中庭の芝生のところに、鏑矢は膝を抱えて座っていた。耀子は鏑矢に近付いた。鏑矢は隣に立った耀子をちらっと見たが、何も言わなかった。耀子は鏑矢に近付い

「丸野さんね」と耀子は言った。

「うん」鏑矢は言った。「お母さんから、聞いた」

「智子さん、お母さんにも言うてたんやね」

鏑矢は膝を抱えたまま俯いた。

「お母さんとどんな話をしてたの？」

「丸野が、俺のことを──」

鏑矢が絞り出すような声で言った。

「リングで輝く人やって。ボクシングするために生まれてきた人やって」

「そうか――」耀子は呟いた。「最高の言葉やね」

鏑矢はこくんとうなずいた。

「死んだら、俺の、守護天使になるって――」

鏑矢の最後の言葉はかすれた。

彼は膝を抱えて泣いていた。それを見た途端、耀子の目からも涙が流れた。

「会場に戻るわね」

耀子は言った。鏑矢は俯いたままうなずいた。

「鏑矢君も――戻っておいで」

鏑矢は子供みたいな声で、うん、と言った。

耀子は鏑矢を残して会場に戻った。

第23章　最後のスパーリング

優紀は鏑矢のスキンヘッドみたいに薄くなっている頭に驚いた。

鏑矢がボクシング部の練習場に現れたのはおよそ四ヶ月ぶりだった。丸野が亡くなってちょうど二週間目だった。

優紀は鏑矢の突然の訪問と髪の毛にもびっくりしたが、一番驚かされたのは、彼が沢木監督に向かって、「お願いします。復帰させてください」と頭を下げたことだった。まさに青天の霹靂だったが、鏑矢が本気なのは頭を見ればわかった。

沢木監督はごちゃごちゃ言わずに、「よし」とだけ言い、鏑矢の復帰が決まった。皆が鏑矢の周囲に集まった。飯田が鏑矢の肩を思い切り叩いた。鏑矢は「痛い！」と言ったが、顔は笑っていた。鏑矢の予期せぬ復帰は優紀にとっても最高の喜びだった。もう一度、鏑矢とボクシングが出来る嬉しさが込み上げた。おそらく皆も同じ気持ちだったのだろう。

丸野がいたら、どれだけ喜んだだろうと思うと、胸が痛んだ。

「頭、どしたんや?」

野口が鏑矢に聞いた。

「髪の毛を染め直そうとしたんやけど、面倒くさいから、オカンに黒い部分が出てるとこまでバリカンで刈ってくれ言うたら、こないされた」

皆が笑った。その後、鏑矢は皆にツルツル頭を撫でまわされた。

練習を始めた鏑矢は体が重そうだった。実際、ジャージ姿の鏑矢は全体にぽっちゃり肉が付いて一回り体が大きくなっていた。ロープを跳んでいる時も、以前のような軽いステップではなく素人みたいなどたばたした跳び方になっていた。たった2ラウンドのロープスキッピングで息が上がった。

インターバルの間に、「久しぶりやから、1ラウンドが前より長ぁ感じるわ」と言った。皆が笑ったが、鏑矢は意味がわからず、にこにこ笑っていた。

ロープの後にシャドーボクシングを始めたが、これもひどいものだった。足はほとんど動かず、腕だけのシャドーだった。

6ラウンド目から沢木の指示で先月から取り組み始めた二人一組のマスボクシングの練習が始まった。一人があるパターンで攻撃し、もう一人がそれをかわしてカウンターを打つという練習だ。もともとは優紀のためだけに始められた練習だった

が、他の部員もその練習を希望して、今では全部員がやるようになっていた。

鏑矢は初めて見るその練習方法に驚いていた。かなり興味深そうに見ていたが、その頃にはもう鏑矢は相当疲れていた。沢木が「お前もやってみるか」と声をかけたが、鏑矢は苦しそうな顔で手を振って断った。

鏑矢は8ラウンド目に床にへたり込んだ。それでも皆が練習しているのを見て、立ち上がって体を動かしたが、すぐにまたへたり込んだ。

「鏑矢、無理すんな。しんどかったら休んどけ」沢木監督が言った。

しかし鏑矢はふらふらになりながらも最後まで休むことはなかった。

練習が終わって皆が着替えていると、井手が飯田に、「鏑矢がトイレで吐いとるわ」と言った。

優紀は驚いた。カブちゃんが吐くまで練習するなんて――。彼なりに何とか皆の練習に付いて行こうと必死で頑張っていたのだなと思うと嬉しかった。

しかし鏑矢はなかなか部員たちの練習ペースに合わせることが出来るようにはならなかった。元々スタミナがある方ではなかったが、四ヶ月のなまくら生活で、余分な脂肪がついた上、筋肉も体力もすっかり減らしていたからだ。

それに練習は以前の二分20ラウンドではなく三分25ラウンドになっていた上に中

身も濃いものになっていたから、鏑矢には余計辛かったのかもしれない。練習場にはいつもピーンと張りつめたものがあり、鏑矢も以前のように練習中に冗談は言わなくなった。もうそんな空気ではなくなっていた。

部員たちの真剣な気持ちを奮い立たせていた理由の一つは丸野の存在だった。練習場の中央の天井付近には、丸野の写真が掲げられていた。にこにこ笑っている写真で、飯田キャプテンが丸野の母に頼んでもらってきたものだった。部員たちは練習前には写真の前に立って黙禱を捧げるのが習慣になっていた。丸野の見ている前で気の抜けた練習は出来ない、皆そんな気持ちだったのだろう。　練習が終わって帰る時には、いつも丸野に「さようなら」と声をかけた。

鏑矢も毎日、丸野の写真の前で手を合わせていた。それどころか練習の合間にもちらちらと目をやっていた。特に苦しくなって、動きが止まると、必ず写真を見た。　優紀はその様子を見て、彼の心の中でも丸野の存在というのは大きかったんだと思った。

鏑矢は一所懸命に練習した。その頑張りの姿勢は以前にはないものだった。徐々に皆の練習にも付いて来られるようになった。

鏑矢が復帰して三週間くらい経った頃、沢木が鏑矢に声をかけた。

「お前もやってみるか」

二人一組で行っている攻め手と受け手のマスボクシングをやってみるかというこ
とだった。鏑矢は「はい」と言った。

「ほんなら12オンスのグローブ付けてリングに上がれ。マウスピースとヘッドギア
も忘れるな」

沢木はそれまで飯田と組んでいた優紀にリングを降りるように言い、飯田に鏑矢
の相手をするように指示した。

優紀は鏑矢にヘッドギアをつけてやった。　鏑矢はリングに上がった。

「飯田がジャブを打つから、内側にヘッドスリップして右クロスを打て。マスやか
ら、本気で当てるな、寸止めやぞ。そやけど飯田のジャブは本気やぞ。グローブも
10オンスや」

「はい」

ゴングが鳴ってマスボクシングが始まった。

飯田がジャブを打った瞬間、鏑矢はやすやすとヘッドスリップしてかわすと、速
い右ストレートをクロスで決めた。沢木監督は、ほおと言った。

続けて飯田がジャブを打ったが、鏑矢は同じように決めた。その後、連続して数
回繰り返したが、鏑矢は全部きれいに決めた。

優紀はリングの下でシャドーボクシングをしながらそれを見ていたが、心の中で

舌を巻いた。やっぱり、カブちゃんは凄いわ。四ヶ月のブランクがあっても全然カンが衰えてない。

「さすが、ええ反射神経しとるわ」

沢木監督はそう言うと、右クロスカウンターの練習をやめさせた。

「次は左ジャブを外にヘッドスリップして、右ストレートを打ってみろ」

鏑矢はこういう攻撃法はやったことがなかったらしく、最初は戸惑った。ヘッドスリップしてパンチを出すタイミングが掴めないようだった。しかし五回目に決めると、以後はどんどん上手くなっていった。二〇回もやると、もう完全に体が覚えたらしく、飯田のジャブを外側にかわすと同時に耳の後ろあたりに速い右ストレートをびしびし入れた。

優紀は唸った。これは彼自身もずっとやっているがなかなか出来ないことの一つだった。外側にヘッドスリップする時に体が右に倒れ、その分、右ストレートを打つのが遅れるのだ。しかし鏑矢はヘッドスリップすると同時に右を出している。そつが揃うみたいになるのだが、鏑矢は右足を出した瞬間に体を捻って相手をやると足が揃うみたいになるのだが、ヘッドスリップと右足の踏み出すタイミングれをやると足が揃うみたいになるのだが、ヘッドスリップと右足の踏み出すタイミングに対して半身の姿勢を取っている。ヘッドスリップと右足の踏み出すタイミングと体の捻り、そしてバランス感覚が絶妙なのだ。

沢木監督も苦笑しながら、「もうええ」と言った。

　沢木監督が次に鏑矢にやらせたのは、相手が左ジャブを打った瞬間に外側にサイドステップして左アッパーを打つというものだった。優紀はまだ一度もそんな課題を与えられていない。おそらく相当難易度の高い技なのだろう。

　さすがの鏑矢も一〇回以上続けてミスした。サイドステップでかわしても左アッパーが届かないのだ。アッパーは接近戦でないと当たらない。だからサイドステップする時に真横に逃げれば距離が開きすぎるのだ。優紀は見ていて、こんなパンチは可能なのだろうかと思った。さっきから鏑矢があまりにやすやすとパンチを決めるので、沢木監督がわざと出来ないことをやらせているのではないだろうか。

　しかし鏑矢は十五回目くらいに見事にアッパーを決めた。飯田のジャブをサイドにかわした瞬間距離を詰め、左アッパーをその顎に突き上げていた。一発当たると要領を摑んだのか、その後は続けて五回連続で決めた。信じられない動きだった。見ると、サイドステップした瞬間に飯田の左肩近くまで距離を詰めている。どんな足さばきをしているのかわからなかった。

「そこまで!」

　と沢木監督は言った。飯田が打つのをやめた。

　沢木は苦笑しながら言った。

「お前がなんでインターハイで優勝出来へんかったんか、俺にはわからん」

「俺にもわかりません」

鏑矢が荒い息をしながら答えた。　皆が笑った。

しかし沢木は笑わなかった。しばらくじっと考えていたが、「お前は、本当は天性のカウンターボクサーやったんやな」と呟いた。

鏑矢はヘッドギアを外した。

「お前を見抜けんかったわ」

沢木監督は言った。「お前の荒々しいファイトを見て、ずっとファイターやと思ってた」

「俺はファイターですよ」

沢木監督は首を振った。

「迂闊やったわ。お前はパンチが強くて、攻めが上手いもんやから、ずっとファイターやと思ってた。　お前自身もずっとそうやって戦ってきた」

優紀はシャドーボクシングをしながら二人の会話を聞いた。

「お前はカウンターを打たせたら天下一品や。　しかし自分から攻めていく時に、隙が出る。攻めが上手くてパンチが強いから、どうしても荒くなる。　稲村にもその隙を突かれたんや」

「はい」

「お前も、自分がカウンター上手いのは知ってるやろう」

「はあ、まあ」

沢木は初めて笑った。

「せやけど監督、俺は攻めて勝ちたいんです」鏑矢が言った。「カウンター取ったら勝ちやすいかもしれんけど、相手が出てけえへんかったら、倒せへん」

「鏑矢、カウンターボクサーちゅうのは誰にでもなれるもんやないんやで。カウンターを当てんのは、よほどのカンに恵まれたボクサーしか出来へん。お前には天性のカウンターの才能があるんや」

「曽我部のじいさんにも言われたわ」

「大鹿ジムの曽我部さんか」

「知ってんの?」

「大阪のボクシング関係者で曽我部さんを知らんもんはおらん」

「俺もカウンターはよう打つよ。実際カウンター決めるのは好きやし。せやけど、自分から攻めて倒すのはもっと好きなんや」

「曽我部さんは何て言うてた?」

「好きにやれよって」

「プロの世界は待ちに徹するカウンターボクサーは嫌われるからな」

沢木監督はそう言った後、わかったという風に二度三度小さくうなずいた。

「よっしゃ、お前に関しては好きにやらせるわ」

鏑矢はにっこりしてリングから降りると、また一人シャドーボクシングをした。

優紀は鏑矢のシャドーボクシングをする背中を見ながら、心の底から闘志が湧いてくるのを感じた。そして、鏑矢には負けたくない！と思った。しかし同時に、鏑矢の鋭い攻めを受け止めることが出来るだろうかと思った。

優紀は気を引き締めると、鏑矢の影に向かってパンチを繰り出した。

夜の淀川は黒い油のようだった。

対岸の梅田のビル群の明かりが水面を照らしている。しかし広い河川敷には光をはね返すものもなく、まるで巨大な黒い帯に見えた。その帯の中を優紀は一人で走っていた。

時刻は深夜の一時を回っていた。普段こんな時間に淀川に来ることはない。寝付かれないまま、部屋を抜け出してここまでやって来たのだ。最近眠れない夜が多い。

体が火照り、心が乱れる。

トレーニングウェアは着ていなかったが、河川敷まで来ると無性に走りたくなった。

走ることによって、体と心に巣くった澱（おり）のようなものを吐き出してしまいたか

った。

三月とは言え、深夜の風は冷たかった。しかし走り出すとすぐに体温と血圧が上がってきた。それにつれて体にキレが生まれてくる。走るスピードも上がった。

優紀は暗闇の中で何度もダッシュを繰り返した。

三十分も続けると、すっかり疲労して芝生の上に倒れた。ぼんやりと仰向けになりながら、すぐそばの北側の堤防を眺めていると、人影が見えた。

街の明かりでシルエットしか見えなかったが、男女のカップルというのはわかった。こんな時刻に堤防を歩く人がいるのに驚いた。二人は立ち止まると、いきなり抱き合った。顔がくっつくのが見えた。おそらく河川敷には誰もいないと思っていたのだろう。堤防の上からでは夜の河川敷は真っ暗で何も見えないはずだ。

優紀は真っ暗な河川敷から堤防の上で抱き合う二人を眺めていた。不意に高津先生を思い出した。女性の髪のシルエットが高津先生に似ていたせいかもしれなかった。

胸がどきどきした。

——高津先生もあんなことをしているのだろうか。

そう思った瞬間、優紀はそんなことを考えた自分を激しく嫌悪した。立ち上がって、頭の中からその想像を追い払った。そして堤防の上の二人に聞こえるように、大きな声で気合いを入れるとパンチを出した。

堤防の二人は声に気付いて、足早に

立ち去った。

パンチを出すことで今見た光景を頭の中から消そうとした。しかしいくら払いのけようとしても、二人の抱擁シーンが脳裏から去らなかった。イメージの世界では女は高津先生の姿をしていた。

優紀は休むことなく速いパンチを繰り出した。無酸素運動でパンチを出し続け、芝生の上に倒れた。体中の酸素がなくなり、全身の筋肉がエネルギーゼロになるのがわかった。頭の中も一瞬真っ白になった。

しばらくすると息が整ってきた。優紀は目を開けた。目の前に広がる暗い空を見上げながら、高津先生のことを想った。自分は先生のことが好きなのだと心の中で呟いた。彼女とどうなりたいと思っているわけではなかった。ただ彼女に恋しているだけだと自分に言った。

高津先生はもしかしたら鏑矢のことを好きなのかもしれないと思った。以前からぼんやりとあった不安だった。でも高津先生のような大人の女性が鏑矢のことを好きになるなどとは考えられなかった。そんなことがあるわけがないと思いながら、その不安を完全に消し去ることが出来なかった。

――いや、違う、と優紀は心の中で言った。

彼女は、鏑矢のボクシングセンスに惹かれているだけかもしれない。多分そう

だ、そうに違いない。鏑矢という人間に惚れているわけではない、鏑矢のボクシングの才能に惚れているのだ。

しかし、そう思っても心は安らかにはならなかった。むしろそれにさえ嫉妬を覚えた。

——ぼくも高津先生に特別な目で見てもらいたい！

鋭いパンチと速いフットワークで高津先生の目を釘付けにしたいと優紀は思った。鏑矢よりも速くなりたい。鏑矢よりも強くなりたい。鏑矢よりも輝きたい！

もしぼくが稲村に勝てば、と優紀は思った。鏑矢にさえ勝てなかった稲村を倒せば、高津先生はぼくをどんな目で見るだろう。この子は天才だったのだわ——高津先生がそう心で呟いてくれたなら、もうどうなってもいい。優紀は自分がボクシングをしているのは、その日のためかもしれないと思った。自分にとって、それこそが最高の一瞬だ。

優紀は速い連打を打った。高速回転の連打だ。拳が風を切る。汗が飛び散る。腕が酸欠で悲鳴を上げたが、優紀は歯を食いしばってパンチを打った。いつか、きっとこのパンチが高津先生の心を打ち砕くことを信じて——。

三月の卒業式の日、式を終えた前キャプテンの南野が練習場に顔を出した。

「最後に、スパーリングをやらせてもらえますか」

南野は沢木監督に頼んだ。「大学に入ったら、もうボクシングはやりません。そやから最後のボクシングをしたいんです」

沢木監督は黙ってうなずいた。

優紀は南野の言葉を聞き、あらためてボクシングは特殊なスポーツなんだと思った。他のスポーツのように競技生活を引退した後もレジャーや趣味としてやれるスポーツではない。リングを降りたら、もう一生やることのないスポーツなのだ。

「誰とやりたい?」沢木監督が聞いた。

「カブとやりたいです」

シューズの紐を結んでいた鏑矢はにっこり笑うと、「お願いします」と言った。

スパーリングは二分1ラウンド、ただしグローブは試合と同じ10オンスグローブを南野は希望した。

恵美須高校のボクシング部ではスパーリングで10オンスのグローブは使わない。沢木監督は少し迷ったが、ええやろうと言った。

優紀は南野の相手が鏑矢であることを少し心配した。ブランクがあるとはいえ、10オンスのグローブで鏑矢のパンチをまともに受けたらたまったものではない。飯田キャプテンも同じことを思ったのか、沢木監督に「ぼくが相手しましょうか」と言った。しかし沢木は首を振った。

南野と鏑矢がリングに上がった。本来スパーリングではリングには二人しか上がらないが、この時は沢木監督がレフェリー役でリングに上がった。

ゴングが鳴らされ、南野の引退スパーリングが始まった。

鏑矢の速いジャブが南野の顔に突き刺さる。南野は鏑矢のジャブを右手でパリーして左フックを打った。鏑矢は右手でブロックすると、すかさず左で南野のボディを打った。南野は怯むことなく、前進し、オーバーハンドの右を振った。鏑矢は左肩を上げてショルダーブロックした。

優紀は鏑矢の足がスピードを失っているのに気付いた。以前の鏑矢ならガードやブロックなどせずに、ステップだけでパンチを外していたはずだ。カブちゃんは弱くなっている、と優紀は思った。

鏑矢はワンツーを打った。右がクリーンヒットして、南野の足が止まった。鏑矢は左フックを打った。南野の顎が打ち抜かれ、腰が落ちかけた。しかし南野は足を踏ん張って堪え、ジャブを打った。鏑矢はスウェーバックしたが、南野は跳ねるように飛び込んで、ジャブを連打した。浅くではあったが、鏑矢の顎を捉えた。鏑矢はロープを背にした。

南野は鋭く踏み込むと、右ストレートを打った。サイドステップした鏑矢の顔面にまともに当たった。鏑矢の腰ががくんと落ちた。優紀はあっと思った。

南野は鏑矢をロープに詰めて連打した。南野のパンチが鏑矢のボディと頭に当たった。しかし鏑矢も打ち返した。激しい打ち合いの中、終了のゴングが鳴った。

南野はグローブを下ろした。そして鏑矢の体に両手を回した。

「カブ、ありがとう」

「こちらこそ、です」

南野の目にはうっすらと涙が浮かんでいた。

「どうやった?」沢木監督が南野に聞いた。

「悔いはありません」

沢木監督は微笑んだ。

「どうやった。カブのパンチは?」

「最強でした。左フックをもらった時は、倒れるかと思いました」

南野は鏑矢に向かって言った。

「あれがカブのパンチなんやな——ええ思い出になったわ」

「けど、お前もカブに見事な右ストレートを当てたやないか。なあ、カブ」

沢木監督の言葉に、鏑矢はヘッドギアを外しながら、「まさか南野さんのパンチをもらうとは思いませんでした」と言った。

「俺のはラッキーパンチや」

「あれはラッキーパンチやない」沢木監督が言った。「ほんまにええパンチやった」

南野は嬉しそうな顔をした。

「もしかしたら、俺の生涯最高のパンチやったかもしれません」

鏑矢は黙ってうなずいた。

南野はリングを降りる時に、小さな声で「カブ、ありがとな」と言うのが優紀の耳に聞こえた。鏑矢は聞こえないふりをしたが、南野は軽く鏑矢の肩を叩いた。

春休みになった。

通常、春休みはボクシング部の練習は午後だけだったが、優紀は沢木監督に頼んで、午前中も自主練習のために練習場を開けてもらった。そして結局全員が午前午後の両方の練習に参加した。

三月下旬に全国高等学校ボクシング選抜大会が静岡県で開かれた。ライト級では稲村が予想通り優勝して高校六冠を成し遂げたというニュースが入ってきた。そのニュースは優紀を緊張させた。これまで自分とは違う世界の存在と思っていた稲村だったが、同じライト級であること、それに新人スパーリング大会直後に直接声をかけられたことで、急に身近に感じるようになっていたからだ。ただしそれは凄い圧迫感をともなったものだった。

四月に行われるインターハイ大阪予選は一ヶ月半後に迫っていた。これはもう新人戦ではない。全国の高校チャンピオンを決めるための予選だ。もしライト級で出るなら、稲村と戦う可能性もある——いや、勝ち上がれば必ず当たる。あのモンスターと同じリングに上がるのだ。そのことを想像するだけで身が震えた。稲村を倒して高津先生を驚かすことを夢想したことはあったが、実際にインターハイ予選が間近に迫ると、現実が夢を押し潰しそうになった。

優紀は、本当にライト級で出る勇気があるのだろうかと自問した。それとも一階級落としてフェザー級で出るか、あるいは一階級上げてライトウェルターで出るか——この決断は難しかった。

稲村に勝てる自信はなかったが、稲村と戦ってみたい気持ちはあった。自分の力がどれくらい稲村に通用するのか試してみたかった。

稲村の癖を見破れるか、という思いもあった。自分には対戦相手の動きのパターンを読みとる力があるのは自覚していた。実際にグローブを合わせて戦うと、対戦相手のいろんな癖が見えてくる。素人みたいなあからさまな予備動作はないにしても、パンチを打つ前には皆わずかな癖を見せる。肩、肘、手首、頭、腰などが、一瞬かすかに動くのだ。それは文字通り一瞬で、しかもコンマ何秒だから、わかったからといってすぐに反応出来るものではない。しかし次に右が来るか左が来るか

ということでもわかれば、それは圧倒的なアドバンテージになる。

攻撃パターンよりも重要なのは防御パターンだ。どんなボクサーにも防御の癖はある。パンチが飛んできた時にガードするかよけるかは判断して行うのではない。それは瞬間的な反射であり、習性だ。左によけるか右によけるかも同じだ。飛んでくるパンチの角度によって、体が覚えている方向に自然に動くのだ。そのボクサーの持って生まれたバランスもある。

優紀は部員の動きと癖は全部わかっていた。どの角度でどのスピードで打ち込めば、どういう風に体を動かすかは全部わかっていた。新人スパーリング大会の決勝戦の相手も2ラウンドでほぼその動きを読み切った。だから3ラウンドでは完璧にパンチを打ち込むことが出来た。

はたして稲村にも防御パターンはあるのだろうか。自分はそれを見破ることが可能なのだろうか。見破ることが出来れば、勝つチャンスがあるかもしれない。

優紀はライト級のエントリーに関してもう一つのことに気付いた。ライト級で出るなら鏑矢と当たるかもしれないということだ。

復帰した時は66キロもあった鏑矢だったが、練習を再開してからは平均して一日200から300グラムくらい落ちていっている。三月の終わりには63キロまで落ちていた。余分な脂肪がなくなり、動きも日増しによくなっている。ようやくライ

ト級の体になったという感じだった。

稲村への雪辱に燃える鏑矢は間違いなくライト級で出場するだろう。同じ高校から一つの階級に出場出来るのは二人までというルールがあった。トーナメントの組み合わせは同じ高校同士を決勝までは当てないということも聞いている。だとすると自分と鏑矢がライト級で出場すれば、どちらが先に稲村と戦うことになる。もし鏑矢と対決する時は、鏑矢か自分のどちらかが稲村を破った時だ——。

三月の最後の日、沢木監督は優紀と鏑矢にスパーリングをするように命じた。

鏑矢とグローブを合わせるのは半年ぶりだった。あの時はスパーリングではなくマスボクシングで、しかも鏑矢の胸を借りたものだった。

鏑矢も調子を取り戻してきてはいるだろうが、自分も成長している。今年に入ってから、急速に伸びている。沢木監督の「体で覚え込ませる」という練習方法によって、多くのカウンターのタイミングをマスターした。それにコンビネーションのバリエーションも増えている。

鏑矢に勝てるとは思わなかったが、負けるとも思わなかった。おそらく鏑矢よりも多彩な攻撃パターンをふんだんに持っている。ヘッドスリップでかわし

スパーリングが始まった。鏑矢のジャブが飛んできた。速い！

た——と思った瞬間、目の前に火花が飛んだ。

218

続けてジャブが飛んできた。今度は鼻にもらった。　速すぎる！ とてもよけ切れない。これがカブちゃんの本気のジャブか。

優紀はジャブを打ったが、そのジャブが届くよりも速く、鏑矢のジャブを顎にもらった。首ががくんと下を向き、自分のジャブが空を切ったのがわかる。直後、左顔面に衝撃を受けた。鏑矢の右をもらったのだ。ダッキングしながら左にサイドステップした。鏑矢の左フックが襲ってきたが、かろうじてガードした。続けて右が飛んできたが、パンチはガードの上に当たった。次の瞬間、顎が跳ね上がった――アッパーをもらったのだ。優紀は左を振ったが、空振りした。すかさずカウンターの右をもらった。

パンチがあらゆる角度から飛んでくる感じだった。鏑矢はどこにいる。パンチが飛んできた方向に向かってパンチを出しても、もうそこには鏑矢はいず、逆の方向からパンチが飛んできた。もう何がどうなっているのかわからなかった。ボディに強烈な一撃をもらった。思わず上体を折り曲げた。本能的にガードを上げたが、パンチでガードを弾かれた。やばいと思ったと同時に頭に衝撃を受けて一瞬、真っ白になった。

気が付いたときは尻が床についていた。その時、1ラウンド終了のブザーが鳴った。鏑矢がコーナーに立って、こちらを見ている。優紀は立ち上がった。

一分のインターバルの間、優紀は、落ち着け、と自分に言い聞かせた。鏑矢だって人間だ。必ず隙がある。鏑矢のパンチが当たる時は自分のパンチも当たる距離なんだ。それにパンチを出している手は防御には使えない。

2ラウンド目が始まった。

鏑矢が近付いて来た。左ジャブのタイミングを見つけようと思った。しかし鏑矢のジャブはあまりにも速かった。ヘッドスリップでよけようと思った時には、もうもらっていた。

優紀は自分から攻めるのはやめた。優紀は右手を前に出してジャブをガードした。

――落ち着け、と自分に言い聞かせた。よく見るんだ。どこかに予備動作の癖があるはずだ。

鏑矢の全身の動きに注意を払った。肩か、肘か、グローブか、それとも腰か膝か。

しかし鏑矢の動きには一切の癖がなかった。パンチはいつもいきなり飛んでくる。

右か左かさえ予測出来なかった。

優紀は一旦距離を取って、今度は自分から攻めた。鏑矢の防御パターンを見るために様々なパンチを打った。角度を変え、スピードを変え、リズムを変えて打った。しかし鏑矢の動きは毎回違った。同じパンチでも、ある時は左によけ、ある時は右によけた。優紀は鏑矢の形の無さに驚嘆した。

――カブちゃんにはパターンがない！

これは衝撃だった。鏑矢は天性の勘で打ち、天性の勘でよけているのだ。稲村はこの男に勝ったのか。そう思うと、初めて稲村の恐ろしさが実感として迫ってきた。

優紀が一人で鏡の前でシャドーボクシングをしていると、沢木監督が声をかけた。

「どうした？　まだやってるんか」

「すいません。もうすぐ終わります」

優紀は皆が帰った後も一人で残って練習していた。帰る時に練習場の鍵を返しに行くと言っていたのが、気が付けば二時間近く一人で練習していたのだ。いつのまにか窓の外は暗くなっていた。

「鏑矢にやられてショックやったか？」

優紀は、はいとは言いたくなかった。

「鏑矢は去年の秋に比べて体が出来てパンチ力が増している。以前は水増しのライト級やったが、ようやく本物のライト級になった感じや」

「それは感じました。三ヶ月以上練習していなかったのに、筋肉がついたら前よりもパンチ力もスピードも上がってました。あいつは、やっぱり天才です」

「パンチの速さと強さは天性によるところが大きいからな」

その言葉は優紀を落ち込ませた。

「でもな、木樽。練習でしか身に付かないものもある」

「はい」と優紀は言った。「スタミナとテクニックですね」

沢木監督はうなずいた。「もう一つある」

「何ですか?」

沢木監督はしばらく黙っていたが、ぼそっと「腹や」と言った。

「腹——ですか」

「ボディという奴は厄介なもんでな。鍛えれば鍛えるほど強くなるが——」沢木監督はにやりと笑った。「鍛えなければ逆に弱くなる」

沢木監督はそれだけ言うと、立ち上がって練習場を出て行った。

第24章　軍鶏_{シャモ}

耀子はボクシング部員がすっかり変わったのを感じていた。練習風景が以前とはまったく異なっていた。何より皆の目の輝きが違う。きびきびして、メリハリがあった。部員全員の動きがまるで違う。きび以前のようにだらだら練習するのではなく、皆、自分で何かの課題を持って打ち込んでいた。それには丸野のノートのコピーも力になっていた。

丸野のノートの内容は沢木監督も舌を巻くものだった。いくつかは素人らしい勘違いのようなものもあったようだったが、沢木に言わせると、概ね的確な指摘が書かれているということだった。

沢木は丸野のノートのコピーに、明らかな間違いは訂正し、その上に自分の所感を細かく書き入れて、選手一人一人にあらためてコピーして渡した。その後、新たに監督の目から見た各自の課題を丁寧に書き込んだコピーを配った。部員たちはそ

の二つのコピーを見ながら、自分の弱点を矯正するような練習方法に取り組んでいた。

沢木監督はまた、二人一組のマスでも各自に合わせた練習方法を与えていた。杓子定規に全員に同じことはやらせなかった。

耀子の目にも、全員が急速な進歩を遂げているように見えた。丸野の死が彼らに何かの力を与えたのかもしれなかった。木樽の新人スパーリング大会での優勝、さらに鏑矢の復帰も皆に勇気を与えていたのだろう。部員たちの熱心な練習を見ながら、丸野が生きていたらと思うと、目頭が熱くなった。

しかしある意味、一番変わったのは沢木監督ではないだろうかと思った。一年前とは指導態度が全然違っていた。かつては最低限の指導だけはするものの、あとは放任という風だったが、今はまさに「鬼監督」という感じだった。

ある日の練習が終わり、部員たちが帰って練習場で沢木監督と二人きりになった時、耀子は沢木に言った。

「今度のインターハイ予選は楽しみですね」

折りたたみテーブルに向かってノートに練習メニューを書いていた沢木監督が顔を上げて、「そうですね」と答えた。

「インハイ選手が出るかもしれません」

「木樽君ですか」

「木樽もそうですが、飯田たちも楽しみです」

「沢木監督が熱心に指導されたからだと思います」

沢木は首を振った。「あいつらが本気になったからです。私はその手助けをする

だけです」

耀子はずっと疑問に思っていたことを聞いた。

「どうして、長い間、今みたいに指導されなかったんですか?」

沢木は鉛筆を置いてテーブルに両手を組んだ。

「私はこれまでケガをしないような最低限の指導はしてきましたが、それ以上の指

導はしませんでした」

「それはどうしてですか?」

「前にも言いましたが、ボクシングは厳しすぎるスポーツやからです。強くなれば

強くなるほど、より過酷で厳しい世界が待ってるんです。上に行けば行くほど、恐

ろしい世界が待っています。その世界を望まない者を、そこに無理やりに連れて行

くことは出来ません」

沢木はそこで深く息を吐いた。

「昔、私の教え子がインターハイに優勝しました。東田という男です。十数年前の

話です。当時は私も若く、バカみたいな熱血監督でした。東田はうちの高校から出た最後のインターハイ優勝者です。フェザー級で優勝しました。私が手塩にかけて育てた選手です。東田は高校を卒業し、プロになりました。私は反対しましたが、あの子の決意は固かった──」

「どうなったのですか」

「七年間プロでやりました。　根性のある奴で、いくら打たれても前進するのをやめない勇敢なボクサーでした。　最後は日本スーパーライト級のチャンピオンにまで上り詰めましたが、世界タイトル戦への挑戦の機会には恵まれませんでした」

「残念でしたね」

「二十五歳で現役を退きましたが、七年の現役生活で、頭にダメージを負いました。　ハードでタフな戦い方の影響です」

「パンチドランカーですね」

沢木監督はうなずいた。

「引退して何年かして会った時、私が誰かわかりませんでした。　説明すると、思い出しましたが──」

耀子は声を失った。

「彼のようなひどいケースは稀ですが、プロの場合、みんな多かれ少なかれダメー

ジは負います。東田の場合は『打たせて打つ』という無謀で勇敢な戦いぶりがより大きなダメージを招いたと言えるんでしょうが——」

「沢木先生は、自分にも責任の一端があると思っておられるんですね」

「私が育てました。彼を見出し、彼の才能を伸ばしました。一度はやめたいと言った彼を説得し、三年生の夏にインハイで優勝させました」

沢木は顔を歪めた。「もし、インハイで優勝していなかったら、彼の人生は違ったものになったかもしれません。いや、その前に——」

沢木はそれ以上は言葉にしなかった。耀子もまた何も言えなかった。

望まない者を連れては行けないという沢木の気持ちが痛いほどわかった。彼自身もボクシングで目を一つ失っている。しかし彼にとっては、そのことよりも東田のことの方が大きな後悔だったのだろう。

耀子はあらためてボクシングというスポーツの持つ恐ろしさを感じた。いや、もしかしたらボクシングはスポーツではないのかもしれない。

「それにしても、木樽は——」

と沢木は不意にぼそっと言った。「ボクシングの才能がありましたね」

それは耀子も同じ思いだった。しかしあらためて監督に言われると、不思議な感動があった。一見、運動にも格闘技にも無縁のように見えた少年が実はボクシング

の才能を秘めていたとは、誰が予想しただろう。

「ボクシングに出会ってなかったら、それは埋もれたままだったんですね」

沢木は大きくうなずいた。

「才能というやつは目に見えるもんやないから、誰にどんな才能が潜んでいるのかわかりません。テレビでタイガー・ウッズを観てすごいなあと言うてるオヤジの中には、きっとウッズ以上の才能を持ってる奴がいるはずです。ただ、そういうオヤジたちは自分の中に眠っていた才能を掘り出すチャンスに恵まれへんかったんです。そやから自分も知らない」

「掘り出すって、何か鉱脈みたいですね」

「鉱脈――ですか」

沢木はその言葉を噛みしめるように、同じ言葉をもう一度呟いた。

「たしかに才能というのは地下に眠る鉱脈みたいなもんですね。ゴルフに限らず、幼い時に何かの英才教育を受けていれば天才になっていたという人は少なくないでしょう。もしピアノをやっていたら天才ピアニストになったり、野球をやってたらイチロー以上になったりした人がいるかもしれません。ただ、実際にはほとんどの人が、自分の中にすごい鉱脈が眠っているのに気付かんと一生を終えるんやと思います」

耀子は言った。「あるいは、全然見当違いのところを掘り続けるか、ですね。自分の中にある才能の鉱脈にぶつかるなんて稀有な偶然かもしれないね」

「ほとんどの人がそうなんでしょうね」

「鉱脈と言っても人それぞれですから。露天掘りみたいに簡単に掘り当てられるケースもあれば、かなり深く掘り進めんと当たらへんものもある。掘り当てる前に力尽きて諦める場合もあるかもしれません。根気よく掘り続けて鉱脈を探し当てるというのは、もう——」

「運、としか言いようがないですね」

耀子の言葉に、沢木はうなずいた。

「木樽君の場合は鉱脈を掘り当てたと言えるんでしょうね」

「そうですね。そやけど頑張って掘り続けたのはあいつ自身です」

沢木はそう言った後で、呟くように付け加えた。「それが幸福かどうかは別問題ですが——」

「先生、次の日曜日、全員で一緒に大鹿ジムに行っていいですか？」

四月の初めに木樽が耀子に聞いた。

「沢木監督は何て言うてたの？」

木樽は少し言葉に詰まった。

「監督には言うてません」

まいったなと思った。おそらく沢木監督には反対されると踏んで耀子の裁量に期待して来たのだ。気合いが入っている部員たちが学校でのクラブ活動が禁止されている日曜日にも練習したいという気持ちはよくわかった。また一度プロのジムで練習してみたいという思いも理解出来たが、簡単に「はい」とは言えなかった。以前、木樽と鏑矢の二人がプロのジムに行くのを許可したし、鏑矢だけを一週間自由に行かせたこともあったが、あれは例外的なことだ。全部員が行くのは話が違う。

しかし認めてあげようと思った。自分たちでこっそりジムへ行ってもわからないのに、わざわざ耀子の許可を求めに来たのだ。それだけ信頼されているということが嬉しかった。もっとも黙って行ってくれたほうが、知らなかったで済ませられる分、楽だったのだが。

「ジムの許可は取ってるの？」

「鏑矢が取ってくれました」

「わかったわ。春休みだけの特別許可ということにします」

「ありがとうございます」

「ただし、私も同席します。沢木監督には事後報告することにします」

　木樽は頭を下げて去って行った。

　それにしても木樽だけではなく、全部員が日曜日も返上して練習したいとは驚きだった。沢木監督も思っているように、今度のインターハイ予選は楽しみにしているのかもしれない。

　春休み最後の日曜日に、耀子と五人の部員たちは、大鹿ジムに集まった。

　初めてジムを見た飯田と野口と井手は薄汚い建物に圧倒されているようだった。

「ここで鏑矢がボクシングを覚えたんか」

「昭和が残ってる感じやな」

　飯田たちは軽口を叩いた。

　しかし中に入って、プロの練習生を見ると、皆、緊張したように押し黙った。

「ようけ、連れてきたのう」

　曽我部が言った。全員が挨拶した。

「お前らとスパーリングしたい言う奴が大勢おるぞ」

　鏑矢と木樽を除く三人は強張った顔をした。

「アマチュアのボクシングとは一味違うで」

　各自、ジムの隅で着替えた者から練習を始めた。プロのジムの練習は高校のクラブのように一斉に始まるものではない。練習生が自由に始めて自由に終わるのだ。

繰り出すのに対し、飯田は速いパンチで対抗した。最初、プロのボクサーは飯田の

二人は対照的な戦い方だった。プロのボクサーは一発一発に力を込めたパンチを

だったが、飯田は物怖じせずに向かって行った。

飯田とプロの練習生のスパーリングが始まった。相手はプロの六回戦ということ

練習生は「オス！」と答えた。

曽我部は練習生の一人を呼んだ。「次のラウンド、相手してやれるか？」

「お前、何級や？」

「フェザー級です」

キャプテンの飯田が手を上げた。

「誰からやるんや？」

鏑矢は部員たちの方を見た。部員たちはうなずいた。

「今日はみんなスパー出来るんか？」

何ラウンドか消化した時、曽我部だけが広いところでシャドーボクシングをしていた。

いる感じだった。一人、鏑矢だけが広いところでシャドーボクシングを始めた。

の狭いスペースでシャドーボクシングをしていた。初めて来たプロのジムで萎縮して

部員たちは練習場の端で固まってロープを跳んだ。それが終わると同じように隅

練習に手を抜いて楽をするのも、試合で痛い目に遭うのも各自の自由というわけだ。

速いパンチに戸惑っている感じだったが、すぐにパンチにそれほどの威力はないと判断したのか、強引に距離を詰めて重いパンチを見舞った。飯田はロープに詰まった。

耀子はまずいと思った。

しかし飯田はぐっと腰を落とし、速いパンチを上下に打ち分けた。耀子は驚いた。それは丸野が飯田のページに対策として書いていたことだった。速いパンチが不得手な接近戦に持ち込まれた。

飯田は打ち勝つことは出来なかったものの、打ち合いによってロープから逃れることが出来た。

2ラウンドのスパーは飯田がやや押され気味だったが、決して負けてはいなかった。部分的には飯田が打ち勝っているシーンもあった。スパーが終わった後、飯田が充実した顔でリングを降りて来た。耀子は拍手で迎えた。

二人目の野口の相手はバンタム級の四回戦の選手だったが、野口は互角以上に打ち合った。野口がまだ一勝もしていないと聞いて、曽我部は驚いていた。

井手もプロの練習生相手にいいスパーリングをした。

耀子は、二月以降必死で練習してきた彼らを見ていただけに、そこそこはやるかもしれないと期待はしていたが、正直ここまでやるとは思っていなかった。教え子たちの成長と頑張りに目頭が熱くなった。

四人目に鏑矢がリングに上がった。相手はライト級の八回戦だったが、鏑矢はま

ったく打ち負けなかった。というよりもかなり自在にパンチを決めた。

「カブの奴は相変わらず上手いわ」

曽我部は嬉しそうに言った。そしてスパーリングが終わると、鏑矢の相手を務め

た選手に、「どうした？　相手はアマやぞ」と言った。

彼は苦笑しながら答えた。

「カブの奴、パンチ力も増してますよ」

曽我部はうなずきながら、彼の肩を叩いた。

最後にリングに上がったのは木樽だった。相手はスーパーライト級の六回戦だった。

木樽はいきなりプロの出鼻に速いジャブをびしびし決めた。相手選手は体を上下

左右に振りながら木樽の懐に飛び込もうとした。木樽は足を使いながらジャブを打

った。木樽は何度か相手に懐に飛び込まれ、接近戦に持ち込まれたが、堅いガード

で相手にクリーンヒットを許さなかった。

中間距離では木樽のジャブとワンツーが決まった。特に右が何度か相手選手の頭

を捉えた。

2ラウンド目に入ると、木樽のジャブが冴えた。相手選手が飛び込もうとする時

に、鋭いジャブを放ち、接近を許さなかった。1ラウンドと同じように何度も右ス

トレートを決めた。曽我部はずっと鋭い視線で木樽を追っていた。

「彼、どうですか？」

　耀子が聞いた。

「前に見た時より格段に上手なっとる」

　耀子は自分が誉められたみたいに嬉しくなった。

「そやけど、えらいクラシックなボクサーやな」曽我部はそう言ってにやりと笑っ
た。「今どきはアマチュアでも滅多に見んスタイルやで」

　耀子は曽我部が貶したのか誉めたのかわからなかった。

「キレがあってスピードがある。そうか、沢木が作ったんか――」

　曽我部は睨むような目で木樽を見た。「ああいうクラシックなボクサーはひ弱さ
があるもんやけど、あの子には力強さがあるな」

　耀子は、へえーと思った。

「アルゲリョに似てるな」

　その名前もおそらく有名ボクサーなのだろう。この老人の頭の中は古今東西の名
ボクサーが勢揃いしているに違いない。

　スパーリングを終え、木樽がリングから降りようとするところに、曽我部が声を
かけた。

「お前、きれいな右ストレートを打つな」

「ありがとうございます」

「けど、きれいすぎるな」

木樽は、はあという顔をした。

曽我部はリングに上がると、練習生の一人に、「ミットを持ってこい」と言った。

曽我部はパンチングミットを構えて木樽に言った。

「右ストレートを打ってみろ」

木樽は曽我部のミットめがけて右ストレートを打った。パンという小気味いい音が響いた。

「脇を開けて打ってみろ」

木樽は怪訝な顔をした。見ていた耀子もえっと思った。「脇を締めろ」というのは沢木監督の口癖だったからだ。脇が開けば、その分パンチは外側に大きく軌道を取る。その分スピードが遅くなるし、相手の左手にブロックされることも多くなる。「絞って打つ」と「インサイド（内側）から打つ」というのは右ストレートを打つ時の常識と思っていた。

「早よせい！」

曽我部がいらいらしたように言った。

木樽は言われた通り脇を開けて右ストレートを打った。ぎこちない打ち方で、グ

ローブは曽我部のミットの中でパスッという鈍い音を立てた。耀子が見てもまったく威力のないパンチに思えた。まるでボクシングの初心者が打つ下手くそな右ストレートみたいだった。

「右フックを打つみたいに少し肘を曲げるんや」

木樽はまた言われたように打った。さっきよりも音が大きくなった。

「そうや、そういう感じじゃ」

木樽は納得しない表情のまま、脇を開けて何発か右を打った。

「このパンチはな、お前みたいな背の高い選手に有効なんや。パンチは何でも内側から打てばいいというもんやない。それはアマチュア信仰や」

耀子は、へえと思った。

「相手が左を打った瞬間、あるいは左を引いた時、相手の左手の外側から右を打ち込むんや。相手の肩越しから、テンプルを狙うようにするんや」

「はい」

「何度も打ってみろ」

木樽は曽我部のミットめがけて何発もそのパンチを打った。

チを受けながら、じっと木樽を見ていた。

一分近くパンチを打ち続けた頃、不意に曽我部が言った。

「もっと腰を入れてみろ」

「こうですか？」

木樽は腰を大きく回転させて打った。

「もっとや！」

木樽はさらに腰を入れて打った。曽我部がいらいらしたように言った。

「アホ、もっとや！　右の腰が前に飛び出すくらいやれ！」

木樽は思い切り腰を捻った。腰は半回転以上して不恰好にねじれるみたいになった。ところが曽我部は「そうや、その感じや」と言った。

耀子は思わずくすっと笑った。

「あと、右足をもっと蹴れ。体が前に倒れるくらい蹴ってみろ」

木樽はさっきと同じように大きく腰を捻りながら右足を蹴った。勢いで体が前につんのめったが、曽我部はそのことでは何も言わなかった。

「何度も打ってみろ」

木樽は言われたように、右脇を開けて腰を大きく捻りながら右足の蹴りを強く入れてパンチを打った。耀子の目から見てもちょっと滑稽な打ち方に見えた。何となくぎくしゃくした風で、スパッという切れ味がない感じがした。第一あれでは次のパンチが打てないと耀子は思った。

ところが、何度か打つうちに曽我部のミットの音が変わった。弾けるような高い音ではなく、バンッという重くずっしりした響きだった。

「その要領や。このラウンド、最後まで打ってみろ」

木樽はうなずくや。何度もそのパンチを打った。

ラウンドが終了すると、曽我部は、「あとはサンドバッグで、そのパンチをたっぷり練習しろ」と言った。

木樽は「はい」と返事してリングを降りた。

木樽がサンドバッグの方に向かってから、耀子は曽我部に聞いた。

「木樽君、見所があるんですか?」

曽我部は耀子の顔を見てニヤリと笑った。「今のパンチ、見たか?」

「はい」

「どう思った?」

ぎくしゃくして見えたと言いたかったが、差し控えた。「——何となく、重い感じがしました」

曽我部は満足そうにうなずいた。「あの子はいいパンチを持っている」

その言葉は意外だった。

「パンチは天性のもんや。あの子は生まれながらのパンチを持っている」

「今までは、それを引き出してなかったな。パンチ力やったら、鏑矢より上やな」

耀子は驚いた。

「そうなんですか」

「今日、俺が教えたパンチをマスターしたら、あの子は化けるで」

耀子は前に沢木監督が「あの子は大化けする」と言っていたのを思い出した。アマチュアとプロのトレーナー二人に「化ける」と言わしめる才能を木樽は持っているということなのか。

耀子は思わず振り返って木樽の方を見た。

木樽はサンドバッグで曽我部に教えられたパンチを打っている。耀子の目から見ても不思議なパンチだった。この一年多くの試合を見てきたが、見たことのないパンチだった。野球の投手がボールを投げるような感じに見えた。

耀子は曽我部を横からそっと観察した。曽我部は別の練習生を呼んで、何やら注意を与えていた。パンチを打つ時の足首の動きについての注意だった。練習生が離れた時には、曽我部の目はもう別の練習生に移っていた。

痩せた老人は鋭い目で練習生たちの動きを見ていた。まるでエンジニアが機械の不具合を探しているような感じだった。この老人にかかったら、どんな些細なミスも見つけられてしまうだろうなと思った。

この老人は五十年間ずっとこの世界で生きてきたのだ。ボクシングで頂点を目指

す若者たちを半世紀にわたって見続けてきたのだ。この老人にとって、世界はボク

シングしかないのだろう。

「曽我部さん」

「うん？」

「曽我部さんの夢は何ですか？」

曽我部はそれには答えず、リングの中でシャドーボクシングする練習生を見つめ

ていた。耀子は自分の言葉が聞こえていなかったのかと思った。

「闘鶏って知ってるか？」

曽我部は不意に聞いた。

「トーケイ？」

「鶏(とり)の闘鶏(シャモ)や」

「軍鶏が闘うやつですか」

「そう。あれはすごい。あれこそホンマモンの闘いやなと思う」

耀子は曖昧に相槌を打った。

「軍鶏という鶏はもともと気性の荒い鶏やが、人間が何百年もかけて戦う鶏にこし

らえ上げたもんや。サラブレッドが走る芸術品としたら、軍鶏は闘う芸術品や。い

や――闘うマシーンやな」

曽我部が何を言いたいのかわからなかった。

「真に強い軍鶏は嘴が折れても闘う。　腹を切り裂かれてはらわたが飛び出しても闘う。　頭を割られて脳みそが飛び散っても闘うんや」

ぞっとした。「それって――」

「自然界では有り得へん。　人間がそこまで闘う鶏に作り上げたんや」

耀子は曽我部が何を言いたいのかわかった。

「曽我部さんは、　そんなボクサーを作りたいんですか？」

曽我部は何かを抱えるように両手を上げた。

「そんなボクサーを作り上げることが出来たら、　トレーナー冥利に尽きるで」

曽我部は耀子を見て嬉しそうに微笑んだ。　そのあまりにも無邪気な笑顔に、　気味の悪さを覚えた。

――この人は、　どこか狂ってる。

第25章　インターハイ予選

新学期が始まった。

ボクシング部に入りたいという新入生が八人やって来た。皆ボクシング初心者だったが、多くが不良みたいな顔付きをしていた。しかし最初の一週間で三人が辞めた。次の一週間でまた三人が辞めた。沢木監督に言わせると、例年よりもはるかにハードな練習になっているからだろうと耀子は思った。おそらく今までよりもはるかにハードな練習になっているからだろうと耀子は思った。

残った二人は、どちらかというと大人しい印象を受けた生徒たちだった。男の子の強さって見た目なんかでは全然わからないものだと耀子は思った。

二年生と三年生は新入部員にかまっている余裕はなかった。五月の初めに行われるインターハイ予選のことで頭が一杯だったからだ。飯田、野口、井手の三人にとってはインターハイの最後のチャンスだった。

新学期が始まってから練習にも一層厳しさが増していた。　沢木監督の指導にもさらに熱が入った。

沢木は木樽の新しい打ち方に気付いた。

「お前、その打ち方はどうした?」

監督に詰問するように聞かれ、　答えに迷っている木樽を見て、　耀子が見かねて口を挟んだ。

「前に、大鹿ジムに行った時、そこのトレーナーに習ったようです」

「曽我部さんか──」

沢木はそう呟くと、　飯田に命じてパンチングミットを持ってこさせた。そして木樽に向かって構えると、「打ってみろ」と言った。

木樽は沢木のミットめがけてオーバーハンドの右を打った。　沢木のミットがバンッと鈍い音を立てた。　それは今までの木樽のパンチの鋭い音ではなかった。それにパンチにキレがない。　耀子が見ても素人が打っているようなパンチに見えた。　沢木は数発同じパンチを打たせた後、　木樽に聞いた。

「スピードが落ちてるのがわかるか」

「はい」

「打ってみて、どう感じる?」

「振りが大きい分、スピードがない感じがします。でも——」

「でも、何や?」

「ミットに当たった瞬間、肩にずしっと響く感じがします。でも——」

沢木はうなずいた。

「そのパンチは威力がある反面、タイミングが取りにくいし、当てにくい。それに

カウンターを喰いやすい」

「はい」

「お前の今までの右ストレートがカミソリパンチとしたら、それはナタのパンチや

な。決まったら一撃で相手の骨まで叩き切ることが出来る。しかし、隙もあって危

険も多いパンチやぞ」

耀子は、もしかすると沢木監督はそのパンチを禁じるつもりなのかなと思った。

しかし沢木は、木樽に「多用するな」とだけ言ってその場を離れた。

四月の中旬にインターハイ大阪予選の出場階級を決めた。井手はフライ級、野口

はバンタム級、飯田はフェザー級とあっさり決まったが、問題は鏑矢だった。

「俺はライトで出るよ」

鏑矢は当然と言わんばかりに言った。沢木は、うーんと唸った。

「ライトを外したら、インターハイにはまず確実に行けると思うぞ」

この言い方は鏑矢を怒らせた。

「ライトやったら行かれへん言うんか」

「そうは言うてへん。ただフェザーかライトウェルターの方がインターハイに行ける確率が高い」

「ライトでも行ける」

沢木は苦笑しながら耀子の顔をちらりと見た。耀子は小さくうなずいた。稲村への雪辱に燃える鏑矢に何を言っても無理なのはわかっていた。沢木にしてもそれは承知の上だったろう。まあ一応言ってみたというところだったのだろう。

沢木の無言の了承で鏑矢はライト級で出場することが決まった。

「木樽はライトウェルターでええか」沢木は木樽に聞いた。

「ぼくもライト級で出ます」

これには沢木も啞然とした。耀子も驚いた。

「ライトは鏑矢が出るんやぞ」

「はい」

「同じ階級に二人はあかん」

「インターハイ大阪予選は同じ学校から二人まで出られる枠があったはずです」

「それはそうやが、ライトウェルターが空いてるのに、ライトに二人も出ることはないやろう」

木樽は黙った。

「ユウちゃん、やめとけよ」鏑矢がリングの上から声をかけた。「同士討ちはアホらしいやんけ」

「カブの言う通りや。同じ高校で争うのはもったいない」

沢木はそう言ったが、監督の本音は別にあるのは耀子にもわかっていた。ライト級に君臨する超高校級モンスターの稲村に、恵美須高校の誇る二枚看板が揃って撃破されることを恐れていたのだ。いや下手をすればどころか、その可能性の方が高い。木樽も、木樽は階級を変えた方がいいと思った。

「なんでそこまでライトにこだわるんや?」

「稲村さんと戦ってみたいんです」

「勝つ自信があるのか?」

「わかりません。でも勝ち負けは別にして、戦いたいんです」

木樽は淡々と言った。

「ユウちゃんよ」鏑矢が言った。「稲村とやれるかどうかわからへんで。俺が稲

村とやるかもしれんやん。そうなったら、決勝戦はユウちゃんと俺がやることになるで」

鏑矢の言葉に、木樽はかすかに笑った。

木樽の決意は固かった。監督の執拗な説得にも頑として意志を曲げなかった。耀子は木樽にそんな部分があると知って驚いた。沢木も最後には折れた。

「よし」と沢木は言った。「そこまで言うんやったら、思い切りぶつかってみろ」

木樽は黙ってうなずいた。鏑矢は苦笑いを浮かべていた。

インターハイ予選の一週間前になると、練習場全体が一種異様な雰囲気に包まれてきた。試合を直前に控えた緊張感に加えて減量との戦いもあったからだ。練習後に秤に乗る部員たちの表情は真剣そのものだった。

耀子は部員たちの体が研ぎ澄まされていくのを感じていた。これまでの部員たちは減量が苦しいものだから、階級を下げずに戦ったり、あるいは試合直前に一気に落としていたりしていたが、今回は皆、二週間くらい前から計画的に絞っていた。耀子は部員たちの精神力に感心していた。

減量の苦しい野口はフード付きの厚手のトレーナーを着て練習していた。井手は

しょっちゅう唾をバケツに吐いていたという。聞けば一日で200グラムは唾を吐けるという。

耀子は本当かなと思った。

あの鏑矢でさえ、三週間くらい前から計画的に減量に入っていた。ボクシング部に復帰した頃は66キロもあった体重も、二週間前には62キロにまでなっていた。それから徐々に落としていき、一週間前にはリミットまであと1キロちょっとまで絞っていた。

体重が落ちていくにしたがって鏑矢の動きにキレが出てきたように思った。全体のスピードが上がり、パンチに鋭さが増してきた。耀子は、もしかしたら今の鏑矢なら稲村といい勝負が出来るのではないかと思った。

木樽もまた順調に仕上がっていた。木樽は今や180センチ近くなっていた。鏑矢も170センチ台の後半だったが、彼に比べても木樽の方がはっきり大きかった。その上、筋肉もついていたから、ライト級を維持するのは難しいのではないかと思えたが、彼もまた強靭な精神力でライト級の体重を作っていた。

インターハイ予選の前日、帰宅途中の耀子は地下鉄の駅を出た時、木樽が改札で佇（たたず）んでいるのを見つけた。

「どうしたの、木樽君？」

耀子は明るく声をかけたが、木樽の顔が思いつめたような表情をしているのに気付いていた。

「少し、お話し出来ませんか」

「いいわよ」

耀子は駅近くの喫茶店に木樽を誘った。

「いよいよ明日やね」

木樽はうなずいた。

「コンディションはどう?」

「いいです」

木樽の顔が少し緊張した。耀子は試合前に余計なことを言うべきではなかったかなと思った。別の話題を探している時、いきなり木樽が言った。

「稲村君と当たるのは鏑矢君か木樽君かどっちかな?」

「先生は鏑矢のこと、好きですか?」

まったく予期しない質問だったが、木樽の真剣な眼差しを見て、耀子もはぐらかすのはやめようと思った。

「正直言うて、鏑矢君には魅力を感じてる。でも、その魅力が自分にとってどういう魅力なのか、自分でもよくわかってないの。ただ、これだけは言っておくけど

　「──」

　耀子は言った。「恋じゃない」

　木樽は強張った顔でうなずいた。少し沈黙があった。

　ややあって木樽は言った。

　「今度のインハイ予選で、もし優勝したら、ぼくの魅力も認めてもらえますか」

　「木樽君の魅力は認めてるわ。ある意味、鏑矢君よりも魅力があるわ。あなたは本当にすごい努力でここまで来た。それに勉強もトップクラスだし──。あなたみたいな子はいないわ。まさに文武両道の男性やと思う。ボクシング部の誇りよ」

　しかし木樽の顔は固いままだった。

　「そんなんやなくて──。高津先生に魅力があると感じてほしいんです。ぼくの言いたいこと、わかってもらえますか」

　「わかるわ」

　耀子は静かに言った。それから木樽の顔をまっすぐに見て言った。

　「でも、それは約束出来へんわ」

　木樽は耀子の目を逸らさなかった。耀子は目を逸らさなかった。

　「今度のインハイ予選、ぼくは稲村に勝ちます。そして、鏑矢にも勝ちます!」

　耀子はその時初めて、木樽がライト級で出場することを決めたのは稲村と戦いた

いのではなく鏑矢と戦いたいからではないのかと思った。

「二人にはベストを尽くしてほしいと思ってる」

耀子の言葉に木樽はむっとしたようだった。

「先生はどっちに勝ってほしいんですか」

「そんな質問はせんといて！」耀子は強い口調で言った。「鏑矢君も木樽君も私にとったら大事な生徒よ。どっちに勝ってほしいなんて思ったことない。リングの中にそんな感情を持ち込まないでちょうだい！」

耀子の剣幕に木樽はうなだれた。

「すいませんでした。今日は帰ります」

そう言うと、木樽は一人で店を出て行った。注文したコーヒーにはまったく口をつけていなかった。

耀子は紅茶に口をつけたが、熱さに思わずむせた。

明日のインターハイ予選に何かが起こるような気がして重い気持ちになった。

予選会場は長居高校だった。予選は金土日の三日間を通して行われる。

耀子は会場に向かいながら、一年前、耀子が初めてボクシングの試合を見たの

も、この会場でのインターハイ大阪予選だったことを思い出した。あれからちょう

ど一年が経ったのかと思うと、感慨深いものがあった。

あの時、初めて鏑矢の試合を見た。あの時の鏑矢はまさに一陣の風のようだった。速くて、強くて——こんな言い方が許されるなら、セクシーだった。

あれから鏑矢は何度も挫折を味わい、一時はボクシングをやめて来た。より強く大きくなって帰って来た。

そして、あの頃はひ弱な少年だった木樽は見違えるほどたくましくなっていた。

彼が恵美須高校のボクシング部のエースになるとは誰が想像しただろう。それに弱かった先輩たちも今年になって急成長した。すべてが一年前とは全然違った。

会場に着くと、部員たちが耀子に挨拶した。

「おはよう。計量は大丈夫やった?」

「全員、検診も計量もパスです」

飯田キャプテンが答えた。見ると、飯田は額に入れた丸野の遺影を持っていた。

耀子の視線に気付いた飯田は、「丸野にも見てもらおうと思って——!」と言った。

「丸野さんに恥ずかしくない試合をしないとね」

全員が、はいと言った。

「今日試合をするのは誰?」

「今、監督が組み合わせの抽選に行ってます」飯田キャプテンが言った。

まもなく沢木監督が戻って来た。

沢木は耀子に挨拶すると、部員に向かって言った。

「木樽と鏑矢以外、全員、試合がある」

飯田たちは緊張した顔でうなずいた。

「飯田、野口、井手は優勝するまで三回勝たんといかん」

「はい」

「頑張って。二連勝も三連勝も一緒よ」

耀子の言葉に、三人は「はい」と力強く答えた。

「ライト級は、どっちが稲村君の山に入ったんですか?」

耀子は沢木に聞いた。

「それが──稲村は出ません」

沢木の言葉に全員が「ええっ!」と声を上げた。

「どういうことですか?」

「来週に全日の大阪予選に出るらしくて、今回のインハイは不出場にしたそうです」

全日とは全日本選手権のことで、大学ボクシング部の選手、社会人のトップアマが参戦するアマ最高峰を競う大会だ。インターハイよりはるかにレベルの高い大会で、高校生が出場することはほとんどなかった。

「稲村君、すごい自信ですね」

「偉そうに！」と鏑矢は言った。「ほんなんやったら、俺も全日に出るんやったわ」

皆が笑った。

「残念ながら、お前は全日には出られへん。高校生が全日予選に出るにはインターハイで相当な成績をおさめてないと資格がないんや」

鏑矢はむすっとした。

「それでライト級の組み合わせはどうなったんですか？」耀子は聞いた。

「他の高校も稲村を避けたらしくてライトの出場者は五人だけ。鏑矢と木樽は明日の準決勝からです。もしかしたら二人で決勝を争います」

飯田たちは喜んだが、耀子は笑えなかった。昨日、何かが起こるような予感がしたのはこれだったのかと思った。

恵美須高校の最初の試合はフライ級の井手だった。相手は浜野高校の二年生だった。珍しく府立高校でボクシング部がある学校だった。

井手はリングに向かう前に、飯田が持っていた丸野の写真に軽く触れた。井手の口が写真に向かって、頑張るよと動くのが耀子に見えた。頑張って、と耀子は心の中で声をかけた。

　試合は1ラウンドから激しい打ち合いになった。一進一退の攻防が続いたが、3ラウンドになって相手選手の手数がぐっと減った。スタミナをなくしたのだ。井手は3ラウンドの終盤、パンチを集めた。ダウンは奪えなかったが、明白にこのラウンドを取った。試合はポイントに持ち込まれ、井手の手が上がった。井手の初勝利の瞬間、恵美須高校の全部員が歓声を上げた。耀子も思わず声を上げた。

　リングから降りてきた井手は人目もはばからずに泣いた。沢木監督も目に涙を浮かべていた。

　耀子もたまらずもらい泣きした。

　耀子は「勝つ」ということがどんなに素晴らしいことかということを初めて教えられたような気がした。勝敗よりも過程が大事という考え方もある。しかし勝利は過程以上のものだ。

　勝利が尊いものでなければ、誰が苦しい練習なんかするもんか──。

　二試合目はバンタム級の野口だった。野口もまたリングに上がる前に、丸野の写真に向かって「行ってくるよ」と言った。

　相手は朝鮮高校の三年生だった。三月の選抜の全国大会に出場している強豪だったが、野口は一歩も引かずに戦った。2ラウンドにいいパンチをもらってスタンディングダウンを取られたが、3ラウンドに逆にスタンディングダウンを奪った。その瞬間、恵美須高校の応援団は狂喜乱舞した。耀子も声の限り野口の名前を呼んだ。

試合はこれもポイントに持ち込まれた。　しかし、　残念ながら相手の手が上がった。

耀子は悲しくて泣いてしまった。

沢木監督も大いに残念がった。沢木はこんな残念な顔を見るのは初めてだった。応援席の悔しがりようも大変なものだった。耀子はこんな沢木の顔を見るのは初めてだった。以前は仲間の敗戦でこんなに悔しがることはなかった。耀子は部員たちの心が一つになっているのを感じた。

「丸野、堪忍な」

リングから降りた野口は丸野の写真に謝った。

「謝ることないわ。あなたは立派に戦った」と耀子は言った。

「その通りや。強豪を最後まで苦しめた」

沢木監督が野口の肩を叩きながら言った。野口の顔に初めて小さな笑みが浮かんだ。

恵美須高校で三人目の試合はフェザー級の飯田だった。相手は朝鮮高校三年生の洪選手だった。昨年のバンタム級でインターハイと国体の両方に出場したサウスポ

ーの選手で、大阪を代表する強豪だった。耀子も昨年の国体でお馴染みの顔だった。今年は一階級上げてフェザー級でエントリーしてきたのだ。飯田の前に立ちふさがる大きな壁だった。

試合は洪が足を使って右ジャブを打ちながら主導権を握った。１ラウンド終了近くには飯田は接近戦を挑もうとしたが、その出鼻に何度も鋭いジャブをもらった。

鼻血を出した。

インターバルの間に、沢木が何やら身振りを交えて細かい指示をしていた。耀子はそんな沢木を見るのも初めてだった。

2ラウンドが始まると、飯田はそれまでの左回りをやめ、右に回った。その動きに洪は戸惑ったようだった。飯田はいきなりの右ストレートを打った。サウスポーには有効と言われているリードパンチなしの右パンチだったが、これがきれいに決まった。

飯田は右にステップを踏みながら何度もいきなりの右を打った。洪はリズムを失ったようで、ジャブが少なくなった。飯田は右から入って接近戦の打ち合いをした。

洪もいいパンチを放ったが、飯田のパンチの方が速かった。

3ラウンドには飯田は沢木の指示で、右回りから再び左に回って、今度は左フックを多用した。飯田の右回りに対応しようとしていた洪はリズムを摑めないまま、何度か左フックをもらった。ラウンドの途中に飯田は再び右回りにステップを踏み、リードなしの右パンチを放った。

試合は判定に持ち込まれた。両方の応援団が固唾を飲んで判定の手数は飯田がまさっていた。一発一発のパンチの威力では相手の方が上に思えたが、パンチの手数は飯田がまさっていた。

緊張の中、リングアナウンスは飯田の名前を呼んだ。

恵美須高校の応援席は大

歓声を上げた。木樽が丸野の遺影を高く掲げて叫んでいた。耀子はにこにこと微笑む丸野の顔を見た時、また涙があふれてきた。

ああ、今日はもう泣いてばかり、明日はきっと目が腫れてる――。でも、そんなことはかまわない。

翌日、準決勝が行われた。

フライ級の井手はこの日も勝った。相手は玉造高校の三年生だったが、打ち合いで圧倒した。ダウンは奪えなかったものの、細かい連打と手数でポイントを取り、決勝進出を果たした。

続くフェザー級の飯田も玉造高校の二年生相手に危なげなくポイント勝ちし、井手に続いて決勝進出を果たした。耀子の目にも、飯田はすごく上手くなっているように見えた。おそらく鏑矢と木樽の二人を別格として一番成長したのは彼だろうと思った。

フェザー級の試合が終わり、いよいよライト級の準決勝の試合だったが、ちょっとしたアクシデントがあった。鏑矢の相手が朝の検診で引っかかって失格になったのだ。これで鏑矢は自動的に決勝進出が決まった。

木樽がリングに上がった。

相手は玉造高校の太田選手だった。昨年、ライトウェ

ルター級でインターハイと国体の両方に出場した強豪だ。耀子には国体でお馴染みの選手だった。おそらく本来の体重はライト級だったのかもしれない。同じ高校に稲村がいたせいで、昨年まで一階級上げて出場していたのだろう。今回、稲村の不出場で、ライト級に転向したのかもしれなかった。実績も実力も素晴らしく、昨日も関西商大付属高校の選手を一方的に打ちまくって1ラウンドRSC勝ちしていた。

稲村の抜けたライト級では優勝候補の一人だった。

リングに上がった木樽は耀子の目から見ても気合い十分だった。

両選手がリング中央で挨拶してコーナーに戻ると、すぐにゴングが鳴った。

木樽はゆっくりとコーナーを出た。リング中央で太田が左ジャブを突いた――その瞬間、木樽の右クロスカウンターが飛んだ。太田は顔から前のめりに倒れた。すぐに起き上がろうとして再び倒れた。レフェリーが試合を止めるのと、セコンドからタオルが投げられるのが同時だった。

戦慄的なワンパンチKOだった。場内も静まり返った。飯田たちも喜びよりも驚きの方が大きかったらしく、拍手を送るのも忘れていた。セコンドの沢木の顔にも笑顔はなかった。アマチュアのパンチやないでぇ、と言う声が観客席から聞こえた。

倒れた太田はリングの上でドクターの診察を受けていたが、やがてセコンドに抱きかかえられるようにして立ち上がり、コーナーに戻ってリングを降りた。レフェ

リーは木樽を呼び、リングアナが試合結果を告げた。

木樽がリングから降りて来た時、ようやく飯田たちは拍手を送った。　耀子は鏑矢を見た。　鏑矢は厳しい顔で木樽を見ていた。

翌日、決勝戦が行われた。

フライ級の井上は朝鮮高校の三年生相手に善戦したが、惜しくもポイント負けした。

しかしフェザー級の飯田は玉造高校の三年生のインターハイ出場に3ラウンドRSC勝ちして、全国大会出場を決めた。　去年の鏑矢以来のインターハイ出場だった。

部員たちは大喜びだったが、長くは浮かれていられなかった。　すぐにライト級の決勝戦があったからだ。

部員たちは事前に申し合わせていたように二手に分かれた。　沢木監督と野口が木樽のセコンドに付き、耀子と飯田が鏑矢のセコンドに付いた。　耀子がセコンドに付くのは初めての経験だった。

「ごめんね、私は何の手助けもしてやれないけど」

耀子がリングの下から鏑矢にそう言うと、彼は手を振って、「何もすることないよ」と言った。

「ラウンド終了したら、さっと椅子を出してくれたら十分」

「俺も技術的なことは何も言われへんで」

飯田が鏑矢にグローブを付けながら、申し訳なさそうに言った。鏑矢は「大丈夫」と言った。

レフェリーが二人を呼んだ。リング中央で、木樽と鏑矢がグローブを合わせた。耀子の緊張が一気に高まった——今、二人はどんな気持ちなのだろうか。木樽の表情は鏑矢の背中に隠れて見えなかった。コーナーに戻って来る鏑矢はいつもと同じ表情だった。

ゴングが鳴った。

鏑矢は珍しくゆっくりコーナーを出た。木樽もゆっくりとコーナーを出た。両者はリング中央で速いジャブを交換した。互いに頭を振って素早くよけた。鏑矢はいつもと違い慎重に相手の出方を窺っている。木樽は前進してジャブを打った。鏑矢が足を使ってかわした。木樽がワンツーを打つと鏑矢はまた後退した。

——鏑矢君が木樽君のパンチを警戒している。

おそらく昨日の強烈なパンチの記憶が鏑矢にあるのだろう。

木樽はプレッシャーをかけるように前へ前へ出た。鏑矢はカウンターを狙っているように見えた。しかし木樽も鏑矢のカウンターを注意して、踏み込んだ大きなパンチは打たなかった。もしかしたら鏑矢の一方的な試合になるのではないかと思っ

ていた耀子だったが、ここまでまったく予想外の展開だった。木樽の成長は耀子が思っているより以上のものがあったのかもしれない。そして鏑矢はそれに気付いている——。

鏑矢が左フックを打って出た。木樽は右のグローブでブロックした。鏑矢は右のショートを突いて、再び左フックを打った。浅く木樽の顎を捉えた。しかし木樽は体を振って、鏑矢の右フックを外した。

一旦中間距離になったが、鏑矢は速いジャブを連続して当てた。木樽もジャブを返したが、鏑矢によけられた。

鏑矢の動きにリズムが出てきた。左右に体を振りながら木樽に近付くと、いきなり左アッパーを放った。耀子が今まで見たことのないパンチだ。木樽はまさかのパンチに顎をはね上げられた。レフェリーがストップをかけ、スタンディングダウンを取った。

カウント8で試合は再開された。鏑矢が独特の飛び跳ねるようなフットワークで接近し、木樽にジャブを突いた。木樽はガードしたまま後退した。鏑矢が右ストレートを打つと同時に木樽は左で鏑矢のボディを打った。顔面とボディの相打ちだった。木樽は鼻血を流した。レフェリーは一旦試合を中断し、ハンカチで木樽の鼻血を拭いた。血はすぐに止まった。

木樽が前進した。鏑矢のワンツーに対して、木樽は左右のボディフックを打った。木樽の頭が鏑矢のパンチで揺れたが、木樽のパンチも確実に鏑矢のボディに突き刺さった。

鏑矢がボディ攻撃を嫌がっているように見えた。前進する木樽に向かって速い左フックをカウンターで打った。木樽はパンチを受けるのも構わず、鏑矢のボディを狙った。

木樽の右フックが鏑矢の脇腹を叩くと、鏑矢はわずかに上体を折り曲げた。その時、ゴングが鳴った。

耀子は急いで椅子をリングに上げた。飯田がリングに駆け上がり、椅子に座った鏑矢に向かって濡れタオルで煽って風を送った。

「ユウちゃんの奴、俺のボディを狙ってきやがる」

鏑矢は苦笑しながら言った。「俺の弱点をよう知ってけつかる」

「大丈夫か」と飯田が言った。

「大丈夫や」

耀子はリングに体を半分入れて鏑矢の口からマウスピースを取り出した。耀子が差し出したビンの水で鏑矢は口の中をゆすぐと、大きな漏斗に水を吐き出した。耀子はマウスピースを洗って、再び鏑矢の口の中に入れた。少し血が付いていた。

アナウンスが「セカンドアウト」と言った。飯田はリングから降りた。鏑矢が立ち上がるのを見て、耀子は椅子をリングから降ろした。

「ユウちゃんには悪いけど、次のラウンドで倒す。遊びはここまでや」

鏑矢は真剣な顔で言った。

ゴングが鳴って第2ラウンドが始まった。

鏑矢は勢いよく木樽に接近すると、速い左ストレートを打った――その瞬間、木樽は右ストレートをカウンターで打った。鏑矢は間一髪でそれをかわした。木樽は踏み込んでもう一発同じ右を打った。耀子はあっと思った――曽我部が前に教えたパンチだ。鏑矢は左手を上げて防ごうとしたが、木樽のパンチは一瞬速く鏑矢のテンプルを捉えた。鏑矢の動きが止まった。木樽は左フックを打った。鏑矢はかろうじてガードした。

バックステップした鏑矢に木樽は再びあの右を打った。パンチは鏑矢の肩越しからテンプルに当たった。鏑矢の両足が痙攣（けいれん）するみたいに見えた。レフェリーがスタンディングダウンを取った。耀子は自分の心臓が早鐘のように打つのをはっきり感じた。

一瞬、耀子は鏑矢と目が合ったように思った。

レフェリーがカウントを取っている間、鏑矢はちらっと赤コーナーの方を見た。

カウント8で試合が再開された。木樽は鏑矢に接近して右を放った。鏑矢はブロックしながら後退した。ロープに詰まった鏑矢に対して木樽は右をフェイントして左をボディに打った。

木樽は体を沈めて左右のフックを鏑矢のボディに集めた。鏑矢はショートのストレートで迎え撃ったが、木樽の攻撃を止められなかった。

木樽のボディへのフェイントに鏑矢のガードが下がった。同時に両手のガードを顔面に打ち込んだ。鏑矢の腰ががくんとなりロープにもたれた。レフェリーが「ストップ!」と叫んで両者の間に入るよりも早く、木樽のオーバーハンドの右が鏑矢の顎を打ち抜いた。

鏑矢は一瞬両手を下げてロープにもたれかかったように見えたが、そのまま前のめりに顔からキャンバスに落ちた——。

沢木たちは、「それじゃあ、あとを頼みます」と言って医務室を出て行った。

耀子は医務室に一人残って椅子に座った。部屋の端にあるベッドには鏑矢が寝かされていた。

耀子は先ほど見た衝撃的な光景を思い返した。鏑矢が倒れた瞬間、悲鳴を上げたような気がするが、はっきりした記憶はない。そこから先は悪夢か何か見ていたよ

うで、すべてがおぼろげだ。

ノックアウトされた鏑矢はわずかな時間気を失ったようだったが、すぐに意識を取り戻した。ドクターはリングの上で検診して、一時的な脳震盪で異常はないと診断したが、大事をとって一時間くらいは安静にさせるように指示した。鏑矢は自力で歩けると主張したが、沢木監督が有無を言わさず玉造高校の医務室までおぶって運んだ。その後、沢木監督と部員たちは全員、表彰式に出るために保健室を出たが、耀子だけが鏑矢の付き添いに残ったのだ。

耀子はベッドに仰向けに横たわる鏑矢の顔を見た。鏑矢は目を閉じていたが、眠っているのかどうかはわからなかった。顔には激闘の跡が残っていた――右目の下が青黒く腫れ、唇は何ヶ所か切れていた。

今頃、表彰式では、木樽たちが大阪代表の栄誉を称えられているんだろうなと思った。しかしここに一人の敗者は傷ついた体を横たえている。ボクシングとは何と非情で残酷な競技なのだろうか――。

「先生」

不意に名前を呼ばれて、耀子はびっくりした。

「みんなは?」

鏑矢が横になったまま目を開けてこっちを見ていた。

「表彰式に行ってる」

「俺も行く」

鏑矢は上半身を起こした。「祝福せな――」

「ちょっと待ちなさい。しばらくは安静にしときなさい」

耀子はベッドから降りようとする鏑矢を押しとどめた。　鏑矢はベッドに腰掛けたまま、素直に言うことを聞いた。

「寝てなさい」

「もう大丈夫。座ってる方がええ」

「何か、飲む?」

「水、欲しい」

耀子は医務室を出て廊下の自動販売機でミネラルウォーターを買った。　保健室に戻ると、鏑矢は大人しくベッドに腰を下ろしていた。

「ありがとうございます」

鏑矢は殊勝に頭を下げると、ペットボトルの水を口に含んだ。

「今まで何人も倒してきたけど――そいつらの気持ちがわかったわ」

鏑矢はそう言ってまたペットボトルの水を飲んだ。

「ユウちゃんに、完璧にやられてもうたなあ」

鏑矢は大きな息を吐いた。「ほんま、参ったわ」

鏑矢は空のペットボトルを手の中で回しながら、剽軽な調子で言った。耀子は鏑矢の明るい声にほっとした。しかしその時、彼の肩が小さく震えているのを見た。

「ユウちゃんはほんまに強かった」と鏑矢は呟くような声で言った。「全然、歯が立たんかった——あんな経験、初めてや」

耀子は黙っていた。

「俺、ずっと自分は天才やと思ってた」

鏑矢は首を振った。

「天才かどうかはわからないけど、あなたにはボクシングの才能があると思う」

「——本当の天才はユウちゃんやった。今日、それがわかった」

耀子は曽我部が言っていた「あの子は化ける」という言葉を思い出した。奇しくも沢木も同じ表現を使っていた。そして今、彼とグローブを交わした鏑矢が「天才」と認めた。

木樽は本当に才能があったのだ——。

しかし何という皮肉な結末なのか。木樽は自分をボクシングの世界に引き入れてくれた親友を打ちのめして、そのことを証明したのだ。

「悔しいけど、嬉しいって言うか——いや、嬉しいけど、悔しい、のかな」

鏑矢が天井を見つめて呟いた。その目には涙が一杯にたまっていた。こぼれ落ち

そうになるのを上を向いて必死でこらえていたのだ。

「俺がボクシングやってきたんは、もしかしたらユウちゃんにボクシングやらせるためやったんかなあ」

「ごめんね」

「なんで先生が謝るの?」

「私、前に、もう一度ボクシングをやりなさって言うたでしょう。よく考えたら、無責任な言葉やった。戦うのはあなたやのに——」

「関係ないよ。ボクシングをもう一度やりたいと思うたんは俺やもん」

鏑矢は額を搔くふりをして手のひらで涙を拭いた。耀子は見ないふりをした。

「丸野が守護天使になってくれててよかった。そうやなかったら、俺、今日の試合で死んでたかもしれん。丸野が守ってくれたんやと思う」

耀子は胸が詰まった。

「もうボクシングはやめる?」

鏑矢は驚いたような顔で耀子の顔を見た。

「やめへんよ」

「また木樽君と戦うの?」

鏑矢は首を振った。

「多分、もうユウちゃんには勝たれへん。けど——俺しか出来へんことがあると思うんや」

「何なの?」

「俺、ユウちゃんのスパーリングパートナーになる」

「——何、言うてるの?」

「ユウちゃんの相手出来るの俺しかおらへん。ユウちゃんをもっと強うするために力になりたい」

耀子は一瞬、言葉を失った。

「ユウちゃんには、俺を踏み台にして稲村をやっつけてもらうんや」

「あなたはそれでいいの?」

「ええよ」

鏑矢は耀子の顔を見てにっこり笑った。その笑顔を見た瞬間、耀子は思わず椅子から立ち上がった——気が付けば、鏑矢を抱きしめていた。鏑矢は耀子の胸に抱かれたまま抵抗しなかった。耀子は目を閉じて両手に力を込めた。胸に鏑矢の鼻と口が当たるのを感じた。

「丸野が見たら——」

鏑矢が小さな声で言った。

耀子は鏑矢から離れると、ごめんねと言った。鏑矢は黙って首を振った。

「抱きしめたりしてごめんね——先生、失格やね」

鏑矢は小さな声で、そんなことない、と言った。それから赤い顔をして俯いた。

「ちょっと表彰式を見てくるね」

耀子は立ち上がって保健室のドアを開けた。「待っててね」

鏑矢はうなずいた。

耀子が会場に戻ると、ちょうど表彰式と閉会式が終わったところだった。沢木監督と部員たちが会場から出て来た。耀子は賞状を手に持った木樽を見つけた。驚いたことに木樽は疲労困憊といった有様で、その表情には感情がなかった。

「鏑矢は？」沢木が聞いた。

「保健室にいます」

「大丈夫ですか？」

木樽が生気のない声で聞いた。耀子はうなずいた。

耀子たちが保健室に戻ると、そこに鏑矢の姿はなかった。

ベッドの上に一枚のメモがあるのを耀子は見付けた。

保健室のノートを破って書かれたメモには、鏑矢の下手な字で、「ユウちゃん、おめでとう。飯田さん、おめでとう。高津先生、水ありがとう」と書かれてあった。

第26章　ロードワーク

拳にはまだ昼間の試合の感触が残っていた。

夜、優紀は自分の部屋で両手を見ながら、何度もその感触を呼び起こした。自分が鏑矢に勝ったのがまだ信じられなかった。

あの時、なぜとどめのパンチを打ってしまったのか、と優紀は自問した。

左フックで鏑矢が一瞬意識を失ったのがわかった――その瞬間、勝った、と思った。それなのに自分はさらに、渾身（こんしん）のパンチを放った。オーバーハンドの右フックで鏑矢の顎を打ち抜いた。いや、「ストップ！」という声が聞こえるのと同時に、レフェリーの「ストップ！」の声の方が早かったのかもしれない。

自分は鏑矢を倒したかったのか――そうかもしれないと思った。そうだ。自分は憧れだった男を打ち倒したかったのだ。だからこそ、彼にとどめのパンチを打った

から憧れてきた英雄が倒れたのだ。彼を打ち倒したのは他ならぬ自分だった。幼い時

のだ。鏑矢が前のめりに倒れた時、痺れるような快感が全身に走った――優紀はそれを自覚した瞬間、胸を掻きむしりたくなるような苦しさを覚えた。

「カブちゃん！」と思わず叫んだ。

自分の声に驚いた。そして心の中で、カブちゃんごめん、と言った。机の上に置かれてあるメモを見た。医務室に残されていた鏑矢のメモだ。メモを手にとって、文章を読み直した。下手な字で自分への祝福の言葉が書かれている。

何度も読むうちに涙が滲んできた。

――カブちゃんは本当に男らしい男だ。

それにしても体が重い。全身が鉛か何かになったようだ。会場を出たあたりから歩くのも億劫だった。梅田からの帰りの電車の中でうっかり眠ってしまい、駅を三つも乗り過ごしてしまったほどだ。夜になってもまだ疲れが取れない。多分、今日の試合で全力を使い果たしたのだろう。目を閉じると、そのまま深い眠りに落ちた――。

服を着たままベッドに横になった。

母に体を揺さぶられて起こされた。

「どうしたん？　服のまま寝てたんか」

今、何時かわからなかった。夜中なのか――。

「もう七時やで」

「夜の？」

「何言うてんの。朝の七時や。遅刻するよ」

驚いてベッドから起きあがろうとしたが、朝のロードワークに寝過ごしたのは初めてだった。

ようやくベッドから出たが、体の節々が痛んだ。確実に昨日の試合の後遺症だ。

カブちゃんのパンチのダメージが残っているのだ。

——やっぱり、カブちゃんはすごいわ。

優紀は何となく嬉しい気持ちがした。

朝礼で飯田と並んで壇上に呼ばれ、校長からインターハイ出場を称えられた。

教職員の方を見ると、高津先生が笑顔で拍手を送っていた。優紀は誇らしさに胸が震えた。全校生徒の見守る中で壇上に立っていることより、高津先生に祝福の拍手を受けていることの方がずっと嬉しかった。

教室に入ると、何人かの女生徒たちが近寄って来た。

「木樽君、めっちゃ強かったんやね」

クラスで一番お喋りな藤井小百合が言った。何人かの女生徒もうなずいた。

「勉強も一番やのに、ケンカも強いって最高やん」

「ボクシングはケンカとはちゃうよ」と優紀は言った。

「そやけど、ケンカも強いやろ」

「ケンカなんかせえへんよ」

「でも、もししたら？」

「素手やったら、まあ負けへんかな」

女生徒たちは、かっこいい！と言った。

「木樽君は真の文武両道の男やわ」

少し離れたところで小池美香が言った。文武両道の男——その言葉は優紀の心に深く喰い込んだ。自分はこの言葉のために頑張ってきたのかもしれないと思った。

小池が優紀に近付いて来た。男子生徒の間でクラス一の美人と言われる彼女は二年生になって大人らしさを増し、さらに美しくなっていた。優紀は一年前、彼女と梅田に買い物に行った折、橋本らにからまれたことを思い出した。思えば、あの事件が自分をボクシングに引き入れた大きなきっかけだった。あの時の惨めな自分はもういない。

「インハイ出場、おめでとう」

「ありがとう」

「本当に素敵やと思ったわ」

小池の堂々とした賞賛の言葉に周囲の女生徒たちは一瞬引いたように黙った。彼女は気にする素振りも見せず、優紀の目をじっと見つめた。女性の誰かが、えー！という声を上げた。小池はかすかに微笑むと自分の席に戻った。

「木樽君、八組の鏑矢君をノックアウトしたんやろ」

女生徒の誰かが言った。優紀の胸がちくりと痛んだ。

「鏑矢って、あのアホか」

少し離れたところにいた男子生徒のグループの誰かが言った。

「丸野が好きやった奴やな」

周囲の男たちが笑った。「恋人に死なれた上にノックアウト負けか」という声にまた笑いが起こった。

優紀は笑い声のした方を向いて言った。

「カブちゃんと丸野のことを笑うなよ」

「何、いきっとんねん」

誰かがからかうように言った。優紀は彼らの方へ近付いた。

「俺のことは何言うてもええ。そやけど鏑矢と丸野のことを笑たら、絶対に許さへんで」

優紀が男たちを睨み付けてそう言うと、彼らは俯いて黙った。優紀が自分の席に

戻ると、女生徒の誰かが、かっこいい、と小さな声で言った。

その日の放課後、優紀が練習場に行くと、先に来ていた鏑矢が「遅かったやない
か」と怒鳴った。

「インハイ代表がそんなこっちゃあ、あかんで！」

鏑矢は言いながらも顔は笑っていた。

「すまん。掃除当番やったんや」

「掃除よりボクシングの方が大事やろ。校長に言うて、掃除当番は外してもらえ」

「そんなん無理や」

「あかんなあ、うちの学校は。俺が去年インハイで優勝出来んかったんも、掃除当
番外してもらえへんかったんが原因やのに、校長は全然わかっとらん」

「お前、掃除なんか一回もしたことないやろ」

飯田キャプテンが言った。皆が笑った。

「ユウちゃん、俺が取れへんかったインハイの優勝カップ、取って来てくれよ」

「うん」

「俺、今日からユウちゃんのスパーリングパートナーになるから。いつでも声かけ
てくれや」

優紀は親友の言葉に胸が熱くなった。

「せやけど、俺かて元天才やから、真剣にスパーせな、パンチもらうで」

優紀は目を掻く振りをしてバンデージで涙を拭いた。

「ぼちぼちやろうや」

「うん」

翌日、朝の六時にロードワークのためにマンションを出ると、そこにトレーナー姿の鏑矢が立っていた。

「どしたんや、カブちゃん」

「一人でロードワークは寂しいやろ。付き合うたるわ」

見ると、玄関横に自転車が置いてあった。

「これで来たんか？」

「トレーニング代わりや」

と鏑矢は笑った。弁天町から西中島までは6、7キロはある。自転車でも三十分くらいはかかったのではないだろうかと思った。

二人は歩いて、淀川の堤防へ出た。

淀川の堤防に立って河川敷を見下ろした鏑矢は気持ちよさそうに深呼吸をした。

「ええ景色やな」

二人は並んで走った。

途中、優紀はいつものように何度もダッシュした。鏑矢も優紀に合わせてダッシュした。しかしまもなく鏑矢は遅れてきた。優紀は少しペースを落としたが、鏑矢はそれに気付くと、「俺に合わすな！」と怒鳴った。仕方なく、優紀はいつものペースで走った。

優紀がロードワークを終えて柔軟体操をしているところへ、かなり遅れて鏑矢がふらふらになってやって来た。そのまま四つん這いになって草の上に倒れ込んだ。

「大丈夫か」

鏑矢は大丈夫というように手を振った。それから仰向けになった。優紀は鏑矢の横に座った。鏑矢が倒れたまま言った。

「ユウちゃんは、毎朝ここで走ってたんか」

「うん」

鏑矢は、そうか、と呟いたきりしばらく何も言わなかった。

ようやく息が整ったらしく、鏑矢が体を起こした。

「戻れるか」と優紀が聞いた。

「大丈夫」

二人は朝日を背中に浴びながらマンションに戻った。

「すまんなあ。一緒にロードワークしよう言うて、逆に足引っ張ってもうた」

「何言うてんねん。今日はカブちゃんと一緒に走れてホンマ楽しかった。気合いも入ったし」

優紀の言葉を聞いて鏑矢は嬉しそうに笑った。「ほな、明日も来てええか」

「ええけど――カブちゃん、しんどいやろう」

「大丈夫、明日からは電車で来るから」

マンションに戻った二人は優紀の家でシャワーを浴びてから、学校へ行った。優紀は一緒に電車で行こうと言ったが、鏑矢は自転車で学校に向かった。優紀は鏑矢を見送りながら、あれでは多分、大幅に遅刻だろうなと思った。

鏑矢は翌日からは自転車をやめて、電車でやって来た。

自転車よりは時間が多少短縮されたとはいえ、六時に優紀の家に来ようと思えば、五時半には家を出なくてはならない。すると起床は五時過ぎということになる。ずぼらで朝の弱い鏑矢がこんなに早起きして、自分のロードワークに付き合ってくれるなんて想像も出来なかった。

もっともロードワークでは優紀のペースに鏑矢はなかなか付いて来られなかった。いつも途中から優紀に遅れた。優紀が振り返って見ると、鏑矢は苦しそうに腹

を押さえながらも懸命に足を動かしていた。

しかし十日ほど経つと、鏑矢はふらふらになりながらも付いて来られるようになった。すると鏑矢は「もっとペースを上げろ！」と言った。

「俺はぎりぎりの体力使って走ってる。せやけど、ユウちゃんはまだ余裕がある。そんなんやったら練習にならへん。もっとギリギリまで頑張って、俺を引き離せ。

それがユウちゃんの練習や」

優紀は言われた通り、次の日からペースを上げた。すると鏑矢はまた付いて来られなくなった。それでも歯を食いしばって優紀のペースに合わせようと頑張っていた。そして自分が追い付けるようになると、また優紀を叱った。

鏑矢が来るようになってから、どんどんロードワークのペースが上がってきた。それにつれて体力も上がってきているのを実感した。カブちゃんは最高のコーチだと思った。自転車の上から「走れ」というだけのコーチではない。自分の体を使って選手を走らせているのだ。

インハイ予選が終わって二週間目くらいからは、スパーリングも再開していた。鏑矢は優紀と飯田の両方のスパーリングパートナーを買って出た。優紀にとっては最高の相手だった。

鏑矢は優紀に「どんどん注文を出してこい」と言った。「俺

は何でもやれるから、遠慮せんと言うてこい」

優紀は鏑矢に攻めてもらってカウンターの練習をした。鏑矢はカウンターのタイミングで待つ優紀に向かって前進し、積極果敢にパンチを繰り出した。マスではなく試合に近いスパーリングだったから、この練習は攻め手が恐ろしく体力を消耗する。

しかし鏑矢は優紀のために必死で攻めた。優紀は鏑矢の攻撃を受けながらカウンターの技を磨いた。鏑矢の速いパンチに対応してカウンターを打つことが出来れば、どんな相手にも決められる。その意味で最高のスパーリングパートナーだった。

またアウトボクシングをする相手を攻略する練習の時には、鏑矢がフットワークを使いながらジャブを打った。優紀は逃げる鏑矢を追いながら、鋭いパンチを打った。この練習を繰り返したお陰で、優紀の追い足は日増しに鋭くなった。

鏑矢は飯田の相手もしたが、これは鏑矢が飯田にレッスンをつけるようなスパーリングだった。そうは言っても、スパーリングは恐ろしく体力を消耗する。二人分のスパーの相手を務めた鏑矢は、練習後しばらくは動けなくなるほどだった。鏑矢のまるで何かに取り憑かれたような頑張りには、部員だけでなく沢木監督も高津先生も驚いていた。

鏑矢を支えているのは「打倒、稲村」の一念のように見えた。

実際、練習中にも

その言葉をしょっちゅう口にした。それだけでなく練習場に、下手くそな字で書いた「打倒！稲村」の貼り紙まで貼った。

稲村はインターハイの大阪予選に出場し、大学生四人を破って全国大会出場の切符を手に入れていた。無敗の六二連勝というのはまさにモンスターにふさわしい奇跡の大記録だった。「大学生も頼りにならんわ！」

その話を聞いた時、鏑矢は呆れたように言った。

そして、「稲村を倒すのは優紀しかおらん」と皆の前で宣言した。優紀はそれを聞いた時、カブちゃんのためにも頑張ると胸に誓った。

第27章　リミッター

耀子は鏑矢の変化を驚きの目で見ていた。

——あの日、鏑矢が言ったことは嘘じゃなかった！

木樽の踏み台になるという鏑矢の覚悟は本物だった。鏑矢はまるで黒衣（くろご）に徹するかのように毎日木樽のスパーリングパートナーを務めた。

でもその姿を見るのは複雑な気持ちだった。頂点を目指せるだけの才能に恵まれた男がそれを諦め、自ら親友の踏み台になる——それはある意味で悲しいものがあった。

それにしても驚嘆すべきは鏑矢の精神力だった。一度、練習中に足が痙攣（けいれん）を起こして倒れたことがあった。あの練習嫌いの鏑矢がそこまでやるというのは、本当に驚き以外の何ものでもなかった。

もしかしたら鏑矢は必死になって体を苛（いじ）めることで自分を納得させているのでは

ないだろうか。親友のために頑張るという気持ちに偽りはないだろうが、悲しみと諦めを打ち壊すために、とことん自分を苛め抜きたいと思っているのかもしれない。あるいはそれまでの自分に対する怒りもあったのかもしれない。

鏑矢はあの日以来、明らかに耀子を避けていた。決してよこしまな気持ちでやったことではない。鏑矢が、切なく、愛おしく、思わず胸に抱きしめてしまったのだが、教師にあるまじき行為だった。

しかし本当にそれだけの気持ちだったのだろうかと耀子は自分に問うた。もしかしたら違う感情があったのではないだろうか。そうではないと言い切れる自信はなかった。あのことを思い出すと、胸が妖しくときめいてどきどきした。

あの時、鏑矢は抵抗しなかった。それどころか耀子の胸に顔を押しつけてきたようにも思えた。鏑矢はそのことを後悔しているのかもしれない。今こんなにも必死で練習しているのは、もしかしたらその時の嫌な思い出を打ち消そうとしているのかもしれない。——そうだったら悲しい、と耀子は思った。

一方、木樽の強さにはさらに磨きがかかっていた。木樽の動き、パンチには日々凄みが増してきた。それは沢木も認めるところだった。

沢木の構えるミットを打つ時のパンチの強烈さは以前にはないものだった。ミッ

トを打つ音は、練習場に響き渡るほどの大きさだった。 2ラウンドのミット打ちが

終わると、いつも沢木の手は真っ赤に腫れていた。

スパーリングでも鏑矢に完全に打ち勝っていた。もちろんそのスパーリングは鏑

矢自身が練習台に徹していたからでもあったが、木樽は鏑矢のパンチを外して何度

も見事なカウンターを入れていたし、また逃げる鏑矢を鋭い追い足で捕まえ、何度

もロープやコーナーに詰めてパンチを集めた。

「木樽は恐ろしいほど強くなっています」

ある日、練習が終わった時、沢木は耀子に言った。

「完全に化けました」

耀子はうなずいた。それは見た目でもそうだ。一年前は身長170センチちょっ

との痩せた少年が今ではがっしりした180センチ近い大男になっていた。体重も

50キロを切っていたのに、今では普段は65キロ近くある。それも増えたのはすべて

筋肉だ。猫が虎になったと言ってもおかしくないくらいに見事な変身を遂げてい

た。しかし何より変わったのは精神を含む中身だ。

「鏑矢君よりも強いですか」耀子は敢えて聞いてみた。

「鏑矢はもう木樽には勝たらへんでしょう」

予期していた言葉ではあったが、沢木の口からはっきりそう言われたのはショッ

クだった。
「木樽君をボクシングに誘ったのは鏑矢君やったのに――」
「青は藍より出でて藍より青し、ですね」
鏑矢は木樽という素晴らしい「青」を生み出すための「藍」だったのか――だとしたら、あまりにも切ない。
「鏑矢との試合、あの時の木樽のコンセントレーションはすごかったです」
沢木がふと呟くように言った。「1ラウンドが終わってコーナーに戻ってきたあたりから、何かカーッと入ってましたね。すごい集中力で、もう全身が熱くて、目が血走っていて――セコンドにいて怖いくらいでした」
何となく想像出来た。
「それに、あの試合――木樽は多分リミッターを外しましたね」
「リミッターを外す？」
「火事場の馬鹿力というやつです。人間の体には車のエンジンと同じようにリミッターがかかってるんです。能力を全開して使ってしまうと、エネルギーが全部失われてしまうし、下手すると体にもダメージが残ります。だからそうはならないようにふだんは制御されているんです。多分、脳が制御してるんやろうと思います」
耀子はうなずいた。

「でも、生きるか死ぬか——そんな危急存亡の時にはリミッターが外れて、能力一杯までパワーが引き出されるんです」

「でも、スポーツですよ」

「一流のアスリートは自らの意志でリミッターを外すことが出来ると言われています。オリンピックの決勝戦の舞台で、それまでの自己が持つ最高記録を更新して優勝するような選手は、そういう能力があるということです」

「木樽君も、リミッターを外したのかもしれないんですね」

「すごい集中力の高まりがそうさせたんやろうと思います。試合が終わって表彰式までのわずかな間、あいつは床にへたり込んでしまったんです。あんなにスタミナのある奴が、疲労困憊で立ってられへんようになったんです」

耀子は表彰式が終わった後の木樽の生気が抜けたような顔を思い出した。

「あの子——文字通り全身全霊を使って戦ったんですね」

「大した奴ですよ」

耀子は木樽は凄いとあらためて思った。おそらく木樽とグローブを交わした鏑矢もそれを肌で感じたのだろう。だからこそ完全に兜を脱いだのだ。稲村に負けた時でさえ負けを認めなかった男が、素直に負けを認めたのだ。

「しかし、私は鏑矢という男を見誤っていました」

沢木は言った。

「あいつが木樽の踏み台になると言ってきた時は半信半疑でしたが——」沢木は言葉を詰まらせた。「立派ですよ。負けて本当の男になりました」

耀子も思わず胸が熱くなった。沢木監督も鏑矢を認めたのだ。

「木樽君は稲村君に勝てますか？」

沢木は少し考えてから言った。

「木樽も超高校級ですが、稲村はその上を行くモンスターです。おそらく今でもプロのランカー上位くらいの力はあります。いや——もしかしたら、それ以上かも」

プロの上位ランカー以上ということはチャンピオン級ということではないのか。

木樽はそんな男を目標にしているのかと思った時、前に沢木が言った言葉を思い出した。

——強くなればなるほど過酷で厳しい世界が待っている。

彼はまたこうも言っていた。その世界を望まない者を無理に連れて行くことは出来ない、と。今、木樽は自ら望んでその恐ろしい世界に飛び込もうとしているのか。

五月の終わりにインターハイの近畿選手権が行われた。

近畿二府四県のチャンピオンが近畿ナンバー1を競う大会だ。前年度は京都で行

われたが、今年は奈良で開催された。会場は天理工業高校だった。去年は鏑矢が恵美須高校からただ一人出場し、フェザー級で優勝していたが、今年はフェザー級の飯田とライト級の木樽が出場した。

飯田は初戦で和歌山県の代表にRSC勝ちし、二戦目も滋賀県の代表にポイント勝ちしたが、決勝で奈良県の代表にポイント負けした。しかし近畿二位は立派な成績だった。

木樽は三戦すべてにRSC勝ちして優勝した。決勝の相手は京都府の代表で、昨年度のインターハイベスト8の強豪だったが、木樽はまったく寄せ付けなかった。速い左ジャブと左ストレートで圧倒し、オーバーハンドの右を叩き込んでダウンを奪うと、相手コーナーからタオルが投入された。まさに桁外れの強さだった。

優勝が決まった瞬間、一番喜んだのは鏑矢だった。

近畿選手権が終わると翌月には国体予選がある。

ボクシング部員の練習にも熱が入ってきた。八月にインターハイ出場予定の飯田を別にして、三年生の野口と井手にとっては高校生活の最後の試合になる。

国体予選には稲村も出場する。これは近畿選手権の時に、沢木が玉造高校の苑田監督との会話の中で確認したことだった。

大阪のジュニアの国体監督でもある苑田は、その時、沢木に非公式に、「うちの稲村はライトで出場するが、木樽君と鏑矢君は出来たらフェザーかライトウェルターで出ないか」という意味のことを言ったらしい。大阪の国体監督としては当然の考え方だった。全国大会で十分な活躍が期待出来る木樽と鏑矢を大阪の予選で稲村とぶつけるのは、いかにももったいない話だからだ。もちろんあくまで雑談での会話であり、正式な要請ではない。

沢木は国体予選を前にして、木樽と鏑矢にその話をした。その場には耀子もいた。

木樽は「ライトで出ます」と言った。鏑矢は言明を避けた。仮に鏑矢が階級を落としてフェザーで出るなら、フェザーで出場予定の飯田とぶつかる。耀子は鏑矢に、それを気にしているのかと聞いた。

「いや、そうやなくて」と鏑矢は言った。「俺は出えへんかもしれませんし——」

耀子はその返事を聞いて少し寂しい気がした。

「まあ、申し込みまでまだ一ヶ月近くある。それまでに考えておけ」

沢木はそう言って鏑矢の肩を叩いた。

鏑矢が毎晩、大鹿ジムへ練習に行っていると耀子が聞いたのは六月の初めだった。教えてくれたのは飯田だった。

クラブの練習をきっちりこなしていれば別にプロのジムへ通うのは校則違反では

ない。しかし毎日あれほどの練習をした後でジムへ行くとは、鏑矢のスタミナはど

うなっているのか。しかも目的は何なのか。

飯田は言った。「あいつの頑張り見てたら、俺らも手抜けへんて言うてました」

「それくらいやらな、木樽の練習台にはなられへんて言うてましたわ」

耀子は、もしかしたら鏑矢は国体予選が終わったらボクシングをやめるつもりで

はないかと思った。木樽が稲村を倒すという大願を成就した時に、グローブを置く

つもりではないのか。

耀子は六月のある夜、西九条の大鹿ジムを訪ねた。

一階の窓にはカーテンがしてあったが、中では練習が行われているのがわかった。

ドアを開けると、七、八人の練習生たちが黙々と練習とトレーニングをしていた。休日

の昼間の雰囲気とは違っていた。耀子を見ても、練習の手を休めなかった。皆、仕

事を終えてから練習にやって来ているのだろう。貴重な時間を無駄にしたくないと

いう真剣な気持ちが伝わってくるようだった。汗の匂いが鼻を刺激した。

鏑矢がリングの上でスパーリングをしていた。

その動きは鈍かった。パンチにキレがなく、フットワークにも速さがなかった。

一回り体の大きな相手選手に何度もロープに詰められ、パンチを浴びていた。

「手ぇ出さんか、ぼけ！」

曽我部の怒鳴り声がジムに響いた。「お前はサンドバッグか！」

鏑矢は手を出して反撃した。

「そうや、そんでええんや」

鏑矢がワンツーを当てた時、ゴングが鳴った。

曽我部が耀子に気付いた。耀子は頭を下げた。曽我部は軽く会釈すると、すぐに選手の方に向かって、何やら技術的な指示をした。

再びゴングが鳴った。鏑矢と相手選手はまた打ち合った。三十秒のインターバルで少し体力を取り戻したのか、鏑矢が速いワンツーを打った。相手選手はのけぞった。しかしすぐにガードを固めて鏑矢の懐に飛び込むと、重いパンチを鏑矢のボディに打った。

鏑矢も短いフックで応酬した。

「アホっ！　自分より重い奴と打ち合うてどないするんや。足使わんか、ボケ！」

鏑矢はサイドステップで相手のパンチをかわして距離を取った。

「小西、追え！　逃げられるな！」

小西と呼ばれた選手は鏑矢を追い詰め、またも鏑矢のボディにパンチを見舞った。鏑矢は狭いリングでフットワークが使いづらそうだった。

それでも鏑矢は足を使いながらジャブと右ストレートを打った。何度か左フック

曲げた。顎から汗がぼたぼた落ちるのが見えた。

をカウンターで当てた。

「よっしゃあ！　ええパンチや」曽我部が大きな声で言った。

しかし小西の追い足は鋭く、鏑矢はまたロープに詰まった。

「パンチを出して体を入れ替えるんや！」

鏑矢は左フックを引っかけて体を入れ替えようとしたが、小西は右に体を寄せて、そうさせなかった。鏑矢の胸に頭を付けると、ショートパンチを上下に打ち分けた。鏑矢はガードしながら体を振ってよけたが、何発かはもらった。

その時、ゴングが鳴った。

小西はマウスピースをはめたまま、ありがとうございましたと言って頭を下げた。鏑矢も、ありがとうございましたと言った。

小西がリングから降りると、代わって別の選手がリングに上がった。

「鏑矢君は代わらないのですか？」耀子は曽我部に尋ねた。

「カブは今日8ラウンドのスパーや」

曽我部は何事でもないように言った。耀子は絶句した。恵美須高校ではスパーリングは基本的に2ラウンドまでしかやらせない。その四倍の長さだけでも驚くのに、相手は交代でやって来るのだ。

「鏑矢、ラスト2ラウンドや。気合い入れていけ！」

鏑矢は、振り絞るような声で、はいと言った。

ゴングが鳴って、スパーリングが始まった。

「佐藤、相手はふらふらや。倒しにいけ！」

佐藤と呼ばれた男は鏑矢より体重がありそうだった。

鏑矢が左フックのカウンターを放つと、佐藤の腰がぐらついた。しかし佐藤はすぐに体勢を整えると、ジャブを打った。鏑矢はスウェーバックでよけたが、追い打ちの右を浅くもらった。続いて飛んできた左フックはうまくダッキングしてかわしたが、一気に距離を詰められ、接近戦の打ち合いに持ち込まれた。

鏑矢は左フックを脇腹にもらって、うっという声を上げた。佐藤は同じパンチをまた打った。佐藤は手を出すのをやめた。鏑矢は腹を押さえな

「こらあ！」曽我部が怒鳴った。「見るな！　手ぇ出せ、ボケ！」

佐藤は無抵抗になっている鏑矢のボディにパンチを打った。鏑矢は上体を90度に折り曲げた。

「立て、立て、立て！」曽我部がヒステリックに叫んだ。「立たんか、ボケッ！」

がら背中を向けた。そしてそのまましゃがみ込んだ。

鏑矢はよろよろと立ち上がった。

「行け、佐藤。一気に決めろ！」

佐藤は鏑矢に近付くと、右パンチを打った。鏑矢は素早くよけると、鋭い左フックを打った。カウンターで決まり、佐藤の腰が落ちた。

「ほー！」

曽我部はおかしそうに笑った。「まだ、そんな馬力残っとんのか」

立ち上がった佐藤は左ボディから攻めた。鏑矢の足はもう完全に止まっていた。

「動け、動け、動かんと、死ぬぞ！」

鏑矢は最後の力を振り絞るように再び足を使った。狭いリングを右に左に動いた。そして声を出しながら速いジャブを打った。その時、ゴングが鳴った。

鏑矢はロープに両手をかけてもたれかかった。

「ロープにもたれるな！」

鏑矢はその場にしゃがみ込んだ。そしてグローブで口を押さえた。

「リングの上で吐くな！」

鏑矢は這うようにコーナーに行くと、リングの下のバケツの中に吐いた。

「よし、ラスト1ラウンドや。早よ立て」

曽我部の言葉に鏑矢は四つん這いのまま、はい、と言った。

「やめてください！」耀子は思わず叫んだ。「これ以上は無理です。吐いてるじゃないですか」

曽我部は振り返って言った。

「それがどないしたんや」

耀子は曽我部の目を見た時、思わず怯んだ。感情のないガラス玉のように見えたからだ。

「これは、虐待です」

「ごちゃごちゃ言うんやったら、出てってくれ。遊んでるんとちゃうんやからな」

曽我部はそれだけ言うと、背中を向けた。耀子はそれ以上何も言えなかった。

ゴングが鳴った。

鏑矢は夢遊病者のようにコーナーを出た。佐藤がパンチを出した。鏑矢はダッキングすると、左で佐藤のボディを打った。すぐに同じ左を顔面に打った。佐藤が右を返すと、素早くスウェーした。佐藤が踏み込んだ瞬間、左ジャブを突き、右ストレートを打った。信じられない動きだった。

軽いフットワークを使って、佐藤の周囲を回ると、速いジャブを連打した。佐藤が前に出るところに、右のカウンターを何度も決めた。

「よおし、ええぞ」曽我部は言った。

耀子は唖然とした。鏑矢のどこにこんな力が残っていたのか。もう立っているのもやっとの状態なのに——。「リミッターを外す」という沢木の言葉を思い出した。

鏑矢が相手をコーナーに詰めた。

「よし、殺せ!」曽我部が叫んだ。「死にたくなかったら殺せ!」

鏑矢は風車のようにパンチを連打した。

「殺せ!」曽我部がリングのロープを摑んで怒鳴った。

鏑矢は訳のわからない叫び声を上げながら、パンチをつるべ打ちのように浴びせた。その光景を見て耀子は背筋が凍った。

——狂ってる。ここは狂気の世界だ。

ゴングが鳴った。しかし鏑矢はパンチを打つのをやめなかった。曽我部がリングに飛び込んで、鏑矢の体を後ろから羽交 (はが) い締 (じ) めにした。

「よっしゃ、もう終わりや」

鏑矢は両手を下げて曽我部に体を預けるようにぐったりとなった。曽我部は鏑矢を抱えるようにリングから降ろすと、「しばらく休んどけ」と言った。鏑矢はそのまま床の上にへたり込み、両膝の間に頭を落とした。

「鏑矢君、大丈夫?」

鏑矢に近付いて声をかけた。しかし鏑矢はその声が聞こえないようだった。もう一度名前を呼ぶと、鏑矢は顔を上げて、焦点の定まらないような目で耀子を見た。

「私がわかる?」

「——高津先生」

「なんでこんな無茶やるの?」

鏑矢は答えなかった。

「もう十分やん。これ以上やらんでもええよ」

耀子は涙が出てきた。「普通やないよ、こんなん」

「俺が、曽我部さんに、頼んだんや。鍛えてくれって——」

鏑矢が声を絞り出すように言った。「付いて来るかって、言われたから、うんて言うた」

「けど——こんな練習してたら、死んでしまうよ」

鏑矢は耀子の顔を見て、にっと笑った。

第28章　国体予選

六月の最終週の金曜日に国体の少年の部の大阪予選が玉造高校で行われた。

恵美須高校は一年生二人を除いて、全部員が出場した。木樽と鏑矢の二人はライト級でエントリーした。鏑矢は一週間前の出場申し込みの日ぎりぎりになって、ライト級で出ると言った。聞けば、大鹿ジムの曽我部に『ライトで出ろ』と言われたということだった。

当日、耀子たちは会場の玉造高校に着いて驚いた。何とテレビ局のカメラマンを含む大勢の報道関係者が集まっていたからだ。

「どういうことですか、これは?」耀子は沢木に聞いた。

沢木は苦虫を噛みつぶしたような顔をした。

「どうやら今年の国体予選には、有名人が出るようです」

「誰なんですか?　タレントですか」

「開成ジムの鍵谷ですよ」

その名前は知っていた。昨年、十五歳で全日本社会人チャンピオンになった選手だ。しかし鍵谷が有名なのは、ボクシングの実力もさることながら、ビッグマウスでだった。曰く「俺は世界で一番強い」、「今すぐにでも世界チャンピオンになれる」などだ。

十五歳の少年がそうした大口を叩く様をテレビやスポーツ新聞は面白おかしく報道していた。彼をもう一つ有名にしていたのは、格闘技マニアの難波コータローという大阪のコメディアンがパトロンに付いていたことだ。自分の出ている番組にもよく出演させ、「俺はこいつを世界チャンピオンにする」と広言していた。

耀子はテレビで一度だけ鍵谷を見たことがあったが、知性のない顔と下品きわまる物言いに著しい不快感を覚えた。普段黙々と練習に励む木樽たちの姿を見ている分、余計その態度に嫌悪感を覚えた。四国出身ということだったが、無理に下手くそな大阪弁を喋っているのも不愉快だった。

「鍵谷というのは何級なんですか？」

「それが、ライト級なんですわ」

耀子は思わず舌打ちした。よりによってライト級とは──。木樽と稲村の戦いに夾雑物が紛れ込んだような気がした。鍵谷の存在で二人の集中力が乱されなければ

いいのだが――。

「その鍵谷という選手、全日本社会人のチャンピオンということですが、その大会ってレベルが高い大会なんですか？」

「全日本選手権よりレベルは低いのはたしかですが、インハイと比べてどうかというのは、ようわかりません。ただ、過去に辰吉が優勝しています」

後ろで騒がしい音がした。女の子のけたたましい声が響いた。鍵谷が計量を終えて会場に入って来たようだった。騒いでいるのはどうやらファンの女の子たちのようだ。マスコミ関係者が慌ただしく動いている。フラッシュの光に混じってカメラのシャッター音がする。

一般の観客もざわつきだした。どうやら鍵谷と一緒にパトロンの難波コータローも来ているようだった。

「鍵谷は強いんですか？」

「一度テレビで見たことがありますが、ハメドみたいな奴です」

「ハメドって？」

「一九九〇年代に活躍したアラブ系のイギリスのボクサーですが、軟体動物みたいな動きで、強烈なパンチを出す奴です」

そう言われても耀子には想像がつかなかった。

「いずれにしても、国体なんかに出てこられて迷惑な話ですわ」

「うちの選手が動揺しないといいんですけど──」

耀子の言葉に沢木はうなずいた。

全選手の計量を終えた後、抽選が行われた。

ライト級の出場者は五人で、この日はぶら下がりの一試合だけだった。その試合は鍵谷と関西商大付属高校の選手の試合だった。その試合の勝者が翌日の準決勝で鏑矢と戦うことになっていた。準決勝のもう一つは稲村と木樽だった。

この日、恵美須高校の選手の試合は二試合だけだった。フライ級の井手とバンタム級の野口だ。フェザー級の飯田は木樽たちと同じ明日の準決勝からの出場だった。

試合は最軽量のライトフライ級から始まった。　国体の少年の部にはモスキート級はない。

テレビ局やスポーツ新聞の記者は試合そっちのけで鍵谷ばかりを追いかけていた。だから鍵谷と難波コータローが観客席を移動すると、大勢の記者やファンが動き、会場に少なからぬ混乱を招いた。

たまらず役員の一人が、鍵谷に廊下で待機してもらえないかと頼んだ。鍵谷は喰ってかかったが、ジムの者たちに論されて廊下に出た。

テレビ局の撮影クルーや記

者たちも一斉に廊下に出た。騒がしかった女の子たちも会場から出た。二試合目に井手が出場した。

耀子はほっとした。ようやく集中して応援出来る。フライ級の試合が始まった。二試合目に井手が出場した。

ライトフライ級の三試合が終わり、フライ級の試合が始まった。二試合目に井手が出場した。

井手の相手は大阪府立芦原高校の選手だった。沢木が聞いてきたところによれば、二年ほど前にボクシング部が出来た学校らしい。リングもサンドバッグもなく、体育館でシャドーボクシングだけの練習を繰り返しているということだった。

井手はリングに上がる前に、飯田が持っている額に入った丸野の写真に手を振った。いつのまにかそれが恵美須高校のボクサーの試合前の儀式になっていた。

試合は井手があっさり勝つと思っていたが、意外に苦戦した。相手はひどく変則的な選手で、出すパンチのほとんどが左フックだった。その攻撃パターンも振りながら飛び込むようにロングフックを打つというものだった。闘志あふれる戦いぶりだったが、ちゃんとした指導者についてボクシングを習っていないのは耀子にもわかった。

ところが慣れない変則スタイルに戸惑ったのか、井手は何度も相手の左フックをもらった。井手もいい右を何度も当てたが、1ラウンドは相手に取られた。

耀子はやきもきしながらも、一方でボクシングというスポーツの持つ奥深さも感

じていた。基本と総合力で劣っていても一つの武器に特化した選手というものは意外に強い。それに闘争心があれば技術の差もカバー出来る。耀子はあらためてボクシングはスポーツではなくて格闘技なんだと思った。

しかし2ラウンドに入って、沢木の指示で井手がそれまでスウェーバックでかわしていたのをやめて前に出た。これは勇気ある決断だった。相手の左フックは井手の頭の後ろをかすめた。相手の内側に入った井手は面白いようにショートパンチを浴びせた。相手は井手の動きの変化に対応出来なかった。このラウンドで一方的になり、井手は二度のスタンディングダウンを奪ってRSC勝ちした。

幸先いい勝利に恵美須高校の応援席は沸いた。

「沢木監督の指示通りに動いたら、勝てました。ありがとうございました」

井手は監督に礼を言った。

「あの動きが自分で考えて出来るようになったら一流になれる」

「はい」

「それと、相手が上手い奴やったら、短い左フックに切り替えてくる。そうするとカウンターをもらう恐れもあった。まあ、幸い相手はそれに気い付けへんかったから、よかった」

「はい」

耀子はそれを聞きながら、セコンドの指示というのは大きなものだというのがわかった。井手の勝利の半分は沢木監督の指示のお陰かもしれないと思った。しかしいくら的確な指示をもらっても、その動きが出来なければ意味がない。今、恵美須高校の選手たちはようやくセコンドの沢木の通りに動ける選手に育ったということなのかもしれなかった。

二人目は野口だった。相手は長居高校の一年生だった。一年生から試合に出るということは中学時代からプロのジムで練習を積んできたということだった。しかし野口は臆することなくいきなり激しい先制攻撃を仕掛けた。これが見事に決まり、相手は自分のペースが摑めないままポイントを失った。

2ラウンドに入ると相手も少し落ち着いてきたが、互角に近い打ち合いとなったが、3ラウンド目に入ると相手はスタミナをなくした。手数も動きも少なくなった相手に対して、スタミナにまさる野口はパンチを集めて、この回二度のスタンディングダウンを奪ってRSC勝ちした。この試合が野口にとって初めての勝利だった。

「やっと勝てた」

リングから降りた野口は開口一番笑顔でそう言った。

「もしかしたら一回も勝てんままに卒業するかもしれんと思ってたんや」

「その気持ちはわかるで。俺もこないだのインハイで勝つまでそう思てたもん」

井手が言った。彼は野口本人よりも嬉しそうだった。

「沢木監督」

と耀子は尋ねた。「野口君に試合開始早々に攻めさせたのも、沢木監督の指示ですか?」

「相手がデビュー戦でかなり固くなっているようだったから、先制攻撃を仕掛けろって言うたんですが、うまくはまりましたね」

「はい」と野口が横から返事した。「2ラウンドも監督の指示通り動けました」

「どんな指示やったの?」と耀子は野口に聞いた。

「相手の右脇腹が空いているからレバーを狙えって」

耀子は感心した。たしかに一見互角の打ち合いのように見えたが、野口のレバーブローが的確に決まっていたのだ。肝臓を打たれるとスタミナがなくなるというのを聞いたことがある。3ラウンドに相手が失速したのもそのせいかもしれなかった。

その時、会場の方から歓声が聞こえた。

「鍵谷の試合やな」

沢木が言った。「見ておこうか」

全員が廊下から会場に入った。

ちょうど鍵谷の名前がアナウンスされたところで、鍵谷がリング中央で両手を上

げて応えていた。女の子たちの嬌声が響き、場内にフラッシュがまたたいた。セコンドには難波コータローがいた。いつもの剽軽な感じではなく、腕を組んで真剣な表情でリングを見つめていた。しかし耀子には何か芝居じみた仕草に見えた。

鍵谷はコーナーに戻って、ファンの女の子に向かって右手を振って応援するようにアピールしている。女の子たちは手の振りに合わせて手拍子を始めた。

「あんな猿みたいな奴とやりたくないな」鏑矢がぼそっと言った。「思いっくそ相手を応援しようっと」

その気持ちは耀子も同じだった。鍵谷によって神聖なリングが汚されているような感じがした。

しかし、鏑矢がやりたくないと言ったのは気になった。これまでどんな相手にも戦いを避けたいというような態度を見せたことのない男、かつてプロのジムに単身で乗り込んだ男がこんなことを言うなんて——。

両者がリング中央に呼ばれた。ところが鍵谷はグローブを合わそうとせず、相手選手を睨み付けた。関西商大付属高校の二年生は明らかに動揺していた。鍵谷は調子に乗ってさらに顔を近付けた。相手は嫌がって横を向いた。レフェリーがグローブを合わせるように言った。鍵谷は相手のグローブを叩き落とすように合わせた。

耀子はその態度を見て不愉快きわまりなかった。

両者がコーナーに戻ると、ゴングが鳴って試合が始まった。

鍵谷は両手をだらりと下げながら肩を振ってコーナーを出た。

相手は鍵谷に近付くとジャブを打った。鍵谷は両手をだらりと下げたまま上体だけでかわした。たしかに軟体動物みたいな動きだ。

いきなり離れた距離から鍵谷が左のロングアッパーを突き上げた。グローブは相手のガードの隙間を突き破って、顎をはね上げた。女の子たちが歓声を上げた。鍵谷は相手を睨み付けながらニュートラルコーナーへと向かった。

耀子はぞっとした。今まで見たこともないパンチだった。

カウント8で試合は再開された。

耀子の目にも相手選手が完全に萎縮しているのがわかった。それはそうだろう。

あんな距離から、あんな角度でアッパーが飛んでくるのだから。

鍵谷はさっきと同じように両手をだらりと下げて相手に近付くと、また左アッパーを突き上げた。しかし今度は相手もしっかりガードを固めていて何とか受け止めた。鍵谷は接近すると、ガードの上から強引に右フックを叩きつけた。相手の体がぐらりとした。鍵谷は同じパンチをまた打った。相手はバランスを崩した。

を捻ってジャブをかわした。相手は右ストレートを打った。これも鍵谷は上体だけでかわした。

鍵谷は両手を開いて、手招きした。

相手はジャブを打った。鍵谷はヘッドスリップしてかわすと、右のカウンターを決めた。相手はまたガードを固めて後退した。鍵谷はゆっくりと近付くと、ガードの上から左フックを打った。続いてまたガードの上から右フックを打った。弄んで<ruby>る<rt>もてあそ</rt></ruby>——と耀子は思った。

相手は上体をかがめて亀のようにガードを固めた。鍵谷は、参ったという風に手を広げて肩をすくめて見せた。それを見て女の子たちが笑った。

鍵谷は右手をソフトボールのピッチャーのようにぐるぐる回してアッパーを突き上げた。相手のガードが開いたところに、鍵谷は左アッパーを突き上げた。

相手は腰からリングに落ちた。鍵谷は両手を上げた。レフェリーが試合を止めた。

リングから降りて来た鍵谷に記者たちが殺到した。テレビ局のカメラも何台も近付き、リングサイドは騒然となり、沢木と耀子、それに部員たち全員は廊下に出た。同時に鍵谷の圧倒的な強さに対してどうコメントしていいのかわからない気持ちも代弁していた。

部員たちは皆黙っていた。その沈黙は全員の気分の悪さを如実に表していた。同

「あの、いきなり鏑矢が怒鳴った。皆、驚いて鏑矢を見た。

「調子こきやがって──。俺がボコボコにいわしたる」

鏑矢の顔には激しい怒りの色が浮かんでいた。耀子はそれを見た瞬間、あっと思った。そこにはかつての傲岸不遜な鏑矢の顔があった。

翌日のスポーツ新聞には、鍵谷の試合が大きく載っていた。相手の名前は伏せられていたが、どの新聞も鍵谷の強さを煽りたてた記事だった。スポーツ新聞の中には「TKO勝ち」と書いている新聞もあった。耀子は、アマチュアにはTKO勝ちはないのを記者は知らないのかと思ったが、もしかしたらわざと書いているのかもしれなかった。

記者の中には稲村のことをどこかで知った者もいたらしく、決勝戦で当たることが予想される稲村の驚異的な強さを書いているスポーツ新聞もあった。そこには「鍵谷の前に立つ難敵」と書いてあった。しかしその書き方は、何となく鍵谷の勝利を前提としている書き方のように思えて不愉快だった。

玉造高校に着くと、会場全体に何となく張りつめたような空気があった。役員たちがかなりぴりぴりしているように見えた。

恵美須高校の部員たちは観客席の後ろに集まっていたが、沢木も含めて全員が強張った顔をしていた。

「何か、あったんですか？」　耀子は沢木に聞いた。

「鏑矢の奴が——」

沢木が鏑矢を指さして言った。「やってくれました」

鏑矢が舌を出した。

「計量の席で、鍵谷を挑発して、殴り合い寸前になった。皆で取り押さえて、事なきを得ましたが——」

そうか、それで会場全体に異様な空気があったのか。

「鏑矢君、何を言うたの？」

「ちっこいチンポしてるなあって」

耀子は呆れた。　思わず沢木の方を見ると、彼も肩をすくめた。

「せやけど、ほんまにめっちゃちっこいチンポやったんや。毛ぇに隠れて見えへんねん。こんなんやで」

鏑矢は左手の小指を立てて見せた。「先生が見ても、おんなじこと言うたで」

「言わへん！」

そう言いながらも耀子は思わず吹き出した。　同時に鏑矢が久しぶりに冗談を言ったことを嬉しく感じた。

「乱闘が起こりかけて、記者とかがなだれ込んで来て、もう一時はえらい騒ぎにな

ったんです。ようやくさっき鎮まったとこです」

「大変でしたね」

耀子はその場にいなくてよかったと思った。

「まあ、試合が思いやられますわ」沢木がため息混じりに言った。

「心配せんでええよ。明日のスポーツの見出しは俺やで」

鏑矢が腕を伸ばして言った。「鏑矢君、鍵谷に正義の鉄槌を下す！」

「そんな見出し、誰が書くか」

沢木は言った。皆が笑った。

部員たちが会場に入ってから、耀子は沢木に尋ねた。

「鍵谷は強いんですか？」

「強いですね」と沢木ははっきり言った。「マスコミに作られたスターかと思ってましたけど、違いますね」

耀子はそれを聞いて怖くなった。

まもなく国体大阪予選の準決勝の試合が始まった。

恵美須高校のトップバッターはフライ級の井手だった。相手は朝鮮高校の三年生だった。1ラウンドから3ラウンドまで激しい打ち合いを演じたが、ポイントで相

手が上回った。しかし最後まで全力で戦えた満足感からか、リングを降りた井手の顔にはすがすがしさがあった。

バンタム級の野口の相手は玉造高校の三年生だった。1ラウンドにダウンを奪って幸先のいいスタートを切ったが、2ラウンドで逆にダウンを取られた。3ラウンドはほぼ互角の打ち合いに見えたが、ポイントによる判定で野口の手が上がった。

フェザー級の飯田の相手は玉造高校の二年生だった。1ラウンドから試合のペースを握り、2ラウンドに一回ダウンを奪い、3ラウンドに二回ダウンを奪って、RSC勝ちした。

耀子はずっとリングサイドの観客席で応援していたが、頭の中はこの後に続くライト級の二試合のことで一杯だった。目の前の試合に集中しようとしても、どうしても出来なかった。だから井手が負けた時には、彼に申し訳ない気持ちになった。

野口と飯田が決勝進出を果たした時にはほっとしたが、いよいよ行われる鏑矢、木樽それぞれの試合のことで緊張感がピークに達していた。

いよいよライト級の準決勝が始まった。第一試合は鏑矢と鍵谷だった。

二人がリングに上がった。

既に会場の全員が二人のトラブルを知っていたから、場内は異様な空気に包まれ

た。初対決にもかかわらず遺恨試合の様相を呈していた。カメラのフラッシュは鍵谷だけでなく鏑矢にも浴びせられていた。

両選手がリング中央に呼ばれた。鍵谷が昨日のように物凄い形相で鏑矢を睨み付けた。鏑矢は平然とその顔を見据えた。鍵谷は顔をくっつくくらいに近付けた。その時、驚くことが起こった。鏑矢が鍵谷の顔に唾を吐いたのだ。

鍵谷は一瞬何が起きたのかわからないようだったが、顔にかかったのが唾だとわかると、いきなりパンチを振るった。鏑矢はそれをかわすと、パンチを打ち返した。しかしこれも当たらなかった。レフェリーが必死で二人の間に飛び込んだ。同時に両陣営からセコンドが駆け付けて両選手を取り押さえた。

レフェリーは鏑矢に厳重注意を与え、もう一度同じ行為をしたら失格負けにすると言った。それからリングサイドの三人のジャッジに向かって、鏑矢に1点の減点を与えることを指示した。

「アホっ、むざむざ1点減点喰らったやないか!」

沢木監督が鏑矢をコーナーに連れ帰るなり、大きな声で怒った。ラウンドごとに採点する地方予選の試合では1点の減点はとてつもなく重い。しかし鏑矢は、点数なんか気にすることはないと言いたげに不敵な笑みを浮かべていた。耀子は、鏑矢は倒すつもりなんだと思った。RSCなら点数なんか関係ない。

ゴングが鳴った。

鍵谷がいきなり大きな右パンチを放った。鏑矢は首を振ってよけた。鍵谷はさらに大きな左フックを打ったが、鏑矢はこれも軽くよけた。

先制のパンチを放った後は、鍵谷も一旦距離を取って、鏑矢と睨み合った。

鍵谷は両手をだらりと下げて鏑矢を挑発した。鏑矢がジャブを打った。鍵谷は上半身を捻ってよけようとしたが、その動きよりも鏑矢のジャブの方が速かった。ジャブは鍵谷の顎を捉えた。

鍵谷は、効いてないという風に首を振った。それから相変わらず両ガードを下げたまま、鏑矢の周囲を回った──と、いきなり左アッパーを突き上げた。しかし鏑矢の右ストレートの方が速かった。鍵谷は左アッパーを空振りしながら仰向けに倒れた。

レフェリーがすぐにカウントを取った。

鍵谷はカウント6で立ち上がったが、明らかに効いている感じだった。レフェリーは8まで数えて、一瞬、迷った素振りを見せた。

「止めるなよ!」鍵谷は怒鳴った。

レフェリーは「ボックス!」と言った。

鏑矢は飛び跳ねるように鍵谷に近付くと、速いジャブを連続して打った。鍵谷は

ずるずると後退した。鍵矢は鍵谷をロープに詰めると、左フックを脇腹に打った。

鍵谷はガードを固めたまま上半身を折り曲げた。相手がパンチを打ってこないと見た鏑矢は右腕を大きくバックスイングすると、「フンッ！」と唸り声を上げて、鍵谷のみぞおちにアッパーを叩き込んだ。　鍵谷の体はゆっくりとリングに沈んだ。

一瞬、場内が静まり返った。

しかしすぐにフラッシュが連続して光り、女の子たちの悲鳴と泣き声が聞こえた。

耀子は鏑矢が復活したのをはっきりと感じた。いや、それ以上だ。最後のパンチはまさに背筋が凍り付くようなパンチだった。

会場内がまだ騒然とする中、ライト級のもう一つの試合が行われた。

リングに上がった木樽と稲村を見る耀子の胸は激しく動悸を打っていたが、その動悸は今まさに始まる二人の対決のための緊張からきているものなのか、それとも先ほどの鏑矢の試合の興奮の動悸なのか自分でもわからなかった。

木樽のセコンドには沢木監督と飯田が付いた。　耀子と残りの部員は青コーナーの応援席のスペースに陣取った。

木樽と稲村がリングに上がってレフェリーのチェックを受けている間に、記者たちとテレビ局のカメラマンたち、それに鍵谷のファンの女の子たちは、会場から出

た鍵谷を追いかけて一斉に移動した。急に会場全体が静かになった。

ゴングが鳴らされた。

木樽はゆっくりと青コーナーに向かった。そして互いにリング中央に向かった。赤コーナーの稲村もゆっくりとリング中央に出た。

先にパンチを出したのは木樽だった。様子見のジャブだった。稲村は右のグローブでパリーした。稲村もジャブを打ったが、木樽はスウェーでよけた。

木樽が踏み込んでワンツーを打った。稲村は堅いガードでそのパンチをブロックした。木樽のパンチの強さを腕で受けて測ったような感じだった。今度は木樽が右手でガードした。

稲村が左のロングフックを飛ばした。

両者は再び、距離を取った。

耀子は、ふうーと息を吐いた。

さっきの鏑矢の試合とは違う緊迫感があった。鏑矢の試合が嵐のようだとすれば、この試合は大地震の前の予震のような怖さがあった。今はまだ小さく震えているだけだが、いずれ猛烈な激震がやって来る──そんな予感があった。

稲村がいつも以上に慎重に戦っていると思った。木樽の強さを十分に認めているのだ──。

木樽の動きが小刻みに速くなってきた。サイドステップを多用しながらジャブを

突いた。右に回るかと思えば、左に動き、またすぐに右にステップを踏んだ。その

間、間断なくジャブを繰り出した。木樽のジャブが当たりだした。

稲村の動きが固いように思った。体に力が入っているような感じだった。何度かパンチを出したが、木樽は素

稲村は動く木樽に的を絞れないようだった。

早くよけた。

木樽は左フックを稲村のボディから顔面にダブルで打った。浅くではあったが、

稲村の顎を捉えた。稲村は右を打ったが、木樽はブロックした。その時、レフェリ

ーが試合を止めた。

レフェリーは稲村を呼ぶと、リングシューズを指さして注意した。見るとシュー

ズの紐がほどけている。

稲村は赤コーナーに戻って、セコンドに紐を結び直してもらった。試合中にリン

グシューズがほどけることはたまにある。しかし稲村のような選手がシューズの紐

の結びを確認せずにリングに上がったのは珍しいと思った。もしかしたら鏑矢の試

合で、彼もまた多少は興奮状態だったのかもしれない。だとすれば、この中断で落

ち着きを取り戻すかもしれない。

試合が再開された。

稲村もフットワークを使い始めた。右に回りながらジャブを突く。さらに右スト

レートも織り交ぜてきた。木樽はバックステップとサイドステップで全部かわした。パンチは当たらなくても出しているだけでリズムを摑めることがあると、沢木が言っていたことを思い出した。稲村はリズムを取り戻すためにパンチを出しているのかもしれない。

「ハーフタイム！」という声が玉造高校の応援席から聞こえた。

中断の時間はカウントされない。多分、三十秒くらいはあっただろう。それにしてもやっと半分とは――。

緊迫感が時間を濃くしている感じだった。

稲村が肩を揺らし始めた。見覚えのある稲村独特の動きだ。木樽も長身だが稲村の方が大きく見える。稲村のジャブにリズムが出てきた。木樽はサイドステップと上体の振りでよけたが、何発か被弾した。

稲村が右ストレートを打った。木樽はダックしてかわした。稲村は左フックを打った。木樽は右手でブロックした。稲村の右のボディブローは肘でガードした。

「木樽、手を出して！」応援席の野口らが声を出した。

木樽は左フックを打った。稲村のテンプルに当たったが、稲村は構わず右のショートストレートを打った。

相打ちだったが木樽のパンチがまさった。一瞬動きの止まった稲村の顔を打たれた木樽は後ろに下がった。稲村が左を突いた時、木樽は右フックをクロスで打った。

に、木樽は左のショートフックを当てた。

稲村がバックした時、木樽はオーバーハンドの右を打った。鏑矢を倒したあのパンチだ。稲村は左肘を上げて肩をすくめたが、間に合わなかった。木樽のパンチは稲村のテンプルに命中した。

「よっしゃあ!」鏑矢が叫んだ。

しかし稲村はダウンしなかった。それどころか強いパンチを打ち返してきた。これには木樽も驚いたようで、一瞬後ろに下がった。

「あいつは不死身かよー」鏑矢は呆れたように言った。

その時、1ラウンド終了のゴングが鳴った。会場内全体に、ふーというため息が漏れたような気がした。

木樽がコーナーに戻って来た。

沢木の指示に、木樽はうなずいている。

「どうなの?」

耀子は鏑矢に近付いて聞いた。

「うーん——」鏑矢は唸った。「俺が先に稲村とやりたかった。そしたら稲村の奴にダメージ与えといてやれたのに——」

「それって、あなたが負けるってことなの?」

鏑矢は苦笑した。

「大丈夫、ユウちゃんは、勝つ!」

鏑矢は力強く言った。

耀子はコーナーに座る木樽を見た。その瞬間、あっと思った。全身から何か異様なオーラが出ているのを感じたからだ。リミッターが外れている──。

ゴングが鳴って2ラウンドが始まった。

木樽は左ジャブから右のボディアッパーのコンビネーションを打った。右ストレートを警戒していた稲村はまともにボディにもらった。木樽はすぐに切り返しの左フックを打った。パンチの衝撃で稲村の顔が横を向いた。鏑矢たちは歓声を上げた。

いいパンチを使ったが、木樽の方が速かった。軽快なフットワークを生かしてジャブをびしびし決めた。稲村の接近を許さなかった。

稲村もフットワークを当てて木樽の動きがよくなってきた。

木樽はボディのパンチをフェイントにして左フックを稲村の顔面に決めた。稲村の右ストレートはかわした。

稲村が左アッパーから攻めてきた。一瞬虚を突かれた感じの木樽は稲村の接近を許した。至近距離からの打ち合いになった。互いにいいパンチを決めあった。両者がクリンチしたところで、レフェリーが二人を分けた。

試合が再開して、稲村が不用意にジャブを突いた時、木樽のクロスカウンターが決まった。稲村の腰が一瞬落ちたように見えた。だがレフェリーがストップをかけるよりも早く稲村は右パンチを出した。木樽はかろうじてガードした。

しかしレフェリーはストップをかけて稲村のダウンを取った。恵美須高校の応援席は大歓声を上げた。あの難攻不落の稲村からスタンディングダウンとはいえダウンを奪ったのだ。

稲村は両手を広げて、効いたパンチではないと無言のアピールをしたが、レフェリーはカウント8まで数えた。

試合再開と同時に、稲村は体を振って木樽に迫った。ガードを高く上げ、木樽のジャブをブロックしながら、あっという間に距離を詰めると、左右フックを木樽のボディに叩きつけた。木樽はショートストレートを稲村の顔面に集めて対抗した。

木樽のパンチで稲村の体が揺れたが、稲村は構わずに木樽のボディを攻めた。まさに火の出るような打ち合いだった。

しかし打ち合いは木樽が優勢だった。手数も有効打も稲村を上回った。飯田たちはもう大騒ぎだった。

再び両者がクリンチした。レフェリーが両者を分け、レフェリーが「ボックス！」と言った時、2ラウンド終了のゴングが鳴った。

優紀はコーナーに戻る時、自分の足が重いと感じた。椅子に座ると、沢木監督が濡れたタオルを煽いで風を送ってくれた。

「よし、あと1ラウンドや」

沢木監督が優紀に言った。「今の調子でええ」

「はい」

「ポイントはリードしてる。勝てるぞ」

優紀はうなずいたが、勝てるとは思わなかった。内臓が壊れたような気分の悪さだ。応援席が自分の名前を連呼しているのが聞こえる。応援団にもそれがわかっている。でも試合はまだ終わっていない。

ポイントはリードしているだろう。おそらく沢木監督の言うようにポイントはリードしているだろう。さっきからボディが悲鳴を上げている。

優紀は今、自分がとんでもない怪物と戦っているということを感じていた。稲村の強さは知っているつもりだったが、実際にグローブを交わしてみて、その底知れぬ強さを肌身に感じた。稲村のパンチは強烈などというものではない。まるで石か

何かで叩かれているようだ。

しかし自分も稲村に対して何度もベストパンチを決めた。これまですべての対戦相手を沈めてきた必殺パンチだ。タイミングといい手応えといい最高のパンチを、この試合何発か稲村に叩き込んだ。しかし稲村は怯むことなく向かってくる。

たしかに一度はスタンディングダウンを奪った。しかし稲村はそのパンチの直後にも強いパンチを打ち返してきた。

逃げ切る？――一瞬その考えが頭をよぎった。しかしすぐに打ち消した。無理だ。あのモンスター相手に逃げようとすれば絶対に捕まる。これまでわずかながらポイントをリードしてきたのは臆せずに攻めてきたからだ。

残りは1ラウンド――時間にすればたったの一二〇秒だ。しかし今の自分にはその時間がとてつもなく長い時間に感じられた。

セコンド・アウトのアナウンスがあった。沢木監督が優紀の肩を叩いてリングを降りた。優紀は椅子から立ち上がった。

最終ラウンドのゴングが鳴った。

稲村がゆっくり近付いて来る。速いジャブが飛んでくる。左に頭を振ってよける。続いて右パンチが襲ってくる。さらに左にかわす。目の前に稲村のがら空きの右半身が見えた。優紀は左フックをボディに打った。手応えがあった。応援席の飯

田らの歓声が聞こえる。

稲村は体の向きを変えると右ストレートを打ってきた。優紀はダッキングでかわすと、左アッパーを突き上げた。グローブが稲村の顎を捉えた。しかし次の瞬間、稲村の左ショートフックをテンプルにもらった——頭の芯に火花が散った。

優紀はサイドステップで、稲村の右ショートをよけた。腰を回転させてオーバーハンドの右を稲村のテンプルに叩き込んだ——この日最高のパンチだった。しかし次の瞬間、優紀は戦慄した。稲村の左フックが逆に優紀の右のテンプルを捉えたのだ。パンチの衝撃で左足に痙攣（けいれん）が走った。優紀は反射的にバックステップして距離を取った。

このモンスターには自分のパンチが効かないのか——胸に恐怖が染みわたってくるのを感じた。

懸命にその考えを打ち払った。そんなはずはない。稲村だって人間だ。急所にパンチが命中すれば効きもするし、倒れもする。彼もまた必死で戦っているのだ。

稲村がぐいぐい接近してきた。優紀はジャブを放ったが、稲村は右手で強引にパリーすると、左フックを叩き付けてきた。優紀の左フックと相打ちになった。続いて互いの右ストレートが相打ちになった。優紀は自分の脳が激しく揺らされるのを

トを放ったが、木樽はそれもスウェーしてかわした。優紀はその隙を見逃さなかった。稲村の右ショートをよけた。わずかに稲村がバランスを崩した。優紀はさらに左ストレー

すと、左アッパーを突き上げた。

稲村の左ショートフックをテンプルにもらった

感じた。もう、やってられへん！と心で叫んだ。

──ここは狂気の世界や。ぼくの来るところやなかった。

優紀は稲村に抱き付いてクリンチした。レフェリーが両者を分けた。その時、「ハーフタイム」という声が聞こえた。──逃げ切ろう、と優紀は思った。あと一分だ。

フットワークを使って稲村の周囲を回った。

そして足を使いながらジャブを打った。攻めるためのジャブではない。稲村の前進を止めるためのジャブだ。

稲村は重戦車のようにぐいぐい迫ってくる。優紀はジャブを連打したが、稲村はジャブに構わず距離を詰めると、重い右をボディに叩き付けてきた。思わずガードが下がったところに同じ右を顔面に受けた。よろけたところに左フックをもらった。レフェリーがストップをかけた。スタンディングダウンを取られたのだ。レフェリーがカウントを取っている。

──あかん。もうあかん。

無意識にコーナーを見た。沢木監督が両手で何かを押さえるような仕草で、落ち着けと指示している。高津先生が泣きそうな顔でこちらを見ている。その目を見た時、もう一度、勇気が舞い戻った。

――負けてたまるか！

レフェリーに向かってファイティングポーズを取った。レフェリーの「ボックス！」と言う声と同時に稲村が向かってきた。

稲村の左ストレートに合わせて右クロスを打った。しかしその右は空を切った。

次の瞬間、稲村の左ストレートを顎に受けた優紀は、自分の体がリングに沈んでいくのを感じた。

第29章　決戦前夜

時計を見ると、まだ夕方の四時過ぎだった。外は雨が降っている。

耀子はショッピングにでも行こうかと思ったが、一旦、谷町九丁目のマンションに戻ると、もう外へ出るのが億劫になった。何となく体がだるい。

服のままベッドに体を横たえた。昼間の試合の衝撃の余韻がまだ残っている。

鏑矢と木樽はまさに明暗を分けた結果となった。わずか二時間ほど前の出来事だが、もう随分前のような気がする。

稲村にノックアウトされた木樽はしばらく立ち上がることが出来なかった。沢木に抱えられるようにしてリングから降りたが、意識はしっかりしていた。そして鏑矢の顔を見るなり、言った。

「カブちゃん、頼む」

鏑矢は黙ってうなずいた。木樽はにっこり笑って床に倒れ込んだ。

　ベッドの上で深い吐息を漏らした。──神経が持たないわ、と思った。試合のたびに心が削られるようだ。十代の少年たちのこんな過酷な戦いをこれ以上は見たくない。ボクシング部の顧問を辞めさせてもらおうと真剣に思った。

　脳裏に、沢木の言葉が思い返されてきた。「稲村は本当に強かった──」

　試合会場を出て、駅で解散となった後、沢木と一緒に喫茶店に入った。二人で喫茶店に入るのは初めてだった。

　店に入ってもしばらく二人は黙っていたが、やがて沢木がぼそっと呟くように言った。「稲村は本当に強かった──あれほどとは」

　耀子はうなずいた。

「木樽は完璧でした。スピード、テクニック、それにパンチ力。すべてにおいて稲村を上回っていました。私は勝ったと思いました」

「はい」

「しかし、負けた」

「何が足りなかったんでしょう?」

　沢木は自信なげに首を振った。

「わかりません。ボクシングは──アスリート競技やないということでしょう。私は今日、ボクシングの恐ろしさをまざ値で争えるものではないということです。数

まざと見せつけられた思いです」

わかるような気がした。超一流の技と力を持った者同士の戦いでは、勝利を摑む

ための何か得体の知れないものがあるのだ。それが何なのかかは耀子にはわからな

い。しかし稲村はそれを持っていたのだ。

「そやけど、あの試合、木樽が勝たなくてよかったかもしれません」

沢木はコーヒーを飲みながら静かに言った。

耀子は黙って沢木の次の言葉を待った。

「稲村に勝つとすれば、自分自身を鬼に変えるしかない」

「鬼——ですか」

「あるいは人でない何か——です。それはあの子にとって決して幸福なことではな

いかもしれません」

耀子は沢木の言葉を心の中で反芻(はんすう)した。

「沢木先生と似たことを言った人がいました。本当に強い軍鶏(シャモ)は頭が割れて脳みそ

が飛び散っても闘うって——。世の中にはそんなボクサーがいるというんです」

「闘争本能が生存本能を上回るのでしょうね。闘いに取り憑かれる、いや闘うこと

の麻薬的な魅力に取り憑かれると言うた方がいいかもしれませんが——。私のかつ

ての教え子もそうでした」

沢木は少し顔を歪めた。「ボクシングに取り憑かれる──それはある意味、負けるよりも恐ろしいことです」

「わかる気がします」

木樽は負けてよかったのかもしれないと思った。あの子は本来あんな世界に身を置く子じゃない。不意に鏑矢のことが脳裏によぎった。

「明日の試合、鏑矢君は勝てるでしょうか?」

沢木は黙っていた。

「鏑矢君は復活したんじゃないでしょうか。鍵谷も倒したし──」

「あれは、出合い頭みたいなパンチが当たったんやと思います。相手が冷静さを欠いていたのも幸いしました。そこまで計算してやったわけではなかったでしょうが──」

沢木は続けた。

「監督がこんなことを言うたらあかんのですが、今の稲村は半年前よりはるかに強くなっています。もしかすると、プロの日本チャンピオンでも勝てないのではないかと思いますね」

耀子は反論したい気持ちもあったが黙っていた。沢木は続けた。

耀子はベッドの上で寝返りを打ちながら、はたして鏑矢は稲村に勝てるのだろうか

かと思った。

惨めにリングに倒れる鏑矢の姿が浮かんだ。　思わず首を振った。そんな光景は絶対に見たくない。そうなったら、私のせいだ。一度はやめたボクシングの世界に、鏑矢をもう一度引きずり込んだ責任の一端は私にもある。出来たら試合をして欲しくないとさえ思った。でも鏑矢がそんなことを聞き入れるはずはない。

鏑矢は現在の稲村の強さを知っているのだろうか。　木樽が倒されたのを目の当たりに見たとはいえ、直接グローブを交わしたわけではない。勝つ自信があるのだろうか。　おそらく勝つ気でいるはずだ。友人の敵を討つ気でいるのだろう。

稲村に倒されたら、鏑矢ははたして立ち直れるだろうか。もしかしたら大きな敗北感を持って人生を生きていくことになるのかもしれない──そう思うと耐えられなかった。

突然、鏑矢を保健室で抱きしめたことを思い出した。　胸が熱くなった。

「鏑矢──」　思わず声を出した。

ベッドから体を起こした。

服を着替えると部屋を出た。　行く先は大鹿ジムだった。　曽我部に会いたかった。ただ、一人で重い不安を抱えて時間を過ごすことが出来なかったのだ。

大鹿ジムには五時過ぎに着いた。曽我部はいた。

本格的なトレーナーの仕事はまだだったのか、ジムの中の長椅子に腰掛けて練習生を眺めていた。耀子の顔を見ると、手を上げた。耀子は曽我部の隣に座った。

「何の用や?」

「曽我部さんにお聞きしたいことがあって、やって来ました。練習の合間にでも少しお時間をいただければ嬉しく思います」

「今やったらええで」

曽我部はタバコをくわえたままで言った。

「昨日から、国体予選が始まってます」

「知っとる」

曽我部はそう言って、手を伸ばして机の上にあるスポーツ新聞を手に取った。

「昨日の鍵谷の試合が派手に載っとるわ」

「鍵谷を知ってるんですか?」

「和製ハメドみたいな奴やろう。ひと月前、うちの若いのとスパーをやった。プロの六回戦が完全にやられとったわ」

「そんなに強い選手やったんですか」

「あれはただのピエロやないな。猿マネでも実力は本物やで」

「今日、鏑矢君が鍵谷と試合したんですが――」

曽我部は耀子の顔を覗き込むようにしてにやっと笑った。

「何で結果を言わへん？　俺を試してるのか」

耀子は慌てて首を振りながら言った。「そんなつもりじゃありませんでした。試

合は――」

「カブの圧勝やろう」

曽我部が耀子の言葉を遮って言った。

「知ってたんですか？」

「知らんよ。でもな、カブが負けるわけがない」

曽我部は当然だと言うような顔で言った。

「で、どんな試合やった？」

「1ラウンドで二回ダウンを取ってRSC勝ちです」

「ダウンは倒したんか？　アマチュアは倒れんでもダウン取るからな」

「二回とも倒しました」

曽我部は満足そうにうなずいた。「あいつが鍵谷なんかに負けるわけがあらへ

ん。俺はカブの奴をこの大会に向けて調整したんやからな」

「えっ？」

「俺はプロのトレーナーやで。この大会に向けてあいつを最高に仕上げてやった。日本刀を鍛錬するみたいにな。これ以上やったら折れて使いものにならんくらい鍛えてやった。今の切れ味は最高のはずや」

曽我部はにやりと笑った。その顔を見た時、ここにもボクシングに取り憑かれた男がいると思った。

耀子は思い切って聞いた。

「明日、鏑矢君は稲村君と決勝戦を戦うんですが、勝機はありますか？」

曽我部はそれには答えず、タバコを大きく吸い込んだ。耀子がもう一度聞こうした時、煙を吐き出した曽我部が口を開いた。

「稲村の試合は四月に見た。全日アマの予選で大学生とやった試合や」

「どうでした？」

「今でもプロの日本ランキングに入る力はあるな。それも上位にな」

奇しくも沢木と同じ評価に、耀子は心の中で唸った。

「鏑矢君が勝つのは難しいですか」

曽我部は答えなかった。彼が予想を口にするのは嫌いだと言っていたのを思い出した。

「今日はありがとうございました」

耀子は立ち上がって礼を言った。

「またいつでも来たらええ」

曽我部はタバコをうまそうにくゆらせた。

「最後に、一つだけ聞かせてください」

曽我部は、うん？という顔をした。

「鏑矢君の才能は、どうなんですか？　彼には才能があるんですか？」

曽我部は大笑いした。「あいつは俺が見た最高の天才やで」

「あるんですか、やて？」

□　　　□　　　□

優紀が家に帰ると、母が「お疲れさん」と言った。

「よく頑張ったわね」

「勝敗の結果を聞かへんの？」

「勝ち負けなんか、どうでもええよ」

その言葉で母は自分が負けたのを知っているのがわかった。多分、自分の顔に書いてあったのだなと思った。

「お腹、減ってない？　何かおいしいもん食べに行こうか」

「お母さんの作ったもんが食べたい」

母は嬉しそうに笑った。

「ずっと減量で、満足に食べられなかったからね。今日は頑張って作るよ。何が食べたい？」

「久しぶりに餃子が食べたい」

母の目が輝いた。

「優紀がそう言うような気がして、今日は餃子の皮を買うてたんや」

「テレパシーやな」

「どうする？　まだ五時前やけど」

「腹減ってるから早く食べたい」

母は早速、料理に取りかかった。

試合のことは一切聞かれなかった。

母はデビュー戦を含めてこれまでただの一度も試合を見に来たことはなかった。ボクシングは苦手なのよ、と言っていたが、息子が殴られるのを見たくないからというのはわかっていた。

一月のデビュー戦を勝った時、母はすごく喜んでくれた。でも相手を倒したとい

う話をすると、ちょっと顔を曇らせた。「親御さんは可哀相やね」とぽつりと呟い

た言葉に母の気持ちを見た。

それ以来、試合結果だけを伝えて、内容は一切言わなかった。母も聞かなかった。

「今日の試合、相手は超高校級の選手やったんや」

台所で背中を向けている母に言った。「そうなの」と母は振り向かずに答えた。

「いい試合やったんや。負けたけど──」

「ふーん」

「でもな、負けて吹っ切れた」

「吹っ切れたって?」

母は振り向いて、ちょっと微笑んだ。

「何か一つの区切りがついた気がするんや」

「とことんやったからそう言えるんやと思うよ」

優紀はうなずいた。

餃子の皮包みは優紀も手伝った。中学時代からこの作業は優紀の役目だったが、

やるのは久しぶりだった。昨年暮れからずっとクラブの練習で遅くなって夕飯を手

伝うことはほとんどなくなっていたからだ。

優紀は母が焼く端から食べていった。

二週間以上、満足に食事していなかったから、文字通りむさぼるように食べた。

噛むと、昼間の試合で打たれた顎が痛んだが、気にせずに頬張った。お茶もがぶ飲みした。乾ききった体はどれだけ水分を補給しても欲しがった。

多分、明日は体重が3キロ以上増えてるなと思った。それに体中が痛むだろう。

前に飯田さんが言っていた。きつい試合をした翌日は、全身が痛むと。

「明日、決勝戦なんや」

餃子を食べながら言った。「カブちゃんが、ぼくが今日戦った相手とやる」

「義平君か」と母が言った。「あの子は昔からケンカが強かったね」

「でも、ぼく一回勝ったんやで」

「今でもそれが信じられへんのやけど――。義平君、わざと負けてくれたんと違うの?」

「そうかもしれへん」

優紀がそう言うと、母は、そうやでと言って笑った。

「明日はカブちゃんがぼくの敵を討ってくれるんや」

「あの子はちっちゃい時から、優紀がいじめられたら、いっつもやっつけてくれてたね」

「うん」

「年上にでもかかっていってた。勇敢な子やった」

「うん」

その時、今日、自分の敗戦のショックで、鏑矢に、鍵谷に勝った祝福の言葉を言うのを忘れていたことに気が付いた。なんてことだ！

ご飯を食べ終えたら鏑矢に会いに行こうと思った。電話で済ましたくはなかった。会って直接おめでとうと言いたかった。そして明日の試合の激励もしたかった。

「お母さん、ぼく、後でカブちゃんに会いに行く」

母はうなずいた。

早い夕飯を終えると、さっとシャワーを浴びて家を出た。

六時過ぎで、まだ陽は明るかったが、雨が降っていた。会場を出た頃から降り始めていた雨は本格的な降りになっていた。数日前に関西も梅雨入りしていた。

阪急電車で梅田まで行き、大阪駅で環状線に乗った途端、昼間の試合の疲れが出て、うとうとしてしまった。

大きな声で目が覚めた。見ると、向かい側に座っていた二人の若者が隣の席の中年女性に向かって怒鳴っている。どうやら喫煙を注意されて、逆ギレしているようだった。二人の若者とも口にタバコをくわえていた。

中年の女性は気丈にも喫煙をたしなめていたが、若者たちは今にも暴力を振るい
そうな勢いで怒鳴っていた。周囲の乗客たちは見て見ぬふりをしていた。

優紀は若者たちに近付くと、「電車内は禁煙ですよ」と穏やかに言った。

「何やと——」

若者の一人が威嚇するように顎を突き出して言った。しかし生々しい傷のついた
優紀の顔を見て、ぎょっとした顔をした。

「言うときますけど、俺、ボクシングやってますから」

優紀はそう言って敢えて睨むように二人の若者を見た。二人は黙った。

「タバコ、やめろや！」

優紀が低い声で言うと、二人の若者はくわえていたタバコを取って床に落とし、
靴で踏んだ。しかし優紀が尚もじっと見ているのに気付くと、二人はきまり悪そう
に吸い殻を拾って、タバコの箱に入れた。

優紀は自分の席に戻った。二人の若者が向かってきたら、すぐに立って戦えるよ
うに身構えていたが、その心配は無用だった。二人は次の駅で降りていった。中年
の女性が優紀のところにやって来て、「ありがとうございました」と言った。その時、
車内に乗客たちの拍手が起こった。優紀は恥
ずかしくなって身を縮めた。

優紀は黙って手を振った。

「強い若もんやなあ」

誰かがそう言う声が聞こえた。優紀は、ああ自分は強くなったのだなと思った。

鏑矢の家は弁天町の商店街の中だった。かつては優紀も同じ商店街に住んでいた。環状線の弁天町駅を降りて懐かしい道を歩いた。大阪の下町が残る町並みだった。中学の時に引っ越して以来、鏑矢の家を訪ねるのは初めてだった。

鏑矢の家は乾物屋だった。優紀が懐かしい気持ちで店の前に立っていると、鏑矢の母親が優紀の顔を見て、「優紀君か?」と声をかけてきた。

「はい」

「やっぱりユウちゃんか。そうやないかなあと思ったんやけど。えらい大きなってるから、ちゃうかなあと思て——」

奥から鏑矢の父が顔を出した。

「優紀君か。えらい大きなったなあ。久しぶりやなあ」

「ご無沙汰してます。義平君いますか」

「おるで。まあ、上がり」

優紀は店の中を通って、家の中に入った。鏑矢は一階の居間で寝ころんでテレビを見ていた。

「ユウちゃんやんか。どしたん?」

「明日、頑張れよって言いにきたんや。それと、今日はおめでとう!」

鏑矢はにっこり笑った。

「ユウちゃんか?」

居間の隣の台所から鏑矢の姉の昌美が顔を出した。

「めっちゃ大きくなってるやん! 何や、そのごっさ」

「すいません」

「謝ることないやんか」

昌美はおかしそうに笑った。彼女は鏑矢の二人いる姉の下の方で鏑矢より三歳上だった。たしか市内でＯＬをしていた。

「それにしても大きくなったなあ。ほんで、たくましくなってる」

そういう昌美自身、優紀から見れば随分大人になっていた。それに美しい女性になっていた。

昌美は料理の手を休めてお茶を淹れてくれた。

「顔どないしたん?」

「はあ、試合で打たれてしもて」

「男前台無しやなあ」

昌美は悪戯っぽい目で優紀の顔を覗き込んだ。優紀は昌美の顔を見て、カブちゃんの顔はお姉さんに似ているなと思った。

少しして鏑矢の両親が店を閉めて居間にやって来た。

「ユウちゃんも食べていき」鏑矢の母が言った。

「すいません。家を出る前、食べてきたんです。ずっと減量してたもんで、早い晩飯でした」

「せやけど、ちょっとくらい食べれるやろう」

「はい」

食事はカレーだった。少ししか食べられないと言ったにもかかわらず、優紀の皿には山盛りのカレーがよそわれた。逆に鏑矢の皿には少ししかなかった。

「義平は明日も試合やから、ようけ食べられへんやろ」と昌美が言った。

「ちくしょう！　明日試合終わったら、死ぬほど喰うたる」

「負けたショックで、全然食べられへんかったりして——」

昌美がおかしそうに言うと両親も笑った。優紀はその冗談に驚いた。大事な試合を前にしてそんな縁起でもないことを言うなんて——。しかも本人まで笑っている。でも、鏑矢の家では昔からこんな感じだったことを思い出した。

「まあ、見とけよ。明日は優勝して帰るから」

「はいはい」と母は言った。

「嘘やと思ってるやろ」

「高校八冠取る言うて、まだ一冠も取ってないからね」

昌美がちゃかした。鏑矢はむくれた。

「ユウちゃん、こないだ義平に勝ったんやろ」

昌美が急にそんな話をしたので、優紀は少し困った。

「義平な、その晩は布団の中で泣いてたんやで」

「姉ちゃん！」

鏑矢が怒鳴った。そして姉の頭を叩く素振りをした。昌美は「きゃあ」と叫んで逃げた。

優紀は驚いた。鏑矢が自分に負けて泣いていたなんて──。しかし自分には笑って祝福してくれた。優紀は胸が詰まってカレーが喉に通らなくなった。

「せやけど、明日は何が何でも勝たな」鏑矢が言った。「ユウちゃんに勝った相手なんや。俺が敵取らなあかん」

「返り討ちにあわんようにしいや」

昌美がまたちゃかしたが、今度は鏑矢も取り合わなかった。

「高校ボクシング界のためにも、今度はええ加減、あのモンスターを退治せなあかん」

「ところでお前、いつまでボクシングする気なんや?」

突然、鏑矢の父が聞いた。

「もうちょっとやる」

「ボクシングなんかやってええことあるんか」

「高校四冠取ったら、大学から『うちに来てくれ』って言うてくる。そしたら入学金も授業料も免除で大学に行ける。もちろん入試もないで」

「何をアホなこと言うてんのや。高校卒業したら、お前は店継ぐんや」

「オリンピックで金メダル取ったら、プロに行こかなあ」

「毎回言うことは大きいけど、大会終わるたびに八冠が一個ずつ減っていっとるやないの」

昌美の言葉に家族が大笑いした。

泊まっていったら、という鏑矢の家族の申し出を断って、優紀は十時過ぎに家を辞した。

鏑矢が駅まで送ってくれた。

「わざわざ来てくれてありがとうな」

「試合前やのに、遅うまでおって悪かったな」

「腹減んのの気い紛れてよかった。ほんでリラックス出来たし」

「よかった」

「うん」

「明日、頑張ってな」

「うん」

家に帰ると、すぐにベッドの上に横になった。

目を閉じると、今日一日の様々な出来事が頭の中でぐるぐる回った。稲村との試合のこと、鏑矢の怒鳴り声、母との会話、そして鏑矢の家での家族の笑顔──。

──稲村さんは強かった、と思った。勝てるチャンスがあったとは思わなかった。多分もう一度戦っても勝てない。

あとはカブちゃんに託すだけだ、と思った。

急に睡魔が襲ってきた。夢うつつの中で高津先生のことを想った。彼女の面影を追いかけようとしたが、その前に深い眠りに落ちていった。

第30章　惨劇

雨は前日からずっと降り続いていた。

耀子はベッドから重い体を起こした。少し頭痛がすることがある。昨夜は早くに布団に入ったもののなかなか寝付かれず、少しお酒を飲んだが、もしかするとそのせいかもしれなかった。

何度かボクシングの夢を見た。鏑矢がノックアウトされるところを見て、夜中に目が覚めた。夢とわかって胸を撫で下ろした。目覚める直前もボクシングの試合の夢を見ていたような気もするが、内容は覚えてなかった。

たかが高校のボクシングじゃないの、気楽に考えよう——そう思ったが、家を出る頃には既に緊張し始めていた。

電車に乗っていても、ずっと心に重いものがあった。せめて今日くらい晴れていたらいいのに、と思った。ずっと降り続く雨の空がうっとうしかった。

玉造高校に着いたのは十時半だった。

試合会場は前日のざわついた雰囲気はなかった。報道関係者は一人もいなかった。耀子はマスコミの身勝手さに呆れた。

駅で買ったスポーツ新聞には鍵谷の負けが小さく載っていた。そこには試合前に対戦相手とトラブルがあり、鍵谷は冷静さを欠いたボクシングをしてしまったようだと書かれていた。鏑矢の名前は伏せられていた。

既に計量が終わり、三人の選手は会場の端で座って待機していた。今日の決勝に出るのは、バンタム級の野口とフェザー級の飯田、それにライト級の鏑矢だった。その周囲を部員たちが囲むように座っていた。沢木の姿もあった。

「おはよう」

耀子は努めて明るく言った。沢木と部員たちが耀子に挨拶した。

「今日勝ったら、たっぷりご飯が食べれるね」

耀子が選手たちにそう言うと、三人が苦笑いした。

「負けても喰えるで」

鏑矢が言うと、皆が笑った。

「負けるつもりなん?」耀子が聞いた。

「リングに上がって考えるわ」

「どう考えるの?」

「稲村が頼むから負けてくれって泣いて頼んで来たら、負けたってもええかなあ」

「頼んでこうへんかったら?」

「そん時は──しゃあないから勝つわ」

また皆が笑った。

「勝つ方がしんどいんやけどな」

耀子もつられて笑った。

不意に鏑矢が「高津先生」と言った。

「何?」

「──今日、セコンドに付いてくれへん?」

驚いて鏑矢の顔を見た。鏑矢は少し照れくさそうに下を向いた。

「ええよ」

鏑矢は俯いたまま、ありがとう、と小さな声で言った。耀子は嬉しかった。前にセコンドに付いた時、鏑矢は無惨なノックアウト負けを喫したのだ。耀子自身は「験を担ぐ」タイプではなかったが、勝負師のジンクスは大切にしたかった。

「でも──私でええの?」

鏑矢は顔を上げると、耀子の不安をかき消すようににっこり笑った。

国体の大阪予選の決勝戦は十一時から始まった。

ライトフライ級、フライ級の試合が終わって、バンタム級の野口の試合になった。

野口は後輩が持っている丸野の写真に一礼してリングに上がった。相手は朝鮮高校の三年生だった。

1ラウンドから凄い打ち合いだった。しかし相手の地力がややまさった。野口は1ラウンドと3ラウンドにスタンディングダウンを取られて、ポイント負けした。

耀子は野口が負けて悲しかったが、その一方で朝鮮高校の強豪と一歩も引かずに打ち合う野口の姿に感動していた。高校生活最後の試合で、素晴らしい戦いを見せてくれた。

リングを降りてきた野口に全員が拍手した。

「ナイスファイト!」

耀子が言うと、野口は嬉しそうに笑った。

続いてフェザー級の飯田がリングに上がった。相手は玉造高校の三年生だった。

飯田はこの日、最高の動きを見せた。前後に素早く動き、短いパンチを沢山入れた。相手は的を絞れないようだった。ダウンは一度も奪えなかったが、完勝だった。

飯田の手が上がると、耀子を含めた恵美須高校の応援席は声を上げた。リングか
ら降りた飯田は部員たちからもみくちゃにされて手荒い祝福を受けた。

しかし耀子は心から喜びに浸れなかった。野口と飯田には申し訳なかったが、二
人の試合に集中出来なかった。心のかなりの部分を鏑矢の試合が占めていたから
だ。鏑矢の試合が近付くにつれて、胸の内に暗雲が立ちこめるように不安と恐怖が
広がっていくのを感じていた。

出来ることなら試合が始まってほしくなかった。しかし、その時はやって来た。

ライト級の決勝戦が始まり、耀子は青コーナーのセコンドに付いた。

鏑矢はリングに上がる前に、丸野の写真に軽く挨拶した。

「ほんなら、行ってくるで」

ステップを上がってリングのロープをくぐる鏑矢と目が合った。

「頑張って、鏑矢君」

鏑矢は小さくうなずくと、リングの中に入った。そして、その場で軽いステップ
を踏んだ。

両選手がレフェリーに呼ばれ、二人はリング中央でグローブを合わせた。

これから戦う相手の顔を見るというのはどんな気持ちなんだろうと耀子は思っ

た。想像が出来なかった。

コーナーに戻って来た鏑矢の顔を見て、はっとした。見たことのない顔だったからだ——それは戦士の顔だった。

ゴングが鳴った。

鏑矢は独特の飛び跳ねるようなステップでコーナーを出た。対照的に稲村は滑るようにコーナーを出た。

先に手を出したのは鏑矢だった。ジャブの連打から右ストレートを打った。幾分様子見の感じのパンチで、稲村は難なくかわした。鏑矢は左のロングフックを放ったが、稲村はこれもバックステップで空振りさせた。

「固いな……」

沢木が呟くのが聞こえた。耀子の緊張がいや増した。

鏑矢はフットワークを使って、距離を測るようなパンチだった。しかしいつもの突き刺すようなジャブではなく、ジャブを突いた。稲村は右手で軽く払った。鏑矢の上体の振りが一瞬遅く、いきなり稲村が踏み込んで鋭いジャブを打った。顔面に浅くもらった。鏑矢は左フックを打ち返したが、空振りした。両者が足を止めて睨み合った。鏑矢が先に左を突いた。互いの左手を小刻みに動かした。フェイントをかけているのだ。稲村は右手でガードしながら左を突き返し

た。
　鏑矢はまた顎に軽くパンチをもらった。
　鏑矢はまた足を使った。それを稲村がゆっくりと追う。
　鏑矢が左足でリングをドンと踏んでフェイントをかけたが、稲村は反応しなかった。
「そんな揺さぶりが通用する相手か」沢木が小さな声で言った。
　稲村がまた踏み込んでジャブを打った。鏑矢はバックステップしてかわしたが、
その動きはいつもよりも大きかった。
　耀子の目にも、鏑矢は少し臆しているように見えた。
　稲村は魚を追い込むように左右に小刻みに動きながら、鏑矢をじりじりとコーナ
ーに追った。鏑矢の動きの方が大きいのに、だんだんと動く範囲を狭められていく
のは奇妙だった。
　恵美須高校の応援席からは、「足を使って！」という声が飛んだ。
　コーナーに追い詰められかけた鏑矢はいきなり右を打って出た。稲村はがっちり
ガードした。鏑矢は左フックを叩き付けたが、稲村はこれもガードした。そして左
フックで鏑矢のボディを打った。鏑矢は後ろに下がったが、稲村は素早く前進し、
右で鏑矢のストマックを打った。鏑矢はあっという間にコーナーに詰まった。
　──捕まった？
　耀子の胸にぞっとしたものが走った。
　稲村は左右の重いパンチを鏑矢に叩き付けた。鏑矢は上体を振ってよけようとし
たが、コーナーに詰められていたためによけきれず、何発かいいパンチをもらった。

鏑矢は必死でパンチを出してコーナーから脱出したが、稲村の追い足は鋭く、今度はロープに詰まった。稲村に押される恰好になり、鏑矢はロープにもたれかかった。そのまま足を滑らせて、リングに片手をついた。耀子は「あっ」と声を出した。

「大丈夫です、スリップダウンです。ダウンではありません」

沢木が言った。

鏑矢が立ち上がると、レフェリーは、グローブの汚れをランニングシャツにこすりつけて拭くように命じた。鏑矢が言われたように両手を自分のランニングにこすりつけて拭くと、レフェリーは「ボックス！」と声をかけた。

稲村が近付いた。鏑矢は足を使った。稲村の周囲を回りながらジャブを突いた。しかし腰の入っていないパンチで、稲村のガードを崩すことは出来なかった。

稲村が鏑矢の左ジャブに合わせて右のクロスカウンターを放った。鏑矢は間一髪よけたが、稲村の右パンチが風を切る音は耀子の耳にも聞こえた。

鏑矢は稲村の右を警戒して右回りから左回りに動きを変えた。同時にジャブが極端に減った。

鏑矢はいきなり右のロングアッパーを打った。しかし稲村は簡単にブロックした。ジャブが少なくなった鏑矢に対して、逆に稲村がジャブを多用して鏑矢を追った。

鏑矢はまた次第にコーナーに追い詰められてきた。鏑矢の逃げ込んだコーナーが

「回って、回って！」恵美須高校の応援団が叫んだ。

稲村のコーナーということもあって、玉造高校の応援席が沸いた。

突然、鏑矢が踏み込んで左ストレートを打った。さらに右ストレート、左フックを連打した。

意表を突かれた感のある稲村は最初の二発を頭に受けたが、落ち着いて三発目の左フックをブロックすると、左のショートアッパーをカウンターで打った。

鏑矢は顎にもらい、後ろに下がった。

稲村は右ストレートを打った。鏑矢は何とかガードしたが、続く左フックを顔面に浴びた。よろけたところに右のショートフックをもらった――耀子は思わず目をつむった。

「ストップ！」という声に目を開けると、鏑矢がリングに片膝をついていた。

鏑矢は片膝をついたまま、カウントを取るレフェリーの顔を見ていた。その表情は立とうかどうか迷っている風にも見えた。沢木は小さな呻き声を上げながら俯いた。

耀子は祈るような気持ちで鏑矢を見た。

その時、玉造高校の応援席から木樽の声が聞こえた。

「カブちゃん、ぼくの敵を取ってくれるんやろう！」

木樽はいつのまにか玉造高校の応援席に飛び込んで怒鳴っていた。玉造高校の部員たちも驚いていた。

鏑矢は木樽の方を向いて笑ったように見えた。そしてカウント8で立ち上がった。レフェリーが『ボックス！』と言った時、1ラウンド終了のゴングが鳴った。鏑矢は首を降りながらコーナーに戻って来た。耀子は椅子を出した。

「大丈夫か」

椅子に座った鏑矢に沢木が聞いた。

「大丈夫」と鏑矢は答えた。

「まだ、やれるか」

沢木の問いに鏑矢は曖昧にうなずいた。

「稲村は強いわ」

鏑矢が他人事のように言った。「前にやった時よりもはるかに強なってけつかる」

「鏑矢君！」

耀子がコーナーの下から声をかけた。「丸野さんに言うたこと覚えてる？」

鏑矢はじっと耀子を見た。

「稲村に勝つって約束したやろう」

その時、セコンド・アウトのブザーが鳴った。鏑矢は椅子から立ち上がった。沢木はリングから降りた。

「えらい約束してもうたなぁ——」

耀子は鏑矢がそう呟くのを聞いた。リングを見上げると、鏑矢と目が合った。鏑矢はにやっと笑った。

ゴング鳴ると同時に、鏑矢は跳ねるようにコーナーを飛び出した。リング中央で稲村にいきなりジャブを当てた。

稲村が右を出すと、素早くかわして、またジャブを当てた。

稲村が踏み込んで左を伸ばすと、内側にヘッドスリップして左アッパーを顎に打ち込んだ。観客席がどよめき、恵美須高校の応援席が歓声を上げた。

鏑矢は稲村の左フックをかわすと、右フックをボディから顔面にダブルで当てた。

稲村の右はダッキングで空を切らせた。

耀子は信じられないものを見る思いだった。まるで別人だ。さっきまでの弱気な鏑矢はどこにもいない。稲村のパンチを恐れずにかいくぐり、鋭い踏み込みでパンチを打っている——これが本来の鏑矢だ。

鏑矢のフットワークが速くなってきた。稲村の足が追いつかない。鋭いジャブが稲村の顔面に飛ぶ。稲村の右はジャブを防ぐのに精一杯だった。

鏑矢は右でボディを打ち、左フックを返した。稲村の顎にクリーンヒットした。

「おお！」

沢木が思わず声を上げた。どんな時にも冷静な沢木がこんなに興奮するのを見た

ことがない。　応援席も沸いた。

鏑矢の動きは変幻自在で、稲村に的を絞らせなかった。稲村のパンチが何度も空を切る。

——天才だ、この子は天才だ。

鏑矢は左フックをダブルで当てた。稲村が右を警戒したのを見た鏑矢は、さらに左をトリプル、フォースと続けた。稲村のワンツーをダックしてかわすと、また左フックを決めた。まさに踊るように打ち、打ちながら踊っていた。

稲村がクリンチした。レフェリーが一旦ストップをかけて両者を分けた。

試合が再開した直後、稲村の左フックが鏑矢に当たった。しかし鏑矢は冷静に次の右パンチを外すと、ジャブを当てて追撃を断った。

鏑矢は軽快なフットワークを使って稲村の周囲を回り、速いジャブとワンツーを浴びせた。稲村はパンチを出すタイミングを掴めず防戦一方になった。

稲村がむきになったように右を出した瞬間、鏑矢の左フックのカウンターが稲村の顎を打ち抜いた。稲村は前につんのめるようにリングに両手をついた。

——ダウンだ！

恵美須高校の応援席は驚喜した。　木樽も飯田も訳のわからない叫び声を上げていた。　会場中が騒然となった。

稲村はカウント5で立ち上がった。　しかし足元はおぼつかなく、明らかにダメージがあった。

レフェリーの「ボックス！」という声に、鏑矢は風を巻いて襲いかかった。稲村はガードを固めて鏑矢のパンチを耐えた。そして鏑矢が左をミスった時に、鏑矢の左脇に腕を差し入れてクリンチした。　鏑矢は腕をふりほどこうとしたが、稲村は体を上手く回転させて、そうはさせなかった。

レフェリーがストップをかけて両者を分けた。

再開と同時に鏑矢はジャブから左フックを当てた。　しかし稲村は鏑矢の右パンチをブロックすると、またもやクリンチにいった。

「うまいなあ、畜生」沢木が悔しそうに言った。

レフェリーがまたストップをかけて両者を分けた。

鏑矢は再び稲村を攻めた。中間距離から右ストレートを打つと、稲村はベルトライン以下にダッキングした。　レフェリーは試合を止め、稲村にダッキングの注意をした。

試合再開と同時に鏑矢はまた稲村にパンチを打ったが、稲村はまたもやベルトラインより下に頭を下げた。　レフェリーは再度試合を止めてそれを注意した。　鏑矢は「汚いぞ！」と大きな声を出した。　レフェリーは鏑矢の暴言を注意した。　その時、

2ラウンド終了のゴングが鳴った。

鏑矢は悔しそうな顔でコーナーに戻って来たが、応援席は拍手で迎えた。

恵美須高校の応援席はもうお祭り騒ぎだった。それはそうだろう。稲村をKO寸前に追い込んだのだ。あのモンスターが恥も外聞もなく、クリンチと反則の連続で時間を稼いで逃げまくったのだ。

「もう、もろたで」

椅子に座るなり、鏑矢は言った。「向こうはもう虫の息や。あと一発叩き込んだら倒れる」

「鏑矢、油断するな」

沢木監督は厳しい声で言った。「相手は手負いや。死に物狂いで来るぞ」

「大丈夫」

鏑矢はうなずいた。

「スタミナは残ってるか?」

「よし、距離を取って動けるだけ動け。相手はお前をよう捕まえへん。相手が来た
らカウンターを狙え」

「俺は倒すよ」

沢木は鏑矢の肩を摑んだ。

「確実に勝て。無理するな」

鏑矢は返事しなかった。

セコンド・アウトのブザーが鳴った。

リングを降りて来た沢木に耀子が小さな声で聞いた。

「勝てますよね?」

「このまま楽に勝てるような奴に耀子が小さな声で聞いた。

「確実に勝て。無理するな」

「このまま楽に勝てるような奴なら——」沢木は怖い顔をして言った。「六三連勝

も出来ません」

耀子の全身に緊張が走った。

「カブの奴が逃げ切れるかどうかにかかっています」

その時、最終ラウンド開始のゴングが鳴った。

鏑矢はゴングと同時にコーナーを飛び出した。そして沢木の指示を無視して稲村

に襲いかかった。稲村のジャブを体を振ってかわすと、左右フックを打ち込んだ。

「あの、馬鹿が——」沢木が呟いた。

鏑矢の右パンチが稲村のテンプルを打った。続いて左が稲村のボディをえぐっ

た。稲村はコーナーに詰まった。

鏑矢は一気にノックアウトを狙ってラッシュした。ガードを固める稲村に左右を

連続で叩き込んだ。稲村の体が左右に揺れた。恵美須高校の応援団は大歓声を上げた。

稲村が突如、右パンチを振るって反撃した。鏑矢はそのパンチを顔面にもらった

が、かまわずワンツーを決めた。稲村の鼻から血が吹き出た。しかし稲村は踏み

どまると、強烈な左フックを鏑矢の顎に打ち込んだ。

鏑矢はわずかに後退した。稲村は踏み込んで右を打った。鏑矢の動きが止まっ

た。稲村が雄叫びのような声を上げながら打った左フックが鏑矢の顎を捉えた。鏑

矢は倒れた。

恵美須高校の応援席は静まり返り、玉造高校の応援席は大騒ぎだった。

耀子は稲村の底知れぬ強さを見て、背筋に冷たいものが走った。

鏑矢の鋭いワンツーを喰らいながらも剣が峰でこらえ、逆に鏑矢を倒した。鼻か

ら下を血で染めた稲村は凄まじい形相で倒れている鏑矢を睨んだ。その姿はまさに

鬼神だった。

――この男は本物のモンスターだ。この男に勝てる者なんていない！

しかし鏑矢はカウント4で立った。

レフェリーはカウント8まで数えて「ボックス！」と言った。

稲村は鏑矢に襲いかかった。稲村が左を打とうとした時、鏑矢の稲妻のような左

フックが一閃した。ドーンという大きな音を立てて稲村が尻からリングに落ちた。

場内は騒然となった。両方の応援団が悲鳴とも怒声ともつかない叫び声を上げた。

稲村はカウント5で立ったが、レフェリーはカウント8まで数えた。「ボックス！」と叫ぶように言った。彼もまた興奮状態に陥っているかのようだった。

耀子はルールを取られたら自動的にRSC負けになる。双方、このラウンド一回ずつダウンした——もう一度ダウンを取られたら自動的にRSC負けになる。互いに一発のラッキーパンチでも喰らえば、お終いだ。いいパンチが決まってレフェリーがスタンディングダウンを取れば、その瞬間、試合は終わる。

しかし鏑矢は相手のパンチなど微塵も恐れることなく、一気に試合を決めにいった。

左右のパンチを振るって稲村に迫った。稲村も鏑矢を迎え撃った。

両者の右が相打ちになった。しかし互いに一歩も引かず、パンチを打ち合った。

火の出るような激しい打ち合いがリング中央で行われた。軍鶏——そう死ぬまで闘うという軍鶏だ。嘴（くちばし）が折れ、頭が割れて脳漿が飛び散っても闘う鶏。今、二人は二羽の軍鶏となって闘っている。

耀子は、二人はもはや人間ではないと思った。

鏑矢の、マサカリのような左フックが稲村の頭を直撃した。稲村の腰が揺れた。ダウン

恵美須高校の応援団は沸いた。レフェリーが一瞬躊躇したように見えたが、ダウン

は取らなかった。
「今のはダウンやろう！」
　飯田が叫んだが、リングでは戦いが中断することなく続いた。
　稲村は鏑矢の右ストレートをブロックすると、渾身の右ボディアッパーを鏑矢のストマックに打った。
　しかし次の瞬間、鏑矢の足が一瞬リングから離れるほどの強烈なパンチだった。
　二人は一旦離れたが、すぐに同時にワンツーを打った。互いに左は空振りしたが、右は相打ちになった。しかし後ろにのけぞったのは稲村だった。
　鏑矢が踏み込んで左を伸ばした時、稲村の凶悪な右クロスが鏑矢のテンプルを襲った。鏑矢がよろけたが、レフェリーはダウンを取らなかった。
　場内も、リングの上も、異様な雰囲気に包まれていた。どちらかがはっきり倒れる時に決着が付く──まるでそんな暗黙の了解がなされたようだった。
　両者はリング中央で、再び激しく打ち合った。二人の闘志とスタミナは無尽蔵のようだった。
　稲村の右ストレートを顔面にもらった鏑矢は鼻から血を出した。血はランニングシャツに飛び散った。レフェリーは一旦試合を止め、鏑矢の血を拭った。血はすぐに止まった。

　試合再開と同時に両者はまたもや激しく打ち合った。二人とも足を止め、相手を打ち倒すためのパンチを全力で打った。退けば死が待っているとでもいうように、二人は一歩も引かずに戦った。

　耀子は二人が遠い世界へ向かおうとしているのを感じた。戦いに明け暮れる戦士たちの世界——死ぬまで戦う奴隷の拳闘士たちの世界だ。いや、戦いを快楽のように感じる地獄か。

　耀子は心の中で叫んだ。

　——鏑矢、行ったらあかん！

　リング中央での打ち合いに後退したのは稲村だった。鏑矢のワンツーが稲村の頭を揺らした。稲村はさらに後退した。鏑矢の左フックが稲村のテンプルを打った。稲村は上体を曲げて頭を下げた。鏑矢は右アッパーで稲村の顎をはね上げた。

　稲村はロープを背にした。鏑矢が一瞬足を止めて、背をかがめて飛び込む様子を窺った。その姿はまるで獰猛な野獣のように見えた。稲村の目に怯えの色が浮かぶのが耀子の目に見えた。

　鏑矢が踏み込むと同時に、稲村の必殺の右がカウンターで飛んだ。しかし鏑矢は間一髪でそれをかわすと、稲村の懐に飛び込んだ。耀子は心の中で叫んだ。

　——やめて、鏑矢！

鏑矢は右アッパーで稲村の体を起こすと、残忍な左フックを顎に叩きつけた。稲村の口からマウスピースが飛んだ。棒立ちになった稲村に、鏑矢は獣のような叫び声を上げながら狂った風車みたいに左右のパンチを打ち込んだ。稲村はロープに背をもたせかけたまま、鏑矢に滅多打ちにされた。

稲村のコーナーからタオルが投入されるのと、レフェリーが鏑矢の体を後ろから抱えるのが同時だった。

レフェリーが鏑矢を引き離すと、稲村は糸の切れた操り人形のようにゆっくりと膝からリングに崩れ落ちた。

耀子は声を立てずに泣いていた。自分がなぜ泣いているのかわからなかった。嬉しいのか悲しいのかさえもわからなかった。

涙で視界がぼやけ、リング上で呆然と立ち尽くす鏑矢の姿が幻のように揺らいでいった——。

エピローグ

練習場に足を踏み入れるのは十年ぶりだ。

ちょうど練習が一段落し、部員たちが体を休めているところだった。若い男の汗の匂いが耀子の鼻をくすぐる。懐かしい匂いだ。

しかし感傷に浸るよりも早く監督の号令で部員たちが耀子の前に整列した。

「このたび、ボクシング部の顧問になってくださった三島先生です」

監督の江田先生が部員たちに紹介した。

「初めまして、三島です」

耀子が頭を下げると、十数名の部員たちが「オース！」と大きな声で挨拶した。耀子の時代には数名しかいなかったのに比べるとすごい違いだ。しかもまだ春休みだから新入生はいない。

恵美須高校のボクシング部は、毎年インターハイや国体出場選手が輩出する大阪の強豪高校になっていた。昨年もインターハイ三位の選手が出た。沢木監督は木樽たちが卒業した二年後に退職して母校の大学のボクシング部の監督になっていた。同じ年に元大学チャンピオンの江田先生が就任し、ボクシング部の指導に当たっていた。情熱的な監督だったが、スパルタではなく選手の自主性を重んじる指導者という評判だった。

「実は私は十年前に二年だけボクシング部の顧問をしてました。だから一応出戻り

です」

耀子が言うと、一人の部員が手を上げた。

「もしかして、木樽先輩の時代ですか?」

「木樽君を知ってるの?」

「知ってます」

その子は当然という顔をした。「インターハイ二連覇、高校三冠は伝説です」

耀子は微笑んだ。あの痩せっぽちの少年が今や伝説になっている。

「あなたの名前は?」

「石本です。キャプテンをやってます」

ああ、たしかこの子が去年のインターハイ三位だった子だわ。頭の良さそうな顔をしている。木樽にどことなく似てると思った。

「木樽君はスタイリッシュなボクサーでした。背が高くて、ジャブが速かった。それで右が強烈でした。たいていの選手が彼の右をもらって倒れました」

部員たちの目が輝いた。可愛い子供たちだ。

「私はボクシングの素人ですが、みなさん、よろしくお願いします」

部員たちがまた一斉に「オース!」と言った。

江田監督が耀子の方を見て、他に何かありますか、という風に目で聞いた。耀子

「では、本日の練習は終わり。解散！」

部員たちは「ありがとうございました！」と言って頭を下げた。

耀子は懐かしい気持ちで練習場を歩いた。

床も壁もリングも昔と同じだった。しかしいくつか新しい設備が増えていた。シングルパンチングボールとダブルパンチングボールは耀子の時代にはなかったものだ。それにサンドバックも新しくなっていた。

正面の天井近くに丸野智子の写真を見付けた。不意に懐かしい顔に出会って胸が一杯になった。

リングの脇にキャプテンの石本を含む数人の部員が集まって談笑していた。耀子がそばに来たのに気付いて会釈した。

「あれは？」

と耀子は丸野の写真を指さした。

「ぼくらの守護天使です」石本が答えた。

「守護天使？」

「はい。昔から、そう言われてます。元マネージャーの人やったみたいですが、病

はもういいですという風にうなずいた。

気で亡くなったそうです」

耀子はうなずいた。そしてもう一度丸野の写真を見た。写真の中の丸野は十六歳のままだった。朗らかな笑顔で耀子を見つめていた。

「あの子は木樽君と同じクラスやったんよ」と耀子は言った。

「そうなんですか」

部員たちは驚いた顔をした。

「木樽さんは、ぼくらの憧れの先輩です。会ったことはありませんけど——」

「木樽君はボクシングが強いだけやなくて、勉強も出来たのよ」

部員たちは感心したような声を上げた。

「今は何をしてはるんですか?」

「検事になってる」

皆、ふーんという顔をした。耀子は、この子たちは検事という仕事がどんなものかよく知らないのだろうと思った。

耀子が石本たちと話しているのを見て、他の部員も耀子たちの近くに集まって来た。江田監督もやって来た。

「木樽さんの高校時代の唯一の負けの相手が稲村和明って、本当ですか?」

「本当です」

何人かの部員がすげえなと言った。

稲村は高校を卒業してプロになり、三年後に世界ライト級のチャンピオンになった。三年半の間に七度防衛して、タイトルを返上して引退した。ボクシングをする少年で稲村和明を知らない者はいないだろう。

「無敗のままで辞めるってすごいよなあ」

誰かが言った。皆、うなずいた。

「でもね、稲村君はアマチュア時代に一回だけ負けてるのよ」

「もしかして、木樽さんですか？」

耀子は首を振った。

「鏑矢義平——うちの生徒よ」

「あっ」と誰かが言った。「なんか木樽さんよりも強い人がいたとかいう噂を聞いたことがあります」

「そうなんですか？」と石本が耀子に聞いた。

「それはわからないけど——」と耀子は言った。「鏑矢君は二年生の時に、三年生だった稲村君をノックアウトして勝ったのよ」

「すげえ！」

部員たちが目を丸くした。

「その人もインハイで優勝してるんですか？」

耀子は首を振った。

鏑矢は稲村の試合で両手の指の関節部分を骨折し、翌日は出場出来なかった。その年の秋の選抜予選の準決勝でも右手の指を骨折し、翌日の決勝戦には出られなかった。さらに翌年、高校生活最後のインターハイ予選の直前の練習中にまた同じ箇所を骨折した。強打者の宿命とも言える指の慢性的故障のため、鏑矢は潔く現役を退き、マネージャーになった。結局、高校時代はついに一冠も獲ることは出来なかった。

「無冠の帝王、ですね」

耀子の話を聞いた石本が呟くように言った。

耀子は、ああそうだと思った。鏑矢こそ無冠の王の名にふさわしい。むしろ彼には冠(かんむり)なんか似合わない。俺は高校八冠より強いでぇ、と言って笑う鏑矢の顔が浮かんだ。

「その人、今は何をしてはるんですか？」

「アメリカで、お好み焼きを焼いてる」

皆が一斉に笑った。

「でもね、大成功してるのよ。もう三つも自分の店を持ってるのよ」

笑い声がやんで、すげえ！と声が上がった。最強やん、と誰かが言った。検事よ
りもすげえな、という声が聞こえた。耀子はその言葉に思わず笑った。

鏑矢は高校を卒業した翌年、英語もろくに出来ないのに単身アメリカに渡った。
しばらくして消息が途絶え、死んだのではないかと噂されていたが、二十五歳の時
に最初の店をニューヨークで成功させた。鏑矢にそんな商才があったとは意外だっ
た。彼は困難に立ち向かった時こそ力を発揮する男なのかなと思った。もしかした
ら守護天使が彼を守っているのかもしれない──。

「鏑矢君はアメリカで道場を開いて子供たちに総合格闘技も教えてるのよ」

鏑矢が送ってくれた画像は今も耀子の携帯に入っている。アメリカの子供たちと
リングで練習している光景だ。白人も黒人もいた。皆、楽しそうに笑っている。鏑
矢のボディにパンチしている幼い子の写真もあった。鏑矢が大袈裟に痛がってい
る。

全部、耀子の宝物の画像だ。いつか皆に見せてあげよう。

「その──カブラヤという人、どんな選手やったんですか？」石本が聞いた。

耀子は何と答えようかと思い、ふとリングに目をやった。リングに舞うカブラヤ
の姿が浮かんだ──その時、誰もいないリングに風が吹いたような気がした。い
や、それは耀子の心の中を吹き抜けたものかもしれなかった。

「あの子は──」

と耀子は言った。

「風みたいな子やった」

（完）

解説

北上次郎

　すごいすごい。感動と興奮のボクシング小説だ。大阪の高校ボクシング部を舞台にしたスポーツ小説だが、迫力満点のシーンが頻出して、読み始めたらやめられなくなる。

　まず、物語の構造が素晴らしい。本書が、鏑矢の幼なじみ木樽優紀と、恵美須高校ボクシング部の顧問である英語教師高津耀子の、交互の視点で語られることに留意。なぜこの二人が必要なのか。幼いときから喧嘩三昧で、デビュー前から「120パーセント勝つで」と言い放つ楽天的な野生児鏑矢義平と、高校ボクシング界のモンスターと呼ばれる稲村との対決を描くボクシング小説でもいいのだ。その周囲に、幼なじみ木樽優紀と、英語教師高津耀子がいても別にかまわないが、しかし彼らは脇役でいい。

　優紀や耀子の視点で語る必要はない。鏑矢義平の自信と挫折と復活、

そのドラマを中心に、稲村との対決をクライマックスに置けば、それでボクシング小説として立派に成立する。そういう長編小説であってもいいのだ。にもかかわらず、木樽優紀と高津耀子を登場させて、単なる脇役という域を超え、彼らの視点で語らせるのはなぜか。

その意図を解くために、まず木樽優紀という少年を見てみよう。彼は優等生ではあるものの、幼いころから体が弱く、喧嘩になりそうになるとそれだけで泣いてしまう気の弱い子という設定である。優紀は、弱気な自分を克服するために高校に入ってボクシングを始めるのだが、コーチの指導を徹底的に守って地道なトレーニングを続け、徐々に力をつけて最後には鏑矢に並ぶほどになる。

このことについては、恵美須高校ボクシング部の沢木コーチ（往年の名選手）の次の言葉がある。木樽優紀にはボクシングの才能があったと言うくだりだが、それに続けてこう付け加える。

「たしかに才能というのは地下に眠る鉱脈みたいなものですね。ゴルフに限らず、幼い時に何かの英才教育を受けていれば天才になっていたという人は少なくないでしょう。もしピアノをやっていたら天才ピアニストになったり、野球をやってたらイチロー以上になったりした人がいるかもしれません。ただ実際にはほとんどの人が自分の中にすごい鉱脈が眠っているのに気付かんと一生を終えるんやと思います」

気の遠くなるようなトレーニングを続けることで、木樽優紀はその才能を引き出したということだが、ここではそのことよりも、素人の目を通して語られることでボクシングの細部がリアルに描かれることに留意したい。前記の沢木コーチの言葉は後半に出てくるもので、そうやって自分の才能を引き出すまで、周囲の認識もそして本人の自己分析でも、優紀は素人だった。なにしろ高校に入るまで運動もしたことのないひ弱な少年だったのである。だから見るもの聞くものすべて驚きの連続で、その驚きが読者のところまで届いてくる。自分が地味なトレーニングを積み重ねてボクシングを少しは知ると、それがわかってくるということだ。作者はそういうふうに、細部をリアルに作り上げていくのである。

恵美須高校ボクシング部の顧問に、英語教師の高津耀子が就任するのもこの道筋で理解される。ボクシングに無知という設定なので、彼女はどんどん質問していく。それに対して沢木コーチが答えてくれる。アマチュア・ボクシングではダウンはポイントの一つとしかカウントされず、ジャブ2発のカウントで逆転されてしまうこと（したがってプロとは異なる戦い方が求められる）、ただしジュニアの場合は1ラウンドに2回ダウンすると自動的に負けになること、さらに必ずしも倒されなくてもいまのパンチは効いたとレフリーが見なせばダウンと取られることなど、手際

よく紹介されていくので、私たち読者もアマチュア・ボクシングの世界に案内され
ていく。高校からボクシングを始めた生徒は1年間試合に出場できないというルー
ルがあること、レフリーがボックス！と言うのは戦えという合図であること等々。
自校の生徒が勝ったとき飛び跳ねるように喜びながらも、負けた生徒や試合に出ら
れなかった彼女をこのように思っているのか、その心中を考えてしまうのも耀子ならでは
で、素人の彼女がゆっくりじっくり立ち上がっていく。ボクシングを始めた生徒の視点に
グの世界がゆっくりじっくり立ち上がっていく。

　「前にも言うたやろ。アマは、パンチのダメージの大きさは関係ない。ダウン取っ
てもパンチ一発としか見なされへんのや。きれいなジャブ一発もらったら同点や」と
沢木コーチに言われて、「そんなんおかしいで」と鏑矢が口を尖らせるのも、こう
いうアマチュア・ルールのためである。つまり、木樽優紀と高津耀子の視点で語ら
せることで、高校ボクシングの世界が、外側からそして内側から、複合的に、そし
て平易にリアルに、さらに鮮やかに描かれるのだ。この構造が群を抜いている。

　さらにこの長編を傑作たらしめているのは、愚直なまでに正面から描くという構
成もある。たとえば、優紀がボクシングを始める動機は陳腐すれども、他の作家
ならもっと他の動機を作り上げるかもしれないが、わが百田尚樹はそれを恐れな
い。現代エンターテインメントにとってケレンの導入はさまざまな意味を持ってい

るが、百田尚樹はそのケレンさえ拒否してストレートに徹するのだ。この愚直さも素晴らしい。なぜならシンプルであることで、他の要素がまぎれこまず、スポーツ小説が本来持つ躍動感が全編に漲るからである。これは、そういう正統派のスポーツ小説なのである。

どういう試合がリング上で行われるのか、それをここに紹介したくて仕方がないのだが、読書の興を削いでしまうので、ぐっと我慢する。ここに書くことが出来るのは、同じ階級に2人までエントリー出来るものの、同じ学校の生徒は決勝戦まで戦わないというアマチュア規定があることだ。最後の最後、国体予選で鏑矢と優紀はライト級にエントリーする。高校ボクシング界のモンスター稲村のいる階級だ。

ということは、同じ高校の鏑矢と優紀は決勝まで戦わない。どちらかが稲村と戦い、勝ったほうが残った一人と対決するということになる。ここでは、その準決勝と決勝が、凄まじい戦いであることを書くにとどめておく。ホントにすごいぞ。飛び散る汗の匂いと熱気が、伝わってきそうだ。

その最後の国体予選にいたるまでにも迫力満点のリング上の戦いはあり、そこから一つだけ選べば、その前年の選抜予選におけるある試合だろう。そのとき戦ったのは誰と誰なのか、それを紹介するだけでも読書の興を削ぐので控えておくが、この

れだけの感動と興奮を与えてくれるボクシング小説はそうあるものではないことも

書いておきたい。

鏑矢を育てたジムのトレーナー、曽我部老人は「真に強い軍鶏は嘴が折れても闘う。腹を切り裂かれてはらわたが飛び出しても闘う。頭を割られて脳みそが飛び散っても闘うんや」と言い、「曽我部さんは、そんなボクサーを作りたいんですか?」と高津耀子に尋ねられ、「そんなボクサーを作り上げることが出来たら、トレーナー冥利に尽きるで」と答えるが、そういう過酷な世界を描きながらも、この長編を読み終えてなお爽快なものが残るのは、野生児鏑矢義平の造形によるところが大きい、ということにも触れておく必要がある。

この少年は天分だけで生きるのである。もっと努力すればもっと強くなるのに、と優紀が思うシーンは象徴的と言っていい。そういうふうに遊び半分ではいつかは壁にぶつかるのも時間の問題で、そして実際に野生児鏑矢はそうなってしまうのだが、素晴らしいのは壁にぶつかったあとに、この少年が選んだ生き方だ。鬼気迫るものがあって、このくだりは読んでいるだけで震えてくる。

そして短いエピローグがいい。彼らの未来を語る挿話が最後について、この長編は幕を閉じているが、余韻たっぷりのエピローグなのだ。それがなんとも愉しい。私たちの人生はそう捨てたものではない、という気になってくるのである。

（文芸評論家）

謝辞

この小説を書くにあたって以下の方々に大変お世話になりました。
ここであらためてお礼を申し上げます。

浪速高等学校ボクシング部監督　岡田成二さん

興國高等学校ボクシング部監督　須藤秀樹さん

大阪朝鮮高級学校ボクシング部監督　宋世博（ソンセバク）さん

　〃　　ボクシング部前監督　梁学哲（ヤンハクチョル）さん

大阪府アマチュアボクシング連盟審判委員長　佐々木靖孝さん

（肩書きは２０１０年現在）

本作品は2008年に太田出版から出版された『ボックス!』に加筆修正したものです。

百田尚樹（ひゃくた・なおき）

1956年、大阪生まれ。同志社大学中退。人気番組『探偵！ナイトスクープ』など放送作家として活躍。2006年『永遠の0』（太田出版）で作家デビュー。『聖夜の贈り物』、本作『ボックス！』（いずれも太田出版）と多彩な執筆活動を展開し読者の熱い支持を集めた。いま最も期待される作家である。他の著書に『風の中のマリア』（講談社）がある。

ボックス！　下

2010年3月31日　第1刷

著者————百田尚樹

装丁————新上ヒロシ（ナルティス）

発行者———岡　聡

発行所———株式会社太田出版
　　　　　〒160-8571 東京都新宿区荒木町22 エプコットビル1F
　　　　　電話 03-3359-6262
　　　　　http://www.ohtabooks.com/

印刷・製本——株式会社光邦

ISBN978-4-7783-1206-0 C0193